时生·爱

郑智月◎著

九州出版社
JIUZHOUPRESS

图书在版编目（CIP）数据

时生·爱 / 郑智月著. -- 北京 : 九州出版社，2022.11

ISBN 978-7-5225-1224-2

Ⅰ. ①时… Ⅱ. ①郑… Ⅲ. ①长篇小说—中国—当代 Ⅳ. ①I247.5

中国版本图书馆 CIP 数据核字 (2022) 第 189367 号

时生·爱

作　　者　郑智月 著
责任编辑　周红斌
出版发行　九州出版社
地　　址　北京市西城区阜外大街甲 35 号 (100037)
电　　话　(010)68992190/3/5/6
网　　址　www.jiuzhoupress.com
印　　刷　天津中印联印务有限公司
开　　本　710 毫米 ×1000 毫米　16 开
印　　张　17.25
字　　数　200 千字
版　　次　2022 年 11 月第 1 版
印　　次　2022 年 11 月第 1 次印刷
书　　号　ISBN 978-7-5225-1224-2
定　　价　63.80 元

序

时间的流逝，无休无尽，它千古永恒，瞬息万变，赋予了地球上我们每一个人独一无二的生命内涵。

我不曾见过我的曾祖父母和我的六个爷爷奶奶，若不是我曾祖爷爷的古坟搬迁，恐怕至今我都不会去主动探寻他们那个时代的人生经历、他们的相貌、他们的情感、他们的生活点滴，以及我们郑氏家族的血脉和精神传承。自开始写这本书起，每天忙完白日的工作后，晚上夜深人静时，我便开始了和我那未曾谋面的祖辈们遥遥絮絮的对话聊叙，倾听着他们的人生浮沉故事，感受着他们的爱恨情仇、生离死别……在时间的长河中，他们际遇着人生的父母之爱、手足之爱、朋友之爱、夫妻之爱、子女之爱、事业之爱、小家之爱、国家之爱、生命之爱……他们默默无闻地以自己的方式种植着爱、传递着爱、播撒着爱的种子，世世代代，延绵恒续，无休无尽……

尽任时代纷繁变迁，无论战争或和平，也不论派别的异同，或是国别的迥异，爱之人性光辉与力量，驱使着人类奋斗不息，向光而行，奔赴理想。

爱——时间、生命之灵魂，鲜活存在于浩瀚宇宙中每一个人类的生命深处，不灭，永在……

谨以此书作为对吾祖辈的缅怀和纪念，对后生的精神鼓舞和激励。

目录

楔 子

上 篇

下 篇

楔 子

“看到了！看到了！”

鸡鸣三省的贵州毕节林口镇一处古墓，七八个农民工在挖着一方墓地，已挖有近两米的深坑周围站满了村民。郑芝玥蹲在坑边，目不转睛地盯着下面渐露的一块红色木头角，农民工的铲子快速地翻刨着，很快，长方形的红色木块完整地显现出来，木块上的红色颜料已斑驳，掺杂着类似石灰的白色和黄土。约一个小时后，一具宽大的红色棺木展躺在深坑中。“快支起挡阳篷，快！马上要开棺了！”坑边一个民工头喊着，挤满坑边的村民蓦地往坑前靠近，几名辅警迅速挤到最前面，手挽着手围在坑边，形成了一圈人的围栏。“哪个是家属？派一个下来就行。”民工头冲着人群喊，“我是，我下来。”芝玥半坐半蹲着往坑里滑走下去，坑里的一个民工伸手扶拉着芝玥慢慢地到了坑底。棺木足足有一米多高，芝玥有些吃力地踮起脚，因为这样等开棺的时候才能俯看清楚。坑里的几个民工拿着铁撬杆插在棺木四个角上，“一，二，三！”大伙儿一起使着劲撬着棺木盖，只听噼里啪啦零碎的几声木裂响，棺盖渐渐起了缝，“注意了！盖要开了！小心了！”“嘭！”一声闷破响，棺盖被掀开，一团清灰烟尘爆冒而出，一股刺鼻苦味猛袭而来。棺内一个高大魁梧的身形躺着，足有一米八几的个头，蓝黑色绣有云锦的清朝官服，骷髅头顶上有一顶帽子，似只在电影电视剧里见过，清朝官宦们上朝戴的帽子。帽子衣服完好无损，除了覆在上面一层青灰外，几乎就像前不久才穿过的尚未清洗的古装服，“摸摸衣服下面，金银珠宝可能都在那下面！”坑边上的村民七嘴八舌地嚷着，“安静！安静！不能往前挤了，再挤你们就要掉坑里了！”“掉里面更好，能捞点财宝出来哈。”“你做白日梦吧你！他家人都摸了半天了，啥都没得，看来只是个清官！没啥子油水！”

芝玥颤抖的双手在曾祖爷爷干枯尸身上的锦缎朝服上摩挲着，她并不是在摸寻大家猜测的可能陪葬的财宝，而是在触摸着她第一次见面的曾祖爷爷，那铮铮铁骨，凛凛严威，芝玥竟没有丝毫的恐惧和陌生感。她与曾祖爷爷无声地交流着，魂灵漫绕，穿越时空，飞到了光绪年间……

上篇

第一章 三省提督安治有方，喜娶娇妾六子世缘

黄昏，赤河边，熙攘的街道上，一片红，街边的树上系满了数不清的红绸带，路旁站立着维持秩序的士兵，每人右手腕上皆缠着红绸带。涌动的人群络绎不绝，比肩继踵，个个皆伸头探脑去观望这百年难见的迎亲仗仪。迎亲队伍前头由贴着双喜字的大红牛角灯前引开路，炮仗爆放不断，喜乐吹打不停，八个健壮的轿夫抬着顶大红轿，欢欢喜喜地摆步而过，轿内盖着盖头的新娘，肤白如雪，发黑如黛，长翘的睫毛，柔弯的柳眉下一双水汪汪的大眼睛灵动清澈，圆润琼洁的双手交叉叠着轻轻放在腿上，偶尔手指收紧相扣，一丝微微的紧张从相扣的指间流露出来。

新娘聂曦月，年方二八，出生于文职官宦聂氏家，父亲是四川当地正八品文职官，为当时从京朝派来的从武官郑晋泰提督大人的文职秘书，学贯古今，满腹经纶，深得郑大人的重用和信任。虽说这次是提督大人纳二房，但娶亲仪式甚为隆重，满城官兵和老百姓人尽皆知，欢乐共庆。迎亲仪仗浩浩荡荡来到郑府大门前，站在喜轿前的司仪拉长嗓门一喊："新娘下轿！"新娘子缓缓走下轿阶，在媒婆的搀扶下小心翼翼地跨过郑府门槛。脚着精致绣花红鞋的新娘聂曦月一步一步地迈进厅房，就此徐徐拉开了与郑家四代人共同谱写的人生序章。

郑晋泰提督大人身长八尺，胸阔腰挺，威风凛凛，有万夫难敌

之气势；一双眼光射寒星，两弯浓眉深如漆，鼻直口方，器宇轩昂，吐千丈凌云之志气。提督大人武官出身，被光绪皇帝派往云贵川三省交界处驻守。清末时期的云贵川少数民族众多，犬牙交错，关系复杂，矛盾尖锐。各地都有少数民族土司，大肆种植罂粟，拥有相当势力，称霸一方，如同土皇帝一样与中央政权分庭抗礼。不过郑晋泰提督驻守的这些年里，各地土司们都很忌惮他的威名，再加上提督大人治理有方，一方面以军势震慑，一方面加强农业生产建设，严禁烟苗种植生产，以棉花、稻谷等替代种植。由于烟农种棉、种稻谷等农作物所得收入完全抵得上甚至超过种罂粟所得，因此禁烟效果颇有成效，还大大提高了农民经济收入，粮食储备日益增加，颓风恶俗渐被遏制，老百姓们安居乐业，自然很拥戴提督大人。

第二章 声振明光威耀八方，仁昌义信志皓天地

提督大人大房夫人胡氏，系云南官宦世家出身，为提督大人生有二子，大儿子郑同声，二儿子郑同明。同声和同明相差一岁，两兄弟年龄相仿，同时被送往日本留学，学习日本军事技术和军事管理。二房夫人聂氏聂曦月，为提督大人生有四子，三儿子郑同仁，四儿子郑同昌，五儿子郑同义，六儿子郑同信。

1908年，同声和同明留日学成归来，正值春节前夕，郑家府邸上上下下忙里忙外，一边为迎接大少爷同声和二少爷同明的归来，一边为除夕夜盛大家宴而忙碌准备着。

这年，身为郑家长子的同声约莫16岁的光景，国字脸，浓眉大眼，高挺的鼻梁，厚实的嘴唇，双眸如黑潭般通澈深邃，气质相貌很似父亲，只是较父亲少些凌厉气势，多些温和儒雅。同声15岁就从军于云南滇军将领唐继尧麾下，后做了蔡锷将军的侍卫官，因他才华横溢，文武双全，为人处事成熟稳健，颇受蔡将军的提携和喜爱。

次子同明，比哥哥同声小一岁，兄弟俩年龄相仿，自小就一同在私塾读书，从戎滇军，后一起赴日留学。同明生就一张棱角分明的英俊脸庞，浓密的眉毛叛逆地稍稍向上扬起，长而微卷的睫毛下有着乌木般的黑色瞳孔，高挺英气的鼻梁下，微薄的嘴唇时常向上勾起的弧度充满着柔情却又冲动任性。同明思想先进活泼，崇尚自由，个性豪迈，打得一手好枪法，骁勇善战，能文能武，年纪轻轻

就任连长，带领众兵随蔡将军多次征战。原本大夫人胡氏也意欲像给长子安排的姻缘一样给他安排了云南一门户相当的女孩家，怎料同明直接拒绝，执意要娶与他私订终身的周之岚。周之岚出身贵州的一个普通的医师家庭，14 岁从军当卫生兵，生得娇小玲珑，扑闪的大眼睛空灵而清澈，是个敢作敢为干脆利落的小丫头，被同明深深吸引，两人互生倾慕，互表心意，在同明赴日留学之前先斩后奏。胡夫人虽说极力反对心有不悦，但爱子心切，看到儿子军务繁忙和周之岚的倾心照顾与付出，也就认可了这个二儿媳。这个二儿媳也很聪明能干，不仅懂医，且打理家族内务是一把好手，为胡氏和聂氏分担不少压力，深得家府上下喜爱。

三子同仁，比同明小两岁，系聂氏所出，额宽眉阔，鼻隆唇丰，一双圆而微长的眼眸不时流露出暖意，给人一种仁爱可亲的感觉。同仁性情温和稳重，自幼对医学颇感兴趣，提督大人便请了当地的知名医师教导他。

四子同昌，比同仁小两岁，生得英俊帅气，五官棱角分明，剑眉下一双深黑色的大而微长的眸子总是泛起柔柔涟漪，刚毅而又温暖，脸上时常挂着阳光般灿烂的笑容。同昌自幼喜武，热衷研习军事，小小年纪就跟父亲讨论军事之道，上至文武百官，下至当朝军士将领，无不通晓精知各人行事作派，提督大人甚是喜爱。

五子同义，虽年龄和同昌相仿，仅差一岁，性格却与几个哥哥截然不同，兴许是上有几个哥哥，下有最小的弟弟，父母的关注和严厉管教都在哥哥和弟弟身上，轻略了作为五子的他，因而同义的成长经历可能是几个兄弟中最惬意自由的。同义皮肤白皙，俊美的五官，一双清浅剔透如琉璃一样的褐色眼眸透着一丝冷静的漠然和沉着。同义言语很少，喜欢独自琢磨，对一切事物都有一种深入研究的执着。同昌和同义进的同一个私塾，拜的同一个师傅学武，两人的感情自比其他兄弟更亲近些。

幼子同信比同义小两岁，时年才8岁左右，调皮可爱，聪明好学，喜书法文史，亦文亦武，聂氏很是疼爱。

这年除夕夜，郑府阖家举宴，食厅中偌大一个八仙桌上摆满了各色菜肴，两房夫人胡氏和聂氏分坐提督大人两侧，长子同声，次子同明列位胡氏边，长媳和二儿媳坐于次子同明边，三子同仁，四子同昌，五子同义和六子同信列位聂氏边，三儿媳坐于三子边。四子和五子年纪尚轻还未娶亲。这年除夕宴是郑府难得的一次全家齐聚的家宴，长子同声侍卫蔡锷将军左右，长年在外省，后和二弟同明留学日本，已好几个除夕都未能回乡团圆，因而这年郑府的年夜饭格外隆重且暖意融融，尤其是胡氏，平日里甚是思念担忧这两个长年在外征战的儿子，思郁成疾，虽有两个儿媳侍于左右，也明了身为军人的夫君和儿子的重责所在，却依旧放不下作为女人的幽怨思念和作为母亲忧儿的肝肠寸断。“声儿，在蔡将身边，饮食定是常不能按时进用，你的胃病老是反复，我让江医和厨房给你配了药食成丸，你带在身边，早晚记得定时就水下服。”眼中噙着慈怜的胡氏轻轻地说道。“嗯，娘，您别担心，蔡将待我很好，他让后勤几乎每顿都给我配上小米粥的。去了日本，他也特意拜托那里的同学朋友对我和二弟照顾有加，我的胃病基本好了。只是……娘，儿不孝，您生病期间我们没能在身边照顾您。”同声愧疚地说道。听到这话，胡氏和坐在提督大人左边的聂氏都略感吃惊地会意一眼，生病这事胡氏特地授意聂氏嘱咐家府上下都不要让同声同明知道，岂料两人刚在餐桌边坐下就听见同声上面的话语。“声儿，不要担心，你娘她前阵子受风着凉，气虚血瘀，吃了江医师的药方，没什么大碍了。”聂氏怜爱地看向同声，柔柔说道。“嗯，二娘，您也很操劳辛苦，家里每天打理不完的事也别着急赶，放一放或差人去办就好，不要劳累了身体，六弟还小，少不了您操心照顾。”“我哪里小了呢？！我能一口气提两桶水从井口到厨房了呢，大哥什么时候带我去你们营房练兵啊？”调皮的同信涨红着脸急得从凳子上跳起来，因看到他的几个哥哥都被大哥带去营房体验过，就因他还小唯独还没带他去，心里着急又懊恼，恨不得自己两天就长得像四哥五哥那么高了。餐桌上原本因为胡氏的病情而有些凝重的气氛被这个小可爱彻底打破，提督大人欣喜而充满慈爱地对他说：“好好习武，开春了就拉你去大哥那操练去！”说罢，双手举着酒杯，向左右两边夫人敬酒：“二位夫人辛苦了，我和同声、同明长年在外，家事里外巨细繁杂，全靠两位夫人打理得有条有序。郑某我何德何能，有幸得此两位贤仁内助，方使得我郑家男儿们个个优异忠孝，诚然谢谒二位夫人！”“老爷见外了，这是我们分内之事，您万可放心，不必忧念家中琐事，只要老爷您和六个孩儿们平安康健就好。”聂氏深情地看着提督大人，举杯一饮而尽，迅速又斟了一杯：“老爷，姐姐这阵子服着药调养，她这杯我替她敬了。”胡氏向聂氏投去谢意的眸光，随即转向同声和同明，关切道：“声儿、明儿在东瀛可还过得习惯啊？那里确实不比家里，怕是尝不到自己喜欢的饭菜吧？”“娘又是多虑了，东瀛那边的餐食竟还合我们胃口，而且有蔡将的同学在那里经常给我们开小灶，您瞧瞧我是不是比出国前圆润了些？”同明翘着嘴角，笑眯眯地看着胡氏，旋即又略带调皮地充满爱意地朝周之岚看去，周之岚瞬时垂下眼帘，娇羞地捏了捏衣领扣。“二哥还真圆了些，依我看啊，哪是开什么小灶，肯定是偷吃厨房里不少好东西……”同昌弯着眼睛调侃道，他之所以如此说也确有来历，小时候，二哥会经常带着四弟五弟跑到离家府不远的后山处用弹弓打麻雀，瞄一个准一个，四弟五弟屁颠屁颠地跟在后面，每次都能满载而归，直接拿到厨房让厨工烹做，等候的时候，三兄弟就在灶周围守着。同明看到灶台上有已做好的饭菜或点心啥的，就会趁厨工忙活，一手抓了往自己嘴里塞，另一手抓一把分给两个弟弟，有时碰到好吃的，忍不住多吃了些，剩下的根本没法端到餐桌给大娘二娘她们食用了。为此同明没少被责罚，但每次作为二哥的他都很有担当地护着两个弟弟，还告诫他们不能学他，两个弟弟自始至终都非常崇拜地追随着他。

“大哥，二哥，这次远渡回来应该可以在家多待几日了吧？”三弟同仁慢悠悠地说道，“师傅带我研制了一服药茶，和胃养胃还润肺，你们可以尝尝，还可以带到营里给大家喝。”想着这两年云贵川战事不断，尤其云南内忧外患，英法吞并了缅甸越南后，把侵略的魔爪伸进了云南。清政府官吏贪污腐败，滇省人民在官吏压榨与外侮欺凌之下，似乎一场大的革命起义即将爆发。同声、同明东渡归来，蔡将那边定是渴盼急速归营，提督大人微微蹙眉，担忧地看一眼胡氏，旋即面色温和地说：“仁儿的药茶功效确实不错。声儿、明儿远途劳顿归来，趁春节这几日好好调养休息。最近蔡将他们正在考虑筹办军事学堂，尔等归营后务必全力辅佐效力。”“是！”同声、同明不约而同地整齐应到。“我要去学堂！大哥二哥带我去军事学堂！”六弟听到“学堂”二字以为正是他这个年龄该上的学堂，还有大哥二哥带着，着实是件令人振奋的事！“等你长得像二哥那么高了，会打枪了，你就可以进军事学堂了。”四哥快速地反应道。虽说胡氏多少也听说外面所传的战事不断，但听到提督大人说在筹办军事学堂，一颗担忧的心稍有放松，想必还是比较太平安和的，否则哪里还顾得上筹办学堂？想到这里，胡氏慈爱地看向同声、同明，轻声道："同昌最是喜欢军事，等学堂办好了倒是可以去报考试试。""嗯，嗯！大娘说得极是，大哥二哥一定保荐我啊，我绝对不负众望！"同昌兴奋地嚷起来，五弟和六弟也兴奋得跟着嚷道。一家人和乐融融，你一句我一句地，将除夕家宴的欢乐气氛推向了高潮。

第三章 云南讲武同窗楷模，正直仗义宽厚仁爱

翌年，清政府军制改革，为对付英法对云南的侵略，急需培养军事人才，在李根源、李烈钧、张开儒、唐继尧等高级将领们的倾心组建下，云南陆军讲武堂正式成立。作为蔡锷身边侍卫官的同声推荐同明到讲武堂担任教官，同昌和同义自然也报考了讲武堂，成绩都很优异，顺理成章地成了云南讲武堂第一批学生。学校里有两个姓朱的同学，一个叫朱德，一个叫朱培德，两人学习成绩优异，表现都很突出，每当遇到外国领事到讲武堂来参观，李根源校长总是从学生中挑出朱德和朱培德两人出来指挥，同学们便称他俩为“模范二朱”。

同昌和同义的年龄在学校里算是比较小的，班里有个叫苏予杰的同学，年龄比他们大一两岁，和两人比较投缘，就像他们的二哥同明一样。现在同明在学校任教，不可能像以前在家里那样经常带着两个弟弟学习玩耍了，于是苏予杰的出现几乎代替了二哥同明，三人形影不离，同学习，同操练，同饮食，同作息。苏予杰家里经济贫困，有个长期卧床生病的老母亲，但他家里想尽一切办法供苏予杰读书。苏予杰学习非常认真刻苦，休息时间他也充分利用起来，不是读书就是练习术科，有时学校放假了，同昌想叫苏予杰一同去玩耍，苏予杰总是笑眯眯地婉拒：“同昌弟，你知道我最崇拜的就是模范二朱了，尤其朱德大哥，你看他什么科目都已经那么优异，

可还是丝毫没有放松自己，无论风吹雨打，操练场上几乎天天能见他身影，阅读室里直至关灯锁门他才最后一个出来，他那么优秀了还这么努力，我离优秀还差很远，我更没理由不刻苦努力了呀！”

一天，上术学课，大家在操练场进行翻单杠练习，苏予杰的翻单杠动作比其他同学都做得准确利索，而且就他可以转大车轮，望着那灵活翻转的魁梧身躯，同学们不住地击掌喝彩。同昌和同义排队站在单杠旁边，“哥，你能像苏大哥那样做到大车轮转吗？太绝了！”同义低声地对同昌道，目光带着羡慕崇拜，“这个，我觉得，应该没问题吧？”同昌信心满满地回答道。这时，教官喊到同昌名字，轮到他做单杠翻转了。同昌站在单杠前，朝双手吐了口唾沫，一跃抓住单杠开始翻转起来，同昌尝试着模仿苏哥的大车轮动作，但几次都失败了，在旁等候的同学的唏嘘声响起来，“嘿！我说同昌啊，你不会大车轮就别逞能了，赶紧下来，别在那不停地出丑浪费时间了！”同昌有些沮丧地停下来，接着教官叫到同义名字，同义定定地站在原地，若有所思地望着单杠。教官叫了好几次他，他并未挪动，“郑同义！轮到你了！”教官不耐烦地重复道。“报告教官，我不翻，我想翻大车轮，但我现在做不到，我想下课后把这个技能要领学习掌握后再翻。”同义做了个立正姿势向教官解释道。“呵，让你翻你就得翻，你还有理由拒绝命令了！我看你就是个脓包！”教官愤怒地走到同义跟前，朝同义胸膛一拳打过去：“不翻是吧，那你就立正站在那里直到我们下课！”同义被这一拳打得往后退了几步，他捂着胸口，险些仰面摔倒，苏予杰见状猛冲上去抓住教官欲再次打出的拳头，教官挣扎了几下没能挣脱，便向苏予杰踢去，苏予杰不甘示弱地也踢了回去，场面一度混乱起来。课后，苏予杰和教官还有同义被叫到办公室问话，同昌回到宿舍，心里估计着这次苏哥和同义会被严重惩罚，正担忧着，只见苏予杰笑呵呵地走了进来，“你们，没被罚？”同昌惊讶道，“呵呵，不仅没罚，教官还向同义弟道歉呢！”苏予杰回答道。“道歉？”同昌更加诧异，“嗯！学校强调平等、民主、开明，长官是人，学员士兵也是人，大家是平等的！对！是平等的！”

这天周末晚上，同昌、同义和班里几个同学在一家热闹的云南菜馆聚餐，吃完饭后大家沿着翠湖边溜达着往学校宿舍走，因喝了些酒，都微醺地摇晃地走着，同义喝得少，搀架着同昌，苏予杰和其他同学跟在后面。这时，一个七、八岁的衣衫褴褛的小男孩奔跑着与同昌擦身而过，撞了一下同昌腰际，然后一溜烟地跑开，同昌下意识地摸了摸自己腰包，发现钱袋没了！同昌尝试着去追小男孩，却双腿打软趴倒在地上：“抓住这小孩，他偷了我钱包！”“哥，你都醉成这样了，别追了，就当把钱送给小偷了罢。”同义轻轻劝道。“我追！大庭广众下还敢这么偷抢！无法无天了！”微醉的苏予杰说罢，风一般追了出去。很快他追上了小男孩，并将其按倒在地，奇怪的是在小男孩身上并未找到钱包，手上只有一包散破的药包。“你把钱包藏哪了？老实交代！”苏予杰气呼呼地质问，“我没偷钱包，我没偷！”小男孩颤抖着声音叫喊着，“没偷？没偷你跑啥？”“我爷爷病了，我去给他抓药去了，刚才经过那个哥哥身边时没站稳差点摔了，我着急送药给我爷爷，我爷爷快死了！”小男孩焦急万分、不知所措地哀求着，苏予杰疑惑地打量着小男孩：“你真没偷？那你爷爷在哪？”“就在那里……”小男孩慌乱地拾捡起药包，指着前方一条街巷。

苏予杰跟着小男孩来到小男孩和爷爷的住处，破陋不堪的小黑屋里，小男孩爷爷奄奄一息地躺在床上，床边的破桌上放着一个钱袋，那个钱袋是讲武堂学校统一发给学员的，苏予杰扫了一眼，眉头一紧，小男孩顺着苏予杰视线看向钱袋，急忙道：“大哥哥，我今天真的没偷那个哥哥的钱包，我真的没有偷，这个钱袋是我以前偷的，爷爷快死了，我是昨天偷的钱去抓药的……”苏予杰心里一揪，同情地望向小男孩，面有难色地摸了摸自己的裤兜，拿出和桌上一样的钱袋，瞅了瞅手中的自己的钱袋，犹豫了一瞬，便坚定地递到小男孩手上：“小娃崽，这些钱你拿去买些吃的和抓药，不要再偷了，改天我再来看你和你爷爷，我想想办法帮助你们，但你要答应我，不能再去偷抢！”“嗯，大哥哥，我不偷了，只求你一定救救我爷爷，你让我做什么我都愿意！”小男孩慌乱无助的眼神闪出一丝希望，使劲地点头。

苏予杰心情有些沉重地回到宿舍，同昌因醉酒双颊泛红，坐在床边，见苏予杰回来，笑嘻嘻地道：“苏哥，不好意思了，我钱包没被偷，我下午出去之前换了件衣服，把钱包落在宿舍里了，你看，好好地在这呢！”“嗯，那娃儿确实没偷，只是，他爷爷快不行了，他说他昨天是偷了钱拿去抓药救他爷爷了……”苏予杰本想再说下去，只见同昌歪倒在床上，呼呼睡着了。苏予杰无奈地叹了口气，思忖着怎么才能帮助小男孩和他爷爷。

过了几天的一个傍晚，苏予杰从校外回来，在回宿舍路上碰见同昌，苏予杰低着头，情绪有些低落焦虑。“苏哥，你回来了，是家里发生了什么事吗？”同昌关心地问道，苏予杰抬头看了一眼同昌，犹豫片刻，说道：“嗯，家里老母患病……”苏予杰眸中闪过一丝忧虑，突然转了话题，“同昌弟，你还记得上周末我们出去吃饭，碰到的那个小娃吗？”同昌挠了挠后脑勺，使劲回忆着，“哪个小娃啊？哦，哦，想起来了，就是我差点冤枉他偷我钱包的那个，是吧？”“是的，他爷爷快不行了，他偷了别人的钱去给他爷爷抓药，他爷爷病得很重，你家就在昆明，你看能不能请个认识的大夫去给他爷爷看看？”“哦，小事一桩啊，没问题啊，我家里就有医师，我这就去请他过来。”

同昌带着江医师，跟着苏予杰来到小男孩和他爷爷住处，小男孩正在给爷爷喂药，床边的桌上两个一模一样的钱袋仍然放在那里，同昌有些诧异，下意识地摸了摸自己揣在兜里的钱袋，一脸懵圈地看向小男孩，小男孩警觉地看向同昌，似乎猜到了什么，急忙解释道：“哥哥，我没偷你钱包，一个钱包是我以前偷的，另一个钱包是这个大哥哥给我的，他让我不要再偷了，我真的就一直没有去偷钱了！”同昌心里一震，怔怔地望着桌上那两个钱袋……

安顿好小男孩和他爷爷后，同昌和苏予杰回到宿舍，苏予杰从床脚拿出一个背包，迅速清点了一下里面的物品后便匆忙出去，和他堂弟在宿舍前廊会合。同昌打算去二哥宿舍一趟，路上正好经过苏哥和他堂弟见面的地方，无意间听到了他们的对话，同昌才知道苏哥母亲病情加重急需用钱，苏哥把能当的物品和所剩不多的军饷都交给堂弟拿回去赶紧给老母亲治病。

此刻的同昌，想起小男孩屋里放着的苏哥的那个钱袋，内心被深深地触动了：他同窗的这位大哥，在自己经济拮据的状况下，还不忘去帮助别人，拯救别人，这是怎样一种宽厚仁爱的胸怀！同昌打算找二哥帮帮忙。

“二哥，能借给我两个月军饷的钱吗？等年底奖学金发下来了我全部还你。”“嗯？你借钱做什么？我的小四弟以前可从没觉得每个月的费用不够花呀！”同明笑眯眯地望着同昌。“苏哥他家经济困难，这阵子他老母亲病情还加重了，上周他把他的钱给了小石头，就是我带回家的那个小男孩，把他的钱拿去救他病危的爷爷了。我本想把我这两个月军饷送给他们，但我这几个月都花得没剩多少了，所以只好向二哥你这求帮忙了。”“呵呵，我的小四弟，学会‘借富济贫’了哈！”同明说完，起身走到床头柜，拉开抽屉，取出一个鼓鼓的钱袋：“这些够不够？”同昌见那鼓鼓的钱袋，迟疑了片刻，点头说：“谢谢二哥！等年底的奖学金发下来，我全部都给你，剩下的我用生活费归还，好不好？”“哈哈，你还是学生，军饷本来就少，你自己留着用吧。”同明把钱袋塞到同昌手中，“不行，二哥，这钱是我借你的，我得还，必须得还。”同昌坚持着，“好好好，这样吧，你就还一半，分期归还就行！时候不早了，快回去休息吧。”同明看了看墙上的时钟，笑着命令道。望着同昌离去的背影，同明忽然想起了什么，收住了笑容，急急地发问：“对了，同昌，提学司那个叶主任昨天找你谈话了？”“叶主任？是呀，他现在经常来我们这，很关心我们的课外读书活动，他还让我定期向他汇报班里课外阅读的书籍及活动情况呢。”同昌微笑着答道。“他让你定期向他汇报？你都汇报了什么？”同明惊愕地问道，眼中划过一丝紧张，“他昨天才交代给我这个任务，我还正想着前一阵从苏哥手中借了两本译成中文的外文书籍《乔治·华盛顿传》和孟德斯鸠的《法意》。”听到同昌的回答，同明紧张的心稍有放缓，轻轻舒了口气，耳边响起父亲的话语：“现在政府对你们学校的秘密组织同盟会有所警觉，加紧了压迫管制，我打算送你四弟五弟去美国留学。出国之前你务必照看好他们，不要让他们在学校里有所闪失！”想到这里，同明清了清嗓音，严肃道：“同昌，现在学校分成了两派，革命派和旧势派，提学司的叶主任是旧势派的代表，他们对我们革命派同盟会的处处掣肘和残酷镇压愈演愈烈。你和五弟马上就要出国留学了，我不希望你们在学校现在就卷入这些争斗中，下次叶主任找你汇报，你搪塞过去就行，即使你看到或者听到了什么，你也不要向叶主任汇报。”尽管同昌有些不解，但看到同明神色凝重严厉，便收回想要继续问下去的话。

同昌回到宿舍，把从二哥那里借来的钱再加上自己手头的一些零钱一起放在钱袋里交给苏予杰，“苏哥，你现在经济那么困难还不断资助小石头，这些钱你赶紧给你堂弟拿回去救治老母亲。”“同昌弟，不用，不用，我自己已经解决，没事了。”苏予杰有些吃惊同昌知道了母亲病重的事，继续道：“同昌弟，你快把钱收回去，我不能要这些钱，我已经解决了暂时的困难，你不用担心。”“可是你还不停地资助着小石头。”同昌担心地说，“哦，不打紧，不打紧，小石头还小，最需要我们的帮助。这样吧，等我自己解决不了时，我再向你借吧……”

第二天早晨，讲武堂里突然紧急集合，校长李根源全副戎装登台讲演，慷慨激昂地发言：“同学们，法国已将铁路修到了昆明，今天上午要在车站举行通车典礼，同学们，这里是我们的领土，我们堂堂中华大国四万万同胞的领土，现在竟受到欧罗巴小国的宰割，耻辱啊！腐败无能的清政府快要把我们国家的主权出卖完了！我辈军人，有守土卫国之责，大家在校，应努力学习，将来誓要雪此耻辱！”讲武堂全体师生在李根源带领下前往车站抗议示威。昆明火车站人山人海，荷枪实弹的绿营兵后面站着一排端着步枪的趾高气扬的法国兵，清朝总督点头哈腰地陪着法国领事在站台处迎接火车。远处传来了汽笛声，车站上立即奏起欢迎曲，火车车头并排插着法国三色旗和中国黄龙旗，黑色的机车拖着长长的车身缓缓驶进昆明站。望着那飘着法国旗帜的火车驶来，李根源不禁流下了眼泪，旁边不远处的众师生纷纷攥紧了拳头，大家也都愤慨地流下了眼泪。男儿有泪不轻弹，丧权辱国的悲愤情绪在悄然蔓延，革命的思想被彻底激发。当天晚上，同盟会成员们在宿舍里几乎彻夜未眠，“同学们，帝国主义列强亡我之心不死，中国人必须起来与他们斗争！”同明洪亮的声音喊出了大家的心声，“对，打倒列强，驱除鞑虏，恢复我中华，学好本领，雪耻救国！”大家高呼着，亡国的危机一遍又一遍地刺激着同昌的心，二哥同明的呼声唤起了同昌想要加入同盟会的强烈愿望，他在心里对自己坚定地说道：“一定要学好本领，强军救国，兴我中华！”

1911 年，各省推翻清政府的起义运动此起彼伏，云贵川一带也是风起云涌，提督大人郑晋泰为清政府的摇摇欲坠深深担忧，身为汉人且掌握着西南军事大权的他，是保卫清皇朝还是倒戈推翻朝廷，郑大人一直举棋不定。同声同明跟随着蔡锷，虽在公开场合蔡锷并未表现出对清廷任何不满之意，但暗中密切关注时局变化，并在部队中做了精心的人事调整。提督大人预感一场血雨腥风的革命战争即将触发，这场战争不同于以往他经历的任何战争，他第一次感到这场战争汹涌澎湃的颠覆性和不可预知性。他开始担忧起和他一样同为军人的儿子们，尤其是同昌同义年纪尚小，还未参加过任何战役，更谈不上作战经验，就这样莽撞地跟着同声同明投入到这场前途未卜的革命战争中，提督大人觉得甚是不妥，犹豫思忖了很久。恰逢派驻英国的公使结束任期返乡回国，在家宴招待叙聊中，公使推荐同昌同义去英国海军军校学习或去美国学习航空工程技术和飞行驾驶。当时的朝廷很鼓励留洋学习先进军事技术，提督大人认为现在国内这个变幻莫测的动乱局面，把年纪尚小的同昌同义送去国外留学也不失为较合适的安排，于是晚上和二夫人聂氏讲了这个想法。

聂氏嫁给郑大人那年就曾跟随被任命为副使的武官郑大人派驻到了英国，当时历经 50 多天的海上航行才得以抵达目的地。一路上聂氏晕船反应严重，呕吐不止，到了英国就被送往医院治疗了将近一个月才逐渐恢复健康。对于路途上的艰辛劳顿和遭遇过几次海盗危险的经历，聂氏至今都心有余悸。一想到两个孩子要在海上漂泊将近两个月的时间，她内心就极其不舍让他们出国，可是眼下国内动荡莫测的局势，恐怕送同昌同义出国留学是最佳的选择了，一方面可以学习先进的军事技术技能，另一方面远离国内军阀混战的局面和清廷动荡不安时期，可以避免无谓的牺牲。想到这里，聂氏的心稍微宽松一些，“老爷，同昌同义此去美国，恐怕三四年都见不到了，我想请您联系一下玛格丽夫人，她现在全家都在美国，看能不能请她照应一下同昌他们？”说到这个玛格丽夫人，聂氏是在英国期间认识的她，并跟她建立了深厚的友谊。当时玛格丽夫人的丈夫是美国海军驻英国武官，使馆经常组织各国使节交流活动，夫妇俩对中国文化都非常喜爱，加上玛格丽夫人性格开朗热情，主动教授聂氏英语，作为回报聂氏教她中国书法和国画，后来玛格丽夫人因丈夫结束任期回美国了，但聂氏和她还保持着书信往来。“夫人，你不说我也会想到联系他们的，放心吧！同昌同义定能学成归来，成为吾国军事栋梁之材！”郑大人双手握着聂氏的手，怜爱而深沉地望着她，他深知作为一个母亲对儿子的担忧挂念之情，他也很感恩聂氏给他培养了那么优秀的儿子，他深爱着并很尊重他的这两位夫人。他戎马旅涯一生，护国护家安全，护妻护儿周全，此生足矣，无憾。

第四章 麻省留学哥遇真爱，弟扮胞哥混关赛训

同昌同义经公使推荐考入了美国麻省理工学院学习航空工程和飞行驾驶，很巧的是玛格丽夫人一家就住在波士顿哈佛大学旁边。她有三个孩子，老大和老三是男孩，老大在麻省理工学机械学，老二是女儿，在哈佛医学院念医学，老三在西点军校。她家是一栋大概有 12 个房间的两层高的楼房，她的这栋楼接住了很多届的中国留学生，几乎成了中国留学生专有宿舍，她家里的厨师甚至都会做中国菜！同昌同义自然也在这里住了下来。每到周末，楼里热闹非凡，玛格丽夫人的三个孩子，还有他们带来的同学朋友加上同昌同义，大家围坐在餐桌，吃着玛格丽夫人亲手制作的松软面包和香甜可口的糕点，天南地北地聊着，说笑着。

玛格丽夫人的女儿叫格蕾丝，年龄比同昌大两岁，金发碧眼，端庄典雅，说话时总是温柔细语带着磁性，一双蓝色的大眼睛纯真地望着你，让你感觉如沐春风般暖暖润润的。格蕾丝也许是受到她母亲的影响，对中国文化也十分感兴趣。同昌卧房里墙上挂着一幅看上去像地图的画，画上是中国不同朝代的区域划分图，每个朝代里还画有代表性的兵器图，画工很精细，就像一幅艺术作品。这幅画是同昌手绘的，格蕾丝完全被这幅画迷住了，出于对中国文化的好奇和强烈兴趣，她每个周末都会到同昌卧房里听同昌给她讲解中国每个朝代的历史故事和兵器特征，同昌用他那磕磕巴巴不算流利

的英语非常认真专注地给她讲解，有时格蕾丝理解了历史故事来龙去脉后，便会纠正同昌英语用词的错误或不当，因此同昌的英语水平突飞猛进！渐渐地，这样彼此友善和默契的相处，爱情的种子悄无声息地在两人心田发芽生长。

同昌同义在MIT（即麻省理工学院）学习期间，因体育运动成绩优异，被选拔加入学校划艇俱乐部，每到赛季都会代表MIT校队参加比赛。赛前训练时同昌和同义在同一个小组，教练是MIT的工程学院教授，也是一名海军军官，长得高大魁梧，人很幽默风趣，但上起训练课时，军人的那种刻板严苛个性显露无遗。好在同昌同义之前在讲武堂学习时有着扎实的军事操练基础，对于这位美国军官的魔鬼训练手段还能应付承受，让这位教授军官一改认为中国人都是东亚病夫的偏见观念。教练开始渐渐喜欢上来自中国的这两兄弟学生，不过，在他眼中，他怎么看怎么都觉得这两兄弟长得一模一样，分明就是双胞胎呀！他经常会眼睛看着同昌（同昌英文名叫Tom），口里却喊着同义（同义英文名叫Ted）的名字，即使同昌同义穿不同样不同颜色的衣服！以至于每次训练结束时，教练都会幽默地来一句："你看，没有什么能难倒我们，除了我们不能识别Tom和Ted！"

临近赛事的最后一次训练，教练要求全体成员不得以任何理由缺席，"除非那天你死了！"教练狠下如此命令。而那天正是格蕾丝在哈佛大学的毕业演讲，她邀请同昌参加，同昌也欣然答应前往，谁想这最后一次训练的时间与格蕾丝的毕业演讲的时间撞车了，同昌正烦恼犯愁着不知如何才好时，同义说话了："哥，你就放心去参加格蕾丝的毕业典礼吧，剩下的事交给我就好。"平时话不多的同义在这关键时刻神助攻了他四哥一把。"Tom！""到！"当教练点名同昌时，同义大声地道，并使出全身力气完美地划完赛道，上岸后，以迅雷不及掩耳之势从背包里取出另一件外衣换上，默默地站在教练身后，尽管喘着粗气。教练点名：“Ted！”“有！”只听教练身后传来洪亮的应到声，同义又激情满满地跳进了划艇，为了能瞒天过海，同义再次使出全身的力气，以同样的速度又一次完美地完成赛道划行，虽然上岸时已精疲力竭地呼哧着不能说话了。“Bingo! Ted，你很棒！”教练拍着他的肩膀，骄傲地看着他，仿佛这次的赛事冠军稳握手中了！同义拖着铅球般沉重的双腿，冲教练点头一笑便转身离去。那天晚上，玛格丽夫人做了一桌丰盛的晚餐庆祝格蕾丝毕业，可同义缺席了。大家到他房间时，他已呼呼睡得不省人事，“Ted 怎么了？”格蕾丝关心地问道，“不要担心，没什么，他今天被教练魔鬼般训练了一天，累过头了，睡一觉明天保证又生龙活虎了。”同昌连忙解释道，他感激地看了一眼熟睡的弟弟，迅速地把同义卧室门轻轻关上。

那天晚上，晚宴茶聊后的深夜，大家纷纷回自己的房间休息，“Tom！”格蕾丝温柔地叫住他：“我下月初就要去纽约实习了。”她欲言又止地微微带着些许不舍地看着同昌，当四目相对时，周围的一切都化为虚无，默然无声。同昌的心里很明白，不久的将来还会有更长久的分别，他是军人，他终归是要学成回国报效祖国的，他也不可能让他爱着的这个高雅纯洁的人跟随他颠沛流离戎马动荡，他不舍，也不愿，他只能把这份最纯洁最温柔的爱深深埋在心间，好好地保护，好好地保存，至永远。同昌努力克制着自己不由而生的惆怅情绪，抿嘴笑着。“我希望你能留在美国。”格蕾丝突然踮起脚尖说道，双手搂着同昌颈项柔柔地碰触了一下同昌的唇，便头也不回地转身跑回了自己的房间。同昌如触电般全身木然僵立在原地，他的眼光定格在格蕾丝奔跑的背影，他的心绪也已随着那一闪轻柔之吻飘逸天际，只见天上的星星悦然地悠悠眨着眼，月亮静谧地笑弯了脸，一切都静静地，却又心潮澎湃地，带着微淡郁憾地，美好着，缱绻着。

深夜，同昌久久不能入睡，他起身把二哥同明的来信又打开读了一遍，“我亲爱的四弟、五弟，时间过得太快，你们到美国学习有一年多时间了，这一年多来我们中国发生了天翻地覆的变化，想必你们在美国也知道了！统治中国两千多年的封建王朝被我们新军灭亡了！讲武堂复课了，我和你苏哥被派回到了学校教学训练新兵。

虽然我们起义成功了，但政治局势很快开始逆转，袁世凯在代替孙中山担任临时大总统后开始大批逮捕和虐杀我们共和派人士，整个社会状况依然动乱黑暗。我们在学校任教没有多久便被派到临安一带布防，提防外国势力的侵袭和他们豢养的土匪的骚扰。

你和五弟的学习情况怎样了？飞机机械工程科目困难吗？不过再大困难你们也要把它拿下！

对了，纽约同盟会的杨仙逸不知联系上了没有？必要时你们去找使馆的张领事，他能联系上杨兄，美国那边有什么事可以找杨兄帮忙。你们要好好珍惜这个留学机会，有了过硬的军事技术技能，才能真正有效地保家卫国！家中一切安好，勿念！爱你们的二哥”

尽管是再次读着二哥的这封来信，读完同昌依旧非常开心，因为出国前的他年少懵懂，对国家遭受列强欺辱凌霸的束手无策和对未来出路的迷茫一直困扰着他，此刻的这封信好似小小船儿的一个风帆，给了他同风浪搏斗的勇气。二哥和苏哥的榜样就像是给幽闭的房间开了一扇窗，展现了一个春光明媚、鸟语花香的世界，他更加坚定了信念，今后一定要振兴中国航空，富国强兵，让中国走向独立自由和安定!

几天后，玛格丽夫人邀请了杨仙逸等几位中国留学生朋友来到家里做客，大家积极响应杨仙逸提出的“航空救国”号召，共议航空大计，之后同昌同义宣誓加入了同盟会。

第五章 父带子兵倒戈清廷，护国胜利蔡将英逝

随着武昌起义的胜利，1911 年 10 月 30 日（农历九月九日）同声同明跟随蔡锷带领的起义部队与父亲郑晋泰带领的清军里应外合，活捉了云南总督，推翻了清政府在云南的统治，随后四川、贵州也相继独立，至 1912 年 2 月，统治中国 2000 多年的封建王朝灭亡。三子同仁作为军医官也加入了蔡将部队作战。

1915 年，袁世凯夺取孙中山领导的辛亥革命胜利果实，倒行逆施宣布复辟封建帝制，12 月蔡锷、唐继尧、李烈钧等向全国发出通电，组成护国军，武力讨袁。1916 年 1 月同声同明跟随蔡锷攻打袁世凯在四川镇守的北洋军。蔡锷护国军全线突破北洋军前沿阵地，收回失地，袁世凯最终被迫宣布取消帝制，护国运动取得胜利。由于蔡锷在四川战役期间带病征战，无暇静休调养，体力透支，最终病情加重，主治军医官刘源生和同仁力劝蔡将停止所有军务工作去日本医治。此时蔡锷咽喉肿痛得已说不出话，无奈只好在同声同仁等副官陪同下由沪出发去往日本。

1916 年 11 月蔡锷病逝日本，同声、刘源生等侍卫官一路护送蔡锷遗体回到上海，后在湖南岳麓山进行国葬。下葬那天，长沙暴雨滂沱，参加送葬的人太多，伞具无法撑开，所有人淋得一身湿透。蔡锷的灵柩用双杠抬行，前后杠分为 8 节，每节 16 人，均由蔡将部下官兵身着军装共约 128 人扛抬，同声同明同仁亦在其中。蔡将

遗属均着白色孝服，跟随在灵柩后面，灵柩上覆五色国旗和陆军旗，四周用红缎绣花围幔，军乐队哀乐示鸣，送葬队伍缓慢移动，大雨倾盆直泻，哀诉着蔡锷的未酬壮志……

第六章 声掌兵器明剿匪患，仁医何将明护转移

蔡锷逝世后，同声悲痛万分，唐继尧极力挽留让他做其副官，同声婉拒了，请求去在昆明海口镇新建的兵器工业厂，这个兵器厂是西南首家兵器工业制造厂，是由唐继尧、郑晋泰、顾品珍等发起组建的兵器厂。郑晋泰被派驻英国任武官时结识了很多优秀的外国军工专家，建厂时聘请了来自英国、法国、德国、美国的多位专家，共同研制生产了步枪、轻重机枪、高射机枪及火炮等先进武器设备，这些武器在护国、护法等战争中都派上了用场。同明留在滇军司令部，受令带领一个旅去全省匪患重区剿匪灭患。同仁则留在了司令部卫生医院。

一天深夜，同仁在值班室里正准备和衣睡觉，一名军医急匆匆敲开他的门："同仁，快起来，快！贵州的何校长在这被刺杀了，我们快准备手术抢救！"同仁迅速穿上白大褂跟着那名军医向手术室跑去。这名被刺的伤者就是时任贵州讲武堂军校的校长何应钦，他因黔系军阀内讧被旧派首领刘显世买凶追到昆明行刺，胸口和大腿中弹，伤势严重。手术进行了将近七个小时，何应钦暂时脱离了生命危险。为防止刺客再次行凶，医院在病房里外派重兵把守，并遣人速赴贵阳通知何应钦夫人王文湘。王文湘是黔系军阀新派首领王文华的胞妹，同仁母亲聂氏的大哥聂仕国就在王文华身边任副官。同仁在家里经常听母亲提起舅舅和王文华家族的复杂纷争，对何应钦的事迹也略知一二。王文湘赶来医院后，看到躺在病床上伤痕累

累的丈夫，悲伤得泪如泉涌，她决定在医院住下来，陪伴照料何应钦。“何夫人，您不要太担心，何校长现在已没有生命危险了，我们会加强看护的。”同仁这天来查房，看到王文湘坐在病床边焦虑地抚摸着何应钦的手，同仁很担忧王文湘的身体状况，因为前不久她哥哥王文华被刺杀身亡，刚经历了丧兄之痛，现在又遭受丈夫被刺的打击，她一个弱女子如何能承受下来？“何夫人，您还是去隔壁独立房间好好休息一下吧，这里我们会派护士24小时守护的，您连续几天没好好合眼了，这样下去怕是身体会吃不消的。”同仁见王文湘迟疑了一下，接着道：“何夫人，我舅舅是令兄的副官聂仕国，您在这边有什么需求您尽管说。我母亲让家厨给熬了些参鸡汤给您送过来，您若不嫌弃就趁热喝了吧。”同仁身后的护士端了一碗热鸡汤送到王文湘面前，“谢谢你，郑医生，谢谢你们。”王文湘含泪接过鸡汤一口气喝了下去。

在王文湘的悉心照料下，何应钦的身体渐渐恢复，为安全起见，王文湘决定带何应钦去上海她弟弟家疗伤，可是从昆明到上海怕有刘显世的眼线跟踪。正思忖如何保证安全转移，同明剿匪任务完成刚好回到昆明，聂氏带着同明去病房探望何应钦夫妇。“姐姐，你们这样单枪匹马地直接走昆明到上海路线万万不行，太危险了，得另寻路线，就让同明护送你们通行吧。”“何校长，何夫人！”同明敬了一个军礼，“刘显世现在绝不会放过你们，他布下的眼线实在是防不胜防。我建议绕道赴沪，我们先到越南，然后走水路到上海。我有亲信在滇越铁路镇守，我会一直陪送你们到达目的地。”“有劳你了！”何应钦果断地应允。次日破晓，王文湘和何应钦乔装打扮成出玩游客，同明身着便装，为他们拎箱提袋，充当伙计跟随左右，乘火车，坐轮船，最终平安到达王文湘弟弟王伯群上海家中。

第七章 昌义回国协建机队，同义坠机阿惠舍救

1920年夏，同昌同义学成归国，他们在先行回国的杨仙逸带领下前往福建漳州筹备组建民国第一支飞机队即援闽粤军飞机队，同昌同义第一次驾驶飞机参加作战，飞机纵队飞往广州投弹轰击了督府衙署，俯冲扫射驱逐当时盘踞广东的桂系军阀，收复了广州，首战告捷。

在飞机队期间，平时除了训练飞行驾驶外，同昌同义还和杨仙逸等一起探讨研究设计改造飞机，尤其同义，非常专注于飞机性能的改进，他一直在琢磨着如何能让飞机在水上短程距离内起飞。他和同昌还被派往福州的马尾海军飞机工程处（我国第一个飞机制造厂）和同是留学MIT的归国学长巴玉藻、王助一起日夜设计研改，历时一年的时间终于造出了中国第一架本土研制的水上飞机，性能丝毫不逊于同时代欧美各国产品！

这天，同义驾驶着经他改良的飞机在海洋上空飞行，进行日常的飞行训练。那天的天空如往日一样湛蓝，海面泛着银色的波光，同义的飞机时而蜻蜓点水，时而如雄鹰仰冲入云，海天就像宽大无边的胸怀，延展环抱着任由他飞翔，而他就是为飞翔而生。当他准备结束飞行返航基地时，飞机的引擎突然发出不正常的杂音，仪表盘急速转动着，同义尝试着几次操作，可飞机就像被什么东西锁住一样没有任何反应变化，刹那间俯冲直下。来不及多想，同义果断

弃机跳伞，飞机在海中爆炸，同义的降落伞着火也坠落入海。

当他醒来时，白色的床单，白色的窗台，阳光暖洋洋地照射进来，微微的海风吹拂着白色的纱帘，他意识到他躺在医院里，但当他想抬手时，发现手被铐在床边护栏上了，本能的反应告诉他，他很可能被俘了。这时他的病房门被推开，一个中等个长着小眼睛的大夫对身旁的护士说着日语，端着护理盘的护士不停地点着头，同义把头背过去，闭着眼，大夫走到床边检查了同义的伤处，又说了几句便离开了病房，留下了护士。护士大约十八九岁的光景，生得娇丽温柔，有着一双清澈的大大圆圆的眼睛。同义紧闭着双眼，内心思想斗争着，虽然直觉这个护士没有那么危险，但身处日本人手中，不能贸然相信任何人，但要尽快搞清目前的状况，可能这个护士是唯一可以信任的人。“天啊！”突然护士低低一声惊呼，当她轻轻拨开同义受伤大腿上的绷带准备换药时，发现大腿动脉处在往外涌血，护士迅速地拿起数层纱布压住伤口，并以最快的速度用绷带紧紧缠住，来不及收拾狼藉一片，就飞奔出去叫大夫。听到她是用中文惊呼，同义紧张的心竟有些慰藉，她或许可以帮助他逃离困境，他这样想道，这时他才注意到刚刚压上的那几层厚厚的纱布不知什么时候已全部浸红，他觉得眼皮像铅压一样，昏了过去。

再次醒来时，还是同样的病房，护士正背对着他在护理架台上的盘子里收拾着东西，他本能地一抬手，听到手上的镣铐划过床边栅栏的声音。护士敏捷地转过身，略有些诧异地看向同义，赶紧走到床边，有些惊喜地说：“你终于醒了！”“我这是在哪？”同义迫不及待地问道，“你驾驶的飞机坠海爆炸了，你被冲到了海滩上，幸亏被我们医疗队及时发现了。”“你伤势还很严重，千万不要着急，先度过危险期再说。”还没等同义开口说什么，护士好像知道同义在想什么，她示意地看向那镣铐，于是同义便没再说话。

当时的台湾还是在日本殖民统治下，各地区几乎都布有日本警察和日军，台湾人民经常受到不平等待遇和压制，武装反抗斗争此起彼伏。同义在台湾岛附近的坠机自然引起了日军的高度警惕，他们专门派了一名日本军官去调查询问同义。同义的伤势还很重，虽说已脱离生命危险，但还需要一段时间的休养，为了不让他从同义身上掏到任何信息，同义“昏迷或昏睡或半昏半醒”了近三个月。这天，躺在床上的同义百无聊赖，他的腿伤背伤让他动弹不得，他想着虽然他现在没有能力逃跑，但得想办法传递消息给在漳州的四哥，至少让四哥知道他还活着，可是现在他每日见到的人除了那个自称叫阿惠的小护士外，就是隔几日出现在床边的大夫和那位试图来套取信息的日本军官以及一个贼眉鼠眼地说着语法混乱的中文的日本翻译。他使劲地拽了拽一直铐着他手臂的镣铐，生气而又无奈。“你怎么又这样了？不是给你说了等你伤养好了再想办法的吗！”阿惠刚一进病房就看到同义在使劲拽着手铐，担忧地责怪道，“我阿哥那边每周会运一批蔬菜和大米过来。”说到这，阿惠突然戛然止语，她意识到自己一时着急说漏了嘴，她阿哥特意交代过，不能随便让别人知道他运送物资的事。于是两边都沉默着，同义本来就不爱说话，阿惠犹豫着该怎么对同义说，让同义安心养伤，伤好后再想办法请她阿哥把他解救出去。“能请你哥帮我带个消息给我哥吗？我哥在漳州……我不跑，我也逃不了，你不用担心。”不知怎的，没有任何设防地就说出这些话，同义还是第一次这样，他自己都不知道为什么会说出这些，他脸微微发热，忐忑不安地看了一眼阿惠，阿惠有些吃惊地望向他，同时警惕地看了看门外确定没人偷听，“你有哥哥在漳州？”“是。”只见阿惠迅速掏出一支笔，从床头柜取出一张纸递给同义，“今晚我阿哥从漳州运送粮食过来，我去把你写的纸条交给他，由他转交给你哥哥吧。”

阿惠的堂哥阿淼当时负责把在漳州生产的蔬菜粮食等物资定期供给驻在台湾岛的日本边防军署，每周运送一次。他们家都是漳州人，阿惠爸爸是医生，一次在台湾岛行医时被日本军押留下来，阿惠和母亲也跟随过来，阿惠进了日本人办的医学校学护理，因此她会日语，毕业后就被安排到日本边防军署医疗队当护士。由于日本殖民统治的高压政策，台岛民众纷纷组织地下起义，阿淼运送物资的同时也偷偷地运送武器给这些地下组织，阿惠的任务就是把这些武器再偷偷转交给组织接头人。因每周都要运送供给物资，日军署的值守士兵都跟阿淼阿惠很熟悉了，也就放松了警惕和检查，如此运来送去，日复一日地，也还相安无事。如果要隐秘地运送一个大活人回漳州，还是需要费些思量策划的，阿惠思忖着，不过现在也急不得，因为同义的伤势还需要一段时间的调养才能完全恢复，等他能正常行走了才能实施逃跑计划。“我先让我阿哥把你纸条带到你阿哥手上，让他放心，然后我们再做打算，现在你什么都不要想，想了也动弹不了，当前的任务就乖乖养伤吧！”

同义的纸条终于被送到了同昌手上，距离同义坠机已三个多月了，当同昌看到同义的手迹时，失而复得的喜极而泣让同昌半晌说不出话。同义打会走路起就跟着同昌，兄弟俩如影随形，他们一起作息，一起学习，一起玩耍，一起作妖，一起受罚，现在他们才刚刚一起参加战斗，他坚信他们还会有无数次的并肩作战，他一直没有放弃寻找同义，他托人给大哥二哥捎信，甚至辗转找到日军驻台湾总署的大哥二哥留学日本时的日本同学朋友。现在，终于，找着了！同昌激动地给同义回了封信：“吾弟，昨得手书，欣慰无量，尔当静心安养，待吾等择机救返。”

随着同义的伤势渐渐好转，那名日本军官来探讯的次数也增多了，尽管同义装聋作哑装失忆，终是瞒不过医生和那名精明的日本军官。这天，日本军官还是一无所获，“永田医生，我觉得这个伤员好像没有必要在这里继续待着了，我要带回军部处理。”“山崎长官，这个伤员的伤势还没完全恢复，现在他还出不了院，你带回去也问不出什么情报，我们也白费那么多功夫治疗他。”永田医生面无表情地说道，山崎气恼地瞪了一眼永田，用怀疑的目光扫向站在永田身后的阿惠，“我下次来，不管他什么情况我都要带走！”甩下了这句话，山崎势气汹汹地转身离开。

同义所在的这家医院坐落在海边的一座小山腰上，背靠着小山，面朝着大海，翻过山的另一边驻扎着日军边防署。阿惠的哥哥每周运送的物资靠岸后，船上的伙计把物资扛运到停在岸边接货的军用大卡车上，清点交接完毕后就启航返回。每次阿惠哥哥都会给阿惠带个布包裹，包里会藏有两三把手枪。起初值守的日本士兵还翻包检查，发现都是些家里做的虾饼、咸菜之类的小食品，阿惠也经常送给他们吃用，还送一些漳州的鼻烟给他们，久而久之也就不查了，因此后来阿惠才有了机会将武器转交给地下起义组织。为了让同义尽快康复，阿惠向医院申请解开同义的手铐，带他去海边晒太阳。

“你看，岩石缝里密密麻麻的像黑石块的这些东西是海蛎，它们的肉很鲜嫩，营养丰富，小时候还在漳州的时候，我们几乎天天去挖捡，一挖一大堆，拿回家蒸了烤了吃，真的香极了。”阿惠左手提着篮子，右手拿着一把小刀，半弯腰地蹲在一块大岩石旁，用刀麻利快速地挖剥下来好几个，呆立在旁边的同义已看得傻了眼，眼前这个娇柔洁白的背影，海风吹拂飘扬的几缕发丝，远处白鸥扇动着翅膀轻鸣而过，夕阳金色的余晖铺洒在海面，海浪一层一层地温柔滑过沙滩，此时的同义，突然间有想把她拥入怀中的冲动，他想保护她，想让她永远在他身边，“过来，我教你挖！”阿惠突然转过头，笑嘻嘻地向他招手，“嗯！”同义才恍过神，三步并作两步紧挨着阿惠半蹲下来，笨拙的他刚挖下一个，就被海蛎坚硬锋利的外壳划破了手指，“哎呀，你手被划出血了。”阿惠既心疼又后悔地赶紧拉住同义的手，迅速从兜里拿出纱布和消毒酒精给同义上药，他们紧挨着坐在岩石上，阿惠半跪在同义身边给他上药，幽幽地说道：“你恢复差不多了，下周我阿哥就来接你走，这周我阿哥过来时你帮他们交接一下货物，先演练一下。”同义默默地看着她仔细地包扎，半晌，“你跟我走。”阿惠正在包扎的手停顿顷刻，头也没抬地继续给同义包扎着，同义突然双手紧紧地把阿惠双手抓进怀里，眸光乞求而炽热，阿惠缓缓地抬头望着他，泪水朦胧着双眼，她知道，等他完全康复时，也是他们分别之时。她多么希望他就这样带着伤病待在她身边，她带他到海边散步晒太阳撬海蛎，他帮她提着装满海蛎海螺的篮子，蹚着翻叠上岸的潮水，踩着细软温湿的沙子，伴着夕阳铺洒的金煦余晖……她甚至妄想着时间静止，日本军官不再出现，没有暴风雨……可是，他必须得离开，他多待在这里一天，生命危险就增加一天，而她却不能跟随他一起走，至少现在不行，因为她不能撇下她阿爸阿娘，而且她还有任务没有完成。“你愿意跟我走吗？”同义焦虑地几近哀求的语气又低声问道，“我……”阿惠眼里掠过一丝忧伤，她必须让他尽快逃离这里，纵有万分不舍，“我，我愿意，但……”没等阿惠说完，同义吻住她的双唇，把她紧紧地搂在怀里，阿惠闭上了双眼，噙着眼泪感受着同义温润的柔唇，渐昏暗的夜色海边，浅浅的海潮低语呢喃着，轻轻的海风暖暖地吹拂着……

不远处，医院的某个阳台上，永田医生看着海边的一切，直至暮色降临，他转身进了房间合上了窗门。

夜深了，阿惠照理完最后一个病房端着药盘出来，走廊上空无一人，“阿惠！”永田医生的声音突然从阿惠身后传来，阿惠不禁打了个寒战，“是，永田医生。”阿惠看向永田复杂的眼神，“山崎下周三就要来带人走。”永田医生说完直直盯着阿惠，像是等阿惠说点什么，“嗯！”阿惠极力装作平淡地回应，心里一惊，永田医生告诉她这个消息是要传达什么？难道他知道下个周末的逃跑计划？“你想过没有，山崎见不到人，他会怎样？”阿惠惊诧地怔怔望着永田医生，说不出话来，永田医生猛地用双手抓着她的手臂，焦灼地问向她，眼前的这个小护士，那么纯洁善良，她来到他的身边，给他冰冷血腥的军医生活带来了温暖彩虹，他纵容着她和她阿哥及地下组织的秘密，只要她安然无恙，可是，同义的出现、山崎的怀疑，危险正在向她靠近，永田必须阻止。他也知道，她爱着同义，他纠结着，如果他去告密，得来的将是三个人的悲剧。如果同义逃离，阿惠留下来，注定她的结局会很悲惨。只有帮助阿惠和同义一起逃离，阿惠才会安全。“我准你休假，你跟同义一起走，你如果不走，山崎是绝不会放过你的。”永田医生急切地看着阿惠，此时的阿惠才了然永田为她所做的一切，她很感激地说道：“谢谢永田医生的帮助，这次我不能跟同义一起走，我会安排好后再离开，我不能连累您。”“阿惠！来不及了！”永田正想继续劝说阿惠，不远处有个护士走来，永田立即松开紧抓着阿惠手臂的双手，阿惠也随即转身快速离开。

这天傍晚，天下着蒙蒙细雨，天色黄昏，只有稍远处医院窗户透出的星点灯光。阿惠哥哥的运输船缓缓靠近岸边，船上走下来五六个搬运伙计，穿着和同义几乎一样的衣服，戴着斗笠，除了个子比同义矮些外，根本分不清谁是谁。伙计们扛运着货物陆续通过关卡，交运完成后又纷纷回到船上，其中一个伙计借口解手往旁边的小树林跑去，不一会工夫，穿着一样衣服的同义从树林里跑出来低着头匆匆过了关卡登上了阿惠哥哥的运输船。

同义转头望向那星点灯光，他知道阿惠就在那里，“我答应你，我一定回去找你”带着阿惠给他的承诺，他无奈地踏上了这艘船。那越来越小的星点灯光随着无声的斜雨渐闪渐灭，渐渐消失在无边黑寂的海天中。

雨下得越来越大，阿惠在同义的病房里，看着空空的病床，失落伤感地呆望着窗外，“阿惠小姐！”突然一个凌厉的声音响起，带着杀气和恼怒，山崎长官像幽灵一样出现在门口，“你那日夜伴守、悉心照料的重伤病人去哪儿啊？该不是拿着你送的武器飞了吧？”山崎阴邪地冷笑道，一步一步地逼近阿惠，“你要干什么？”阿惠惊恐地看着山崎，“我要干什么？我说可爱的阿惠小姐啊，你自己干的事情你不知道吗？你和你阿哥转运了多少手枪了啊？”山崎恶魔一样的身影黑压压地扑向阿惠：“你知道你应该怎么做，我就当所有的事都没发生！”突然山崎背后一声闷响，永田医生拿着铁拄拐猛击向山崎，山崎痛苦地抽搐了一下脸，反手重击永田，两人激烈地扭打起来，山崎的手枪掉到地板上，阿惠惊慌而颤抖着捡起手枪，“嘭，嘭！”随着两声子弹射出的巨响，山崎趴倒在地板，一动不动，歪在旁边的永田僵坐呆视着血泊中的山崎，门外步兵脚步声在快速逼近，越来越大……此时的阿惠脑海里突然浮现了同义、她阿哥、她爹娘的身影，“对不起！”她朝永田小腿开了一枪，然后跨过山崎的尸体，冲向阳台纵身跳了下去……

同义紧闭着双眼，额头布满汗珠，梦里，海边，一身白衣的阿惠提着竹篮向他走来，甜甜地笑着，忽然，两声枪响，鲜血染红了阿惠的白衣，海水瞬间变得猩红，狰狞地冲击着沙滩，阿惠倒在沙滩上，含着泪水，“对不起……”“阿惠！”同义大叫，猛然醒来，喘着粗气，捂着胸口，他连续好几天都做到这样的梦，他有种不祥的预感。他跑到海边，渴望着那条船的出现，他坐在岩石边，等待着那个温柔的白色身影向他走来。不远处，同昌和阿惠哥哥阿淼神色凝重地向他走来，他们站在同义面前，阿淼抽泣地说着，同义已听不见他在说什么，他双眼空洞地望向大海，他把头埋在双手里，无助地啜泣哽咽着：“我应该带她走的，应该带她走的。”同昌默默地坐在他身旁，抚着他肩膀，阿淼蹲在岩石边，不住地擦着泪水。

第八章　赴美筹资购机救国，同义伤发美国留治

1922 年夏，上级委派杨仙逸率同昌同义等几名高级士官前往美国筹款购买飞机。从夏威夷到旧金山到纽约最后到波士顿，一路上，各地华侨爱国情绪空前高涨，纷纷解囊捐助，出人出力。

在波士顿，大家又重聚在玛格丽夫人家，虽时隔两年，玛格丽夫人家里还是老样子，甚至同昌同义的房间摆设都没有任何变化，除了增加了入住学生的物品外。格蕾丝毕业后就在哈佛大学医院（麻省总医院）工作，得知同昌的到来，格蕾丝欣喜若狂，不管他这次要停留多久，她决定要向他表白，虽然两年的分离，但鸿雁捎书却把彼此的心拉得更近，她甚至决定要寻找机会去中国援医，为的是能跟同昌在一起。

深夜，大家茶歇散去，同昌和格蕾丝靠在阳台柱栏处，高高的天空，星星很亮，月亮很圆，格蕾丝仍像以前一样倾听着同昌讲述着他的经历，还有那未完待续的漫长的中国历史故事，她已深深为他着迷，他的博学多才，他那温柔又刚毅的磁音，他的微笑和诙谐，她觉得不能再让他离开了，“Tom, 我想和你在一起。”格蕾丝碧蓝色的双眸真挚地望着同昌，“我想申请……”格蕾丝还没说完，突然从楼下走廊传来管家惊慌失措的叫声：“Ted！你怎么了？！”

同昌和格蕾丝闻声立即跑向走廊尽头的楼梯口，同义躺倒在楼梯第一个台阶的地板上，头部流着血，格蕾丝跑过去跪在旁边查看

同义的瞳孔，发现情况不妙，“必须赶紧送医院，比尔（Bill），你快去拨打救护车电话！丽丝（Lise），你去把我的医疗箱拿过来，大家千万不要碰 Ted，他头部受重伤了！”

“我们发现他头部里有一小块薄金属片，颅内有出血，手术可以取出金属片，但视觉区和语言区会有很大可能被损坏。”麻省总院的诊治医生克鲁斯（Cruse）神色凝重地告诉格蕾丝，“如果不取出来呢？”“那会是更大的危险。”没等格蕾丝还要说下句，克鲁斯（Cruse）坚定地回答道，“你不要着急，我想起了我一个同学派克（Pake），他在仁慈（Mercy）号医院船上救治了很多伤员，后来他给好几个脑部中弹的伤患成功手术，伤患基本完全康复。或许我可以请他过来给 Ted 手术。”同昌坐在重症监护室外，焦虑地等待，格蕾丝缓缓走向他，在他身旁蹲下，“Tom，不要担心，Ted 头部里的金属片暂时还没有撒泼，我会请技术最好的大夫把这讨厌的金属片收拾了！”格蕾丝轻轻地握着同昌的手，安慰着他，“我向医院的救助基金会提出了申请，并请克鲁斯（Cruse）医生的同学 Pake 医生赶过来给 Ted 手术。Pake 医生是军医，他已成功地把那些可恶顽固的子弹金属异物从好几个士兵的脑袋里彻底扫除了！现在那些士兵们个个活蹦乱跳的，比参战前还健硕洒脱！”格蕾丝温柔关切地望着同昌，她希望她的消息能减轻同昌的焦虑和担忧，“谢谢你，格蕾丝！”同昌感激地看着她。

此次美国之行，杨仙逸筹集了一笔资金购买了几架美机准备运回国内，同昌因为同义的伤病只能留下来，一边照顾同义，一边继续协助杨仙逸筹款。杨仙逸回国的前天晚上去跟同昌告别，“你安心在这里照顾同义吧，有什么需要我带话给老爷子的你尽管说。”同昌不想让父母亲担心，决定隐瞒同义手术的事情，“你就说咱队里有任务安排，暂时还不能回国吧，我不想让长辈太担心。”“嗯，你放心。我小师兄阿灿在唐人街的华侨航空救国会，你有什么事需要帮忙的可以找他。”“好的！谢谢你，杨兄，保重！”同昌与杨仙逸握手告别，谁曾想到，这一握别成了永远的告别，再相见时只有杨仙逸墓碑上的名字。

同义持续高烧昏迷着，“他现在这个状况还不能手术，必须退烧稳定后才行。”Pake 医生无奈地告知同昌，“还有什么办法退烧吗？”同昌焦虑地问道，“我们已超量注射了退烧药和抗炎药，现在只能靠他自身免疫力了。”克鲁斯（Cruse）医生神色凝重地望着同昌。同昌坐在床边，握着同义滚烫的手，“一定有办法可以退烧的，一定的。”同昌心里执拗地坚持着，他突然想起家里现在是军医的三哥，他懂中医，他会有一些灵丹妙药治退烧的，可是，远水解不了近渴，兴许中药会有效？对啊，中药，应该试一下中药！可这里是美国，在哪里可以搞到中药？同昌紧锁着眉头，脑海里快速地搜索着，唐人街！阿灿！同昌如同抓到了救命稻草般，飞速地跑出医院。

阿灿是个个头瘦小的广东人，聪明机灵，在唐人街祖父开的杂货店里打理，同时也在华侨航空会里做事。同昌找到他时，他二话没说就拉着他奔了几个街道来到一家银器店铺后房，“黎普泰老先生的嫡传曾孙，他能治百病，我们唐人街的所有华人都找他看病。”阿灿边说着边把同昌带进了一间屋里，只见一个健壮矍铄的中年男人正在埋头写着药方子，听了阿灿的述说，他动作麻利地换上西装，拿起医药箱就跟他们往医院赶。

病床上的同义烧得脸颊通红，额头上的汗珠不断冒出，“阿惠，阿惠……哥……”他紧闭着双眼，神志模糊地胡乱叫着，阿灿皱着眉头围绕病床转了两圈，然后凑近同义的脸庞盯了几秒，“同昌兄，你阿弟的烧不退，恐怕单靠吃药打针解决不了。”同昌几乎快要崩溃，“不是啦，我的意思是说黎师傅的八宝丹药肯定会有效，但需要时间。”

服用了黎师傅开的中药和他家祖传的八宝丹药，同义终于退烧了！同昌抑制不住激动的心情，跑去找格蕾丝，此刻的他想立即把格蕾丝拥在怀里，对她说：“谢谢你，我爱你！”格蕾丝的善解人意，他们之间的心灵默契，中西文化差异并没能阻隔他们，反而使他们更进一步走进了彼此。格蕾丝此时正在医院后面的花园里，她正跟坐在轮椅上的一个老头聊着天，正午的太阳温和而不耀眼，暖暖的阳光照洒在花园一大片绿色的草地上，花坛里五颜六色的鲜花温婉地沐浴着暖阳，“格蕾丝！”同昌脚步止在花坛对面，格蕾丝站起身抬头望向了他，对他深情的眸光报以柔悦的微笑，“谢谢你，格蕾丝。”轮椅上的老头抬头看看格蕾丝，又转头看看同昌，等待着同昌再继续说点什么，同昌却呆立在那里深情地望着格蕾丝，老头似乎明白了什么，眯着眼睛歪着脑袋调侃道：“嘿，我说英俊的小伙子，除了谢谢，你不能说点‘我爱你’啥的？此时不说，更待何时啊？”同昌害羞地低下头，竟紧张得说不出话了……

同义躺在病床上，听到床边有人在收拾着什么东西，却看不见人，看不见任何东西，不是看不见，而是眼前一片漆黑，“是护士吗？现在是晚上吗？你没开灯吗？”同义的手摸索着，“先生，我是安娜护士，您？”突然安娜捂着嘴，不知道该怎么回答他，他失明了！安娜突然意识到，“你在哪？我怎么看不见你，我看不见！”同义几近咆哮着，他挣扎着想坐起来，却头疼得如炸裂般，无助地仰倒在床上。

“明天准备手术。”Pake 医生看了同义的手术体征报告后，果断地对克鲁斯（Cruse）医生和格蕾丝说道，“金属片取出后，复明的概率有多大？”格蕾丝忧虑地望着 Pake，Pake 迟疑了一会，“原以为取出金属片可能会导致视觉损伤，现在那可恶的金属片提前弃械投降了。”Pake 坚定的眼神直视着格蕾丝，格蕾丝悬着的心终于放下。她迫不及待地朝同义病房走去，远远看见安娜护士在门外慌张地给同昌说着什么，“他自己拔掉了插管，不知道他是怎么拿到那把水果刀的，他把它藏在了他枕头下，我看见水果刀把露出来，但我不敢去抽出来，我怕他会反应激烈。”安娜慌张地说道，“刚才克鲁斯（Cruse）医生给他注射了镇静剂，他现在暂时安静了下来，医生嘱咐我不能离开。”说完，安娜小心翼翼地转身回病房。同昌如五雷轰顶般呆立在门口，他同样难以接受同义失明的事实，他第一次感到如此的无望无助，他甚至不忍直视躺在床上的那张苍白的脸，他不敢去想那双紧闭的双眼再睁开时迎来的是无尽黑暗时的恐惧，他步履蹒跚地朝医院门外走去，脑子里一片空白。格蕾丝望着他远去的背影并没有叫住他，她能体会到此刻他糟糕的心情，她决定等同义醒来时单独跟同义聊聊。“明天早上手术，今晚你和贝蒂护士要时刻监控他的体温并做好术前准备，有任何异常情况务必及时通知大夫，病人现在情绪很不稳定，你们要倍加小心看护，千万不能再有这样的事发生了。”格蕾丝给安娜护士嘱咐着，“是格蕾丝吗？”同义迷迷糊糊醒来，隐约听到格蕾丝和安娜的对话，“嘿，Ted！你醒了！”格蕾丝连忙回答道，三步并作两步来到同义床前，在床边坐了下来，“Ted，明天早上 Pake 医生给你做手术，很快那可恶的金属片就要跟你说拜拜了！你什么都不要想，你的失明是暂时的，Ted，相信我们，你在全美最好的医院，还有最有经验的军医大夫主刀，你虽然远离父母，但最爱你的哥哥 Tom 他一直都未离开过你。你知道吗？你持续高烧将近 7 天，你哥哥几乎 7 天没有合眼，他想尽了一切办法让你退烧，Ted，你真的太幸运了，你那么轻易地就得到了我们这么多人的爱！中国不是有句古话叫‘礼尚往来’吗？我们可是在等着你给我们成倍的回报呢！即使你的哥哥不求回报，你不觉得你这样草率地逃脱是对他的恩将仇报吗？ Ted，每个人的生命只有这珍贵的一次，你碰到的和将要碰到的困难都是生命里不可或缺的一部分，如果因为遇到了你自认为巨大的困难就主动放弃生命生存的权力，你难道不是一个十足的自私又怯懦的男人吗？你难道不为你引以为自豪的哥哥会有你这么一个懦夫弟弟而羞愧难当吗？”说着，格蕾丝轻轻地握住 Ted 的手，放慢了语速温柔而坚定地继续劝慰着同义，“Ted, 振作起来！我相信你肯定不是这样的胆小自私鬼！我很爱你的哥哥，你哥哥那么优秀，坚毅果敢而又温暖善良，我相信他的弟弟也跟他同样优秀！好了，什么都不要想了，明早上战场，相信你定能打个漂亮的翻身仗！”

同昌站在病房门口许久，静静地听着格蕾丝给同义的鼓励和安慰，他真的很想走过去紧紧握住格蕾丝的手，告诉她，他也很爱她，为了和她在一起，不管有任何艰难险阻。

同义的手术毫无悬念地成功了，只是还有部分失明，需要时间慢慢疗养，视觉才能完全恢复。同昌决定去纽约的华侨救国会航空学校任教，一方面能有时间照顾同义，一方面继续进行筹款购置飞机。同义出院后还像以前一样住在玛格丽夫人家，虽有部分失明但不妨碍同义的日常生活活动，只是有些剧烈运动不能做。他经常帮着玛格丽夫人给花园草坪除草，有时会帮忙照看格蕾丝的两个调皮又可爱的小侄子，偶尔去母校 MIT 图书馆看看书，查阅些有关飞机设计制造的书籍，同昌晚上回来后，兄弟俩经常探讨至深夜还意犹未尽。

第九章 同昌求婚浪漫婚礼，飞演爱心天空撒花

时间一晃，两年就这样过去了，同义的视觉功能仍没有完全恢复。同昌成功地筹集到一笔款，在当时美国海军高层任职的格蕾丝父亲的帮助下购得一架美国海军主战机种的飞机，原本航校计划安排同昌、同义驾驶飞机回中国的，但同义的病情不允许他长途海路或飞行，而且，格蕾丝坚决要跟同昌走，不管他去哪里。同昌做了一个大胆的决定，现在国内军阀混战，动荡不安，同义又不能回国，他决定在美国长期留下来，继续发挥他的资源优势，给国内争取更多更先进的飞机及引进制造技术和驾驶作战技术，而且最重要的是，他要给格蕾丝一生的承诺和爱。

当聂氏看到同昌捎来的书信时，激动得喜极而泣，她日夜挂念的昌儿义儿长大了，他们平平安安就是聂氏最大的幸福和满足，更何况昌儿遇到了他的真爱，这世上还有什么比这更幸福的事呢？聂氏取出一对祖辈传下来的极品翡翠手镯，拿了其中的一只作为给未来儿媳的礼物，载着家人所有的祝福与爱，托人漂洋过海给捎了过去。

一个周末的下午，和煦的阳光开心地普照着大地，格蕾丝和女佣丽丝在晾晒着洗好的衣物，同义带着格蕾丝的两个小侄子在草坪上嬉闹玩耍着，同昌把运输飞机的事务办理完后就从纽约赶了回来，他揣着母亲捎给他的手镯，抑制不住地喜上眉梢，“格蕾丝！”

他站在格蕾丝身后，轻轻地叫了一声，“Ted！你回来了……”格蕾丝欣喜地转身，但眸光里掠过一抹忧伤和不舍，“我父亲说你们启航的时间定下来了，你就要准备走了吗？你什么时候……”“格蕾丝！”同昌打断了她，“我决定留下来，和你在一起，永远！”同昌拿出那只满载着来自大西洋彼岸的爱与祝福的翡翠手镯半跪下来，“格蕾丝，你，愿意嫁给我吗？”同昌忐忑却又坚定地深情望着她，格蕾丝双手捂着嘴，对这突如其来的求婚惊喜地说不出话来，两个可爱的小侄子欢快地围着这对幸福的人儿雀跃着：“我愿意！我愿意！我愿意！”初春的暖风微微拂过，嫩绿的小草悠悠地随风摇曳，树枝上的喜鹊和草地上的鸽子在交相奏鸣着轻快的欢叫声，五彩的花儿娇羞地柔柔起舞，树底下几只勤劳的小松鼠竟也陶醉在这幸福时刻，呆望着这对新人倾情地相拥……

同昌和格蕾丝的婚礼定在哈佛大学最古老的教堂举行，婚礼前两个礼拜，玛格丽夫人家大门处，阿灿带着十几个伙计扛着两个大木箱子吆喝着放进房屋的大厅，“昌哥，这是你家老爷子托人给送来的两尊大青花瓷花瓶，康熙大帝传下来的赐给老爷子的‘五彩青花’珍品呢，是送给嫂子家的彩礼。”阿灿笑嘻嘻地边说着，边和伙计们把木箱子拆开，花瓶惊艳了在场的每一个人，釉面清爽透亮，纹饰灵动含蓄沉静，一看就是绝世珍品。同昌拉着格蕾丝的手站在青花瓷瓶旁边欣赏赞叹着，玛格丽夫人更是欢喜激动地围着花瓶转了好几圈，口里嘀咕着：“这么漂亮的绝世精品摆放在哪好啊？”玛格丽夫人看向格蕾丝，想得到她的建议，格蕾丝环视客厅四周，目光落在一幅中国山水画上，那是玛格丽夫人随丈夫派驻英国时，郑晋泰大人赠送的唐伯虎真迹山水画，挂画下有一古色古香的紫檀中国供桌，“就放这里吧，在供桌两边，完美！”格蕾丝指着供桌，玛格丽夫人也很赞同地点头。第二天，同昌带着格蕾丝来到唐人街，阿灿依然热情地把他们领到唐人街最好的裁缝衣店里，“昌哥，他家店在波士顿甚至整个纽约都数一数二的，老裁缝量身定做的旗袍那可是独一无二的，从用料到图案色彩配置到样式缝制都比老佛爷的御用裁缝不知还要强多少倍呢！”“嗯，阿灿，谢谢你，我想给格蕾丝最难忘的中西婚礼，旗袍的定做就靠你多费心了，不必跟裁缝计较费用。”同昌满心欢喜地看着老裁缝细致用心地在给格蕾丝量尺寸，想象着身着精致刺绣旗袍的格蕾丝，他美丽的新娘，温婉贤淑、优雅高贵的模样。

婚礼这天，教堂钟声当当地慢悠悠响起，格蕾丝身着丝缎织就的白色婚纱，简洁精致一如格蕾丝的气质，晶莹朦胧的婚纱罩在格蕾丝的盘发下，婚纱里透出华丽典雅的神韵，令人叹为观止。格蕾丝挽着身着海军制服父亲的手，伴随着《婚礼进行曲》慢慢走进教堂神圣的殿堂。殿堂的另一端，英俊挺拔的新郎，身着笔挺的中国军官制服，笔直地站立在那里等待他的新娘的到来，“Tom 先生，你愿意娶你面前这个女人吗？不论贫穷还是富贵、健康还是疾病，一生一世忠于她，爱护她，守护她。”牧师庄严地问向同昌，“我愿意。”同昌满眼深情地望着格蕾丝。“格蕾丝小姐，你愿意嫁给你面前这个男人吗？不论贫穷还是富贵、健康还是疾病，一生一世忠于他，尊敬他，陪伴他。”“我愿意。”格蕾丝温柔地答道。“现在我以神的名义，宣布你们正式成为夫妻。”牧师缓缓说道，殿堂里诵经乐声响起，同昌轻轻揭开格蕾丝的婚纱，与格蕾丝相拥而吻。

婚礼户外招待宴会在查尔斯河边玛格丽夫人家的大草地花园里举行，铺着带有蕾丝花边白色餐桌布的超长餐桌上面摆满了琳琅满目的各式糕点和餐食。同昌任教的航空学校全校师生将近 50 人全数到场，当时广州政府驻纽约代表、驻洛杉矶代表及旧金山代表等一行30多人也都前来参加了这盛大的婚礼。大家纷纷和这对新人合影，留住这终生难忘的美好时刻。

格蕾丝换了一袭红色旗袍，红色的真丝绸缎上刺绣着飞舞的龙凤和粉白的牡丹，红色的中跟鞋上两只刺绣彩蝶翩翩起舞，尽管格蕾丝金发碧眼，这身旗袍一上身，妥妥的中国古典美娇娘，太美太惊艳！格蕾丝来到草地上，望了一圈没有看到同昌，正想返回房间时，看到同义在靠近河边的草地处使劲向她招手，“格蕾丝，快过来！我哥有惊喜要给你！”正说着，只见湛蓝的天空下雄鹰展翅般的几十架飞机呈大雁形欢快呼啸而来，飞过这片草地上空时，几十架飞机组成心形并向草地和河面撒下玫瑰花雨，红色的，粉色的，香槟色的……

草地上所有的人都仰着头，惊呆了，小孩子们也惊讶地疯狂叫唤着，跑跳着伸手去抓接这天空飘来的密密麻麻的美丽花瓣雨。格蕾丝激动地双手不停地朝飞机挥舞着，只见心形中间交汇处的那架飞机调皮地做了一个360度翻转，格蕾丝认出了那肯定是她亲爱的同昌，她使劲地挥舞着双手，双手触唇做了一个大大的飞吻抛向天空，飞机上的同昌灿烂地笑着又做了一个漂亮的翻转。草地上的格蕾丝就像那浓郁的玫瑰蕊心，伫立在五彩缤纷的花海里和绿意盎然的草地中，香馥蜜意，芬芳弥久……

第十章 同信黄埔任教逢友，赴铁甲车队联作战

1924 年，同信在云南讲武堂航空学校毕业后，正逢广州黄埔军校创办建立，需要大批军事教官，孙中山及广州国民政府特别邀请云南陆军讲武堂协助办学，同信被邀请安排至黄埔军校担任工兵科教官。广州方面之所以看中云南讲武堂这所军校，是因为云南陆军讲武堂经过辛亥革命和“再造共和”的护国首义及靖国护法战争，亲自参与打倒了封建满清政府，进步的民主革命思想和以爱国主义为宗旨的“讲武精神”早已蔚然成风，形成了一种光荣传统；已开办了十五年的云南陆军讲武堂在四川、贵州、广东等地均设立了分校，有着极其丰富的教学经验和许多优秀的教官。同信在黄埔军校任教期间，接触了许多共产党人，如赵自选、陈奇涵、冯达飞，蒋先云等，其中从海南来的共产党员徐成章是同信在云南讲武堂的校友，徐成章虽大同信 9 岁，但入学云南讲武堂时间比同信晚。徐成章思想先进，推崇欧洲社会主义学说，宣传革命，反对封建迷信，提倡男女平等，同信很欣赏徐成章的政治抱负和人格魅力，敬佩他的实战经历与理想追求，徐成章则像大哥一样对同信颇为关注和照顾，两人因此结下深厚的友谊。现在两人在黄埔军校重逢，一个是工兵科教官，一个是特别官佐，同信深受徐成章的先进思想理念影响，逐步接受了马克思主义。同信在广州黄埔军校任教时，二哥同明也在广州，是国民革命军何应钦师长的副官，何应钦当时也在黄

埔军校担任教务处代理处长，同明跟随何应钦左右，因此两兄弟经常在黄埔军校见面谈心。

一天晚上，兄弟俩处理完各自的事务后和以往一样坐在学校操练场边上，同信用很郑重地又略带有征询同明意见的口气说道：“二哥，我想加入共产党！”同明微微一怔，旋即转而一笑，拍了拍同信肩膀，“哦，说说看，什么使得我调皮捣蛋的六弟长大成熟了，有了自己独立的思想见解和追求信念呢？”“二哥，你也读了《新青年》《新潮》那些杂志了吧？为什么我们中国到现在都还遭受着外国列强欺侮，军阀内讧未息、外患频来，贫民饿死街头，民不聊生？因为我们没有先进的民主的科学的政党领导！俄国十月革命为什么能够成功，是因为有马克思主义这个科学真理作指引！我很想去国外留学，求得真知，但是爹娘不允许，不过没关系，我相信我的选择是正确的，有了正确的方向，我们军人才能真正救国强国！”同明赞赏的目光凝视着同信：“好样的，我的小六弟，你要深问自己的内心，你真正想要的是什么，追寻自己内心真实想法和目标，不忘初心，砥砺前行就是，有二哥我做你坚实有力的后盾！”同信感激地望着二哥，从小打会走路起，他就像甩不掉的尾巴一样跟在三个哥哥屁股后面，那个时候二哥在他心目中就是神一般存在的“首领”，领着四哥、五哥和他在郑府后园的山中穿山跨河，捕鸟捉鱼，在宅院里横扫每个角落，无不尽其所能，无不极其所踪，四兄弟的童年就在这充满着无穷尽的活力与撒野欢玩中度过。而今，四兄弟长大成人了，他们坚守着自己的初心，倾心救国而志无违，他们以各自的方式在救国救民的道路上互相支持与鼓励。

在黄埔军校第一期学生将要毕业时，学校建立了“建国陆海军大元帅府铁甲车队”，上级抽调徐成章等几名共产党员负责具体组织工作，徐成章被任命为铁甲车队队长，他把同信等几位教官也带了进来。

1925 年 6 月，为声援上海人民“五卅”反帝斗争，省港工人举行了震惊中外的省港大罢工，铁甲车队也参加了大罢工游行示威运动。当队伍途经沙基时，遭到租界英军的血腥镇压，徐成章率领同信等众官兵冒着枪林弹雨，奋不顾身抢救遇难游行群众，一片混乱中，同信为保护队友，手臂中弹。徐成章和其他官兵立即护送同信到医院医治，同明听闻消息后也赶去医院探望。“铁甲车队平定滇桂军阀叛乱，受到孙中山先生及军部上下认可赞许，大家辛苦了！”徐成章双手紧握着同信一只手，和蔼关切地说道。这时，同明出现在病房门口，“二哥！”同信吃惊地叫了一声，“郑副官！”徐成章向同明行了一个军礼，同明立即回敬一个军礼：“徐队长！你们铁甲车队出色完成任务，同信在您教导下，进步很大，希望以后继续得到您对他的关心指导！”“哪里，过奖了，同信本身就很优秀，做事认真仔细，积极上进。以后有时间徐某我还要向您多请教军事战术！” 徐成章看了看手表，“队里还有个会，我就先走一步，同信你好好休养！”徐成章拍了拍同信肩膀，颇有深意地朝同明点了点头，和同信用眼神告别后，走出了病房。走在回学校的路上，徐成章回忆着跟上级讨论同信加入共产党的事，早些时候徐成章就很想发展同信加入中国共产党，同信很有政治主见，认同追求马克思主义，精通陆军通信技术、汽车驾驶、飞行驾驶，军事才干也是出类拔萃。同信的五个哥哥都在国民党核心层，大哥同声掌管着大西南的兵工厂，二哥是何应钦亲信，三哥是军医，四哥五哥虽在美国，但掌握着国民党空军主要力量。上级组织认为同信如此强大的军事背景，务必要谨慎对待和小心地善加利用和吸纳。组织决定由徐成章同志单线隐秘地和同信联系，不公开同信共产党员身份。

1926年国共联合北伐，何应钦任第一军军长，同明和同信参加了进攻闽浙战役。在何应钦率领下，福建战役全面告捷，俘敌师长官阶以下共约四千人。不幸的是，同信在这场战役中腿部受伤，同明安排同信就地医治，并拒绝了同信继续参战的要求，待同信差不多康复后强行把同信送回云南，留在了滇军司令部通讯处。

第十一章 同信基玉互生情愫，同信救人琼洁看护

云南讲武堂航空学校于1922年由唐继尧发起创办，在招生之初，航校教官在驾驶飞机训练时意外失事，让许多报考飞行班的年轻人望而却步。鉴于飞机失事对学生报考的影响，唐继尧特选送两名富家女孩入学，以鼓励学生报考，首开中国女子学习航空驾驶的先河。听闻云南航校招收女学员的消息，韩国女孩权基玉沿海道经越南辗转来到昆明，找到唐继尧诉说她航空报国的宏愿，请求其批准加入航校学习。唐继尧对这位韩国女子的勇敢壮志大为赞赏，尽管航校第一期已开学半年，还是破例招收了她为插班生。权基玉剃光了秀发，与20名男生一道出操训练，共同演习，丝毫不落班里的男生学员半分。权基玉所在的这个班里还有3名来自中国富有家庭的女学员，同信在班里任班长。航空班的训练比陆军班的训练更为严格苛刻，以前同信在陆军班学习训练时就觉得训练艰苦异常，现在航空班的训练可以称得上艰苦卓绝，甭说女生了，男生都需要超强的意志力和体能才能坚持得下来。

一日傍晚，训练结束后，学员们都去用晚餐，晚餐后同信发现自己的书包落在训练场上，他便跑回训练场，无意中发现训练场上有个清瘦的身影在反复做着花式转秋千的抗眩晕训练。那是权基玉，同信立即确定就是她，因为这个果敢而又不失温柔，特立而独行的韩国女生，实在是给同信留下了太深刻的印象，同信已经被她深深

吸引，情不自禁地躲在旁边驻足守望着，突然权基玉转秋千的其中一根绳索断裂，眼见权基玉飞了出去，同信不顾一切地飞奔过去把权基玉接住，两人一起摔倒在地上，“你这样独自练习是很危险的，以后千万不能这样了。”同信心疼地责怪道，“班长是你啊，我，我……”权基玉半天没有回过神来，倒在同信怀里。同信那张英俊硬朗的脸庞，高挺的鼻梁，星光璀璨般的双眸映入权基玉眼帘，瞬间权基玉的心跳如小鹿四处乱蹦。同信紧紧地抱住权基玉，四目相对，他心跳忽然加快，一种奇特的从未有过的触电般的感觉穿过全身，“哎呀，班长，你胳膊受伤了。”权基玉发现同信胳膊肘在流血，同信接住权基玉时受到的冲力让两人都摔倒，同信胳膊肘撑地摩擦出血，“对不起，班长，让你受伤了，谢谢你救了我！”权基玉紧张地起身，满脸通红地扶起同信。自那次权基玉独自训练后，傍晚训练场上就再也不是权基玉孤单的身影，从此多了一个坚实的身影在旁默默守护。

这天，同信回到郑府，客堂里老爷和夫人正在会客，“小少爷您回来了，正好老爷让我找你呢，府里来了客人，老爷说要让你来见呢。”刘管家笑容满面地拉着同信就往客堂走。跨进客堂，同信看见老爷旁边坐着一个中年男人，温文儒雅，聂氏旁边坐着一位年轻姑娘，眉目清秀，衣着素洁，一眼望去，冰清琼洁，静而不冷，这种气质还鲜有遇见，同信心里说道，至少在他认识的姑娘中他还没有碰到过。“信儿，来，见过你唐叔叔和唐姑娘。”聂氏微笑着示意同信过来，继续说道：“这位唐叔叔是你爹在值提督时侍卫总管唐威昊的弟弟唐威合，这位姑娘是唐威昊的女儿唐琼洁。”“唐叔叔您好，唐姑娘您好。”同信礼貌地向唐威合和唐琼洁点头打招呼，“这就是同信啊！都成大帅小伙了！当年在府里见到同信时，还是参加他满百日大宴见到的，那个时候的同信还是襁褓里的小婴儿呢！”唐威合笑着用手比画着，“是啊，飞驹过隙，同信百日宴那天，你哥哥和嫂嫂还带着小琼洁来的，转眼琼洁都长成亭亭玉立的大姑娘了，遗憾的是你哥哥嫂嫂走得太早，郑某我实在是亏欠他们太多！”说到唐威昊，老爷不禁黯然神伤。同信回忆起小时候常听刘管家和母亲提起唐威昊，他是在一次父亲率领的战役中为保护父亲而牺牲，他妻子因悲伤过度，没多久也随他而去，留下琼洁孤苦伶仃一人，后来琼洁就在叔叔家长大。每年祭祖时，无论父亲在不在家里，母亲都要带着他们兄弟六人去给唐威昊上坟拜祭，母亲总说：“这位唐叔叔是我们家的救命恩人，没有他，你们的父亲早就不在了，你们一定要铭记在心。”

那天晚上唐威合和唐琼洁留在府里和大家用了晚餐，唐威合因在郊外开有金矿，事务繁忙，连夜赶往矿场，聂氏便劝说唐琼洁留住府里几日，等叔父回城来再接她回家。大家茶后回各自卧房休息，安顿好琼洁后，聂氏把同信单独叫到书房，“信儿，这两日多抽些时间回府里，跟琼洁多接触接触吧。琼洁这个姑娘知书达理，谦和端庄，你也到了婚娶年龄，是时候该考虑一下自己的终身大事了。”同信一听，着实吃了一大惊，之前父母从未对他提起谈婚论嫁之事，都是给哥哥们提亲寻媳的，总觉得婚娶之事离自己尚且遥远，更何况自己军校刚毕业，未来何去何从都还不知道，就要娶妻生子了？想都没想，同信非常抵触地回答道：“娘，我航空学校学业还未完成，我现在不想考虑！”“这个不冲突，男孩儿先成家再立业，你看你几个哥哥都很优秀，家庭事业两边都没耽误啊。”聂氏耐心地开导。“他们是他们，我是我，当年我也想去美国留学，你和爹不让我出国，我也就认了，现在还要安排我的婚姻，这都什么年代了？

更何况结婚也要有感情基础才行啊，我都不爱唐琼洁，这样硬把我们凑在一起，岂不是毁了我们两人的一生吗？”“放肆！你怎么跟你母亲说话的？你懂什么是爱吗？”老爷跨进书房，听到同信的一番话，气愤地厉声道：“父母之命，媒妁之言，天经地义，正是为了你们一生的幸福！你和琼洁还没接触过，你怎么就断定你不会爱上她？什么是爱？所谓的一见钟情、男女之爱那只是片刻的欢愉，只有父母的爱才是永恒的、延续的，你终究是要结婚生子，成为父母的！”“爹，娘，我知道琼洁的父亲对我们有大恩，但也不能拿我的婚姻大事来回报他对我们的恩情啊！”“你，你，你说什么？！”老爷气得颤抖的手指着同信，一句话也说不出来，只听“啪！”的一声，老爷一巴掌朝同信掌掴了过去，“老爷，老爷，你怎么了？”聂氏惊慌失措地去扶老爷，老爷捂着胸口喘着粗气，扶着桌边不支，倒在了地上。同信捂着被打麻的半边脸，半晌没反应过来，委屈地僵立在原地。看到母亲没能扶住父亲跟着倒地，这才回过神，慌忙去搀扶二老。

“老爷这是气火攻心，血滞于心所致，虽开了药方，也只能暂时缓解，以后真不能再受刺激。”江医师被刘管家叫唤过来，给老爷把脉，喂服了急药，神色凝重地给守护在旁的聂氏和同信说道，同信非常懊悔地垂着头。刘管家把江医师送走后，同信陪着母亲来到书房，“信儿，你出生时，你爹年龄很大了，但他最宠最疼的就是你，你刚出生没多久发高烧好几天，我还在虚弱的月子中，根本没法照看你，是你爹几夜不合眼地看护着你，虽有下人帮忙，他还是不放心，要自己亲自看护。小时候你太调皮捣蛋，你爹都没舍得打过你一次。我和你爹都希望你一生幸福，平安顺利。我们了解你的脾性，我们之所以想到琼洁姑娘，是因为我们对她家庭背景熟知，对她本人性格人品了解，她未婚嫁，你未婚娶，我们希望能给你们创造些接触了解的机会，完全没有想到会拿你的婚姻去还恩。感情是需要培养的，我们尊重你的选择，但如果你连机会都不给，又谈何选择？”聂氏轻叹一口气，没有一丝责备的意思，满满的都是作为一个母亲对儿子的切切的关爱，“你可能现在还不懂我和你爹的苦心，等你做父亲后你就都会明白的，只是等你身为人父时，不知你爹还能不能看到那一天……”聂氏有些哽咽地侧过脸，“娘，我错了，对不起，我伤了您和爹的心，我不该那么说的，对不起！”同信走到母亲跟前跪了下来，聂氏双手拉起同信，心疼地抚慰道：“时候不早了，你快回房休息吧，明天如果学校没事，尽量安排在府里多待些时间吧。”

走在回卧房的长廊上，同信纠结着，学校里虽说集训考核刚告一段落，可以休息两三天，约了权基玉等好几个同学去瑞丽基地交流考察，可父亲被他气得病倒，琼洁姑娘又在府里，母亲苦口婆心的期待，心里不免烦乱郁闷起来，忽然，一阵断续的“救命……救命啊……”传来，循着声音的方向，应是离长廊不远处的那片荷花池塘，有人落水了！夜深一片黑暗，同信只能随着渐弱的呼救声飞奔到池塘边，隐约能见水中央有个人在无力地扑腾着，只发出些水溅的声音，没有“救命”的喊声了，果真是有人落入了池塘！同信立即脱了外套，跳进水中，快速朝那人游去。把那落水人拖到了岸边，同信才看清，是个中年男子，但没见过，应该不是府里的下人或长工，因为在府里待了一段时间的人肯定是不会误落花园池塘里的，“快，快，还有几根木头滚进去了……”那个中年男子被拖上了岸，半昏半醒中软弱无力地指着池塘，同信拍了拍男子脸颊，男子眨巴一下眼睛头一歪又昏了过去，同信见状只好背起他，朝刘管家卧房奔去。刘管家把丫鬟心莲叫了过来，同信救男子上岸时，脚被岸边的树枝戳破了一道口子，心莲赶紧给伤口做了处理。忙乱了半宿，才发现同信浑身湿透的衣服还没有换下来。看到那中年男子苏醒过来，交代了刘管家和心莲好生照顾后，同信全身湿透着独自回自己卧房，洗漱完换了件干净的睡衣便上床睡觉。第二天，见同信迟迟没来吃早餐，聂氏便带着琼洁来到同信房屋处，没见着丫鬟柳莺，敲了半天门，里屋也没人应答，进了卧房，只见同信蒙着头还在睡，聂氏微怒地去掀被子，发现同信紧闭着双眼，烧得通红的脸上都是细小汗珠，“信儿！你这是怎么了？”聂氏惊愕地呼唤，同信没有反应，聂氏一摸额头，发现烧得滚烫，“信儿，信儿，你醒醒，怎么烧成这样了？”聂氏急得不禁掉下泪水，“夫人，您在这啊？”柳莺擦着脸上的汗水，气喘吁吁地正跑进来，“早上我看小少爷还没按时起来吃早餐，便来叫醒他，发现他高烧昏睡，叫都叫不醒，我赶紧去找刘管家，他和江医师在后面马上就到。”正说着，江医师和刘管家急匆匆进了屋。“夫人，昨晚府里有个修装工人运了些木材去工房，经过花园池塘附近时脚滑摔倒，连人带木头全滚进了池塘里，小少爷回屋经过池塘边发现，跳到水里把那工人救了上来，我和心莲忙着照顾那工人，小少爷湿着身子自己回屋了，夜深寒凉，小少爷全身湿透，我们也没及时让他换干衣，估计就这么发烧了！”刘管家歉疚地向聂氏解释道。“那个工人现在怎么样了？”聂氏焦急地问道，“人没事了，只是想着落水的那几根木头，他打几辈子工都赔不起，伤心不已。”刘管家低着头，无奈地回复道，“人没事就好，落水的那几根木头不要也罢，这事倒是提醒我们，池塘边那个草地坡确实挺危险，刘管家尽快安排一下，看看怎么修建防护措施，以免以后再有危险发生！”“是，夫人！”刘管家应道。这时，同信微微动了一下，呻吟了一声，但仍紧闭着双眼，又昏睡过去。“小少爷是寒气侵袭入体，我开的药方一日六次喂服，休养几日应该无大碍了。”江医师把药方交代给刘管家后，又急忙赶去老爷卧房看望，聂氏才突然想起老爷还在病着，她得去照顾老爷，可信儿怎么办？柳莺一人肯定忙不过来，府里还在装修扩建，刘管家他们也是忙得四脚朝天的。在旁的琼洁看着焦虑中的聂氏，轻轻说道：“阿姨，您看要是可以的话，我来照看同信吧。”“这怎么行啊，你来家里做客的，本应该带你去游逛的。”聂氏抱歉道，“没关系的，我在这闲着也是闲着，帮忙照顾同信，让他快快好起来吧。”想着要让琼洁和同信多接触接触，聂氏觉得照看同信也是个机会，并无不妥，便点了点头：“那就辛苦琼洁了，丫鬟柳莺和你一起照看吧。”

这天，在航校的权基玉等几位同学在预定的时间没见到同信，瑞丽基地的访游也就没有成行，得知是同信救人落水发烧躺床上起不来，权基玉等几位同学购了些水果营养品急忙赶到郑府。刘管家领着这几位同学穿过长廊，经过花园池塘，又转拐了几个弯径，才到达同信的房屋。“这郑府也太大了吧，跟走迷宫似的！”两个男同学悄声嘀咕着，刚到同信卧房门口，权基玉透过珠帘一眼就看到躺在床上的同信，床边站着一个女孩，端着洗手盆，看穿着便知是丫鬟，床边还坐着一个姑娘，虽衣着清素，但透露出的冰洁高贵的气质一看便知是个大家闺秀，姑娘正轻柔地给同信擦着颈部和胸口，同信紧闭着双眼，并未醒着。看到这一幕，权基玉心微微一震，五味杂陈很不是滋味，“咦，那个姑娘是谁啊？像仙女般！好个郑班长，金屋藏娇那么深呐！”其中一个男同学口无遮拦地说道，“应该是班长还没过门的媳妇吧？”另一个男同学接茬道，话刚出口，突然觉得氛围有点不对，偷偷瞄了一眼权基玉，面无表情的权基玉此时的心情已凉到了冰点，她转过头，已不想再看那一幕了，淡淡地对其他同学道："班长没醒，我们就不要打扰他了，把东西放下我们就撤吧！"

第二天一早，同信睁开双眼，"小少爷你醒了！"柳莺的脸庞映入同信眼帘，室外的阳光照射进屋，微感有些刺眼，柳莺在床边整理着床褥被子，见同信睁开眼，高兴地叫道。想起跟航校的同学一早就邀约去瑞丽基地的，看着窗外的大太阳，同信心想，糟糕！他迟到了！腾地起身，想抓件衣服套上身，床边没见着一件衣服，遂下床，竟发现左脚绑了绷带，刚一碰地，就撕裂般疼痛。"哎呀，小少爷，你不能下床呢，前天你发高烧昏睡了一天一夜的。""一天一夜？前天？"同信懵了，使劲回忆着之前发生的事情，"是啊，你昏睡了整整一天一夜呢，琼洁姑娘一宿没合眼守着你，给你喂药后，你老出汗，她怕你再次着凉，一遍一遍地及时给你擦汗、换被。要不是她那么细心地照料，恐怕你还没这么快退烧呢！"柳莺说完，不由同信再说什么，就把他按回床上，"江医师嘱咐说，你得卧床静休，你这刚有些退烧，你就要下床外蹿了，这可万万使不得呀，要是老爷夫人知道了，他们定会怪罪我的！"看到柳莺那半强迫半哀求的眼神，同信只好作罢，乖乖躺回床上，心里琢磨着，等过几天身子完全恢复了再去航校跟权基玉他们解释吧。躺下没多久，竟迷迷瞪瞪地又睡着了。琼洁昨晚一直在同信床边守着，早上柳莺过来换班，她才回屋休息了一下，洗漱后换了身衣服，用完午饭后带了一本书就来同信屋里。听柳莺说同信刚才醒了一阵，烧也退了不少，琼洁松了一口气，在同信床边坐下，凝神望着那张轮廓分明俊美的脸，虽闭着眼，微长的睫毛下仿佛能见那神采奕奕的黑瞳，活脱而不张扬，热情而温暖，琼洁禁不住微微一笑，心生欢喜。由于昨晚一宿未眠，琼洁还是感到疲累倦怠，坐在床边看着书，眼皮子止不住地往下耷拉，索性把书放一边，头枕在手臂上睡着了。同信醒来时，看见那书正压在手臂上，琼洁趴在旁边睡着了，不忍叫醒她，自己轻轻拿起书，那是一本名叫月霞的女作家写的《月霞诗集》，平日里同信很少看这些文学诗词的，但偶尔会在学校图书馆的报刊、新文艺刊物上读到一些文笔绝妙的诗词文章。这名女作家月霞的作品在一个新文艺刊物上做过连载，因而即使同信只是偶尔翻看新文学、新文艺期刊，也总能读到她的文章，故对这位女作家并不陌生，她是一名新知识女性，独立知性，才华横溢，她的诗词有种空谷幽兰的气韵，令人悠然神往的清姿。同信翻了翻这本书，眼光不自主地望了望侧脸趴着睡着的琼洁，柔和的脸部轮廓，恬静闲适，清瘦的身姿，淡雅朴素，同信竟莫名地燃起有种想要去保护她怜惜她的冲动。

过了几日，同信康复后便返校上课了，照常的训练与课业，跟以往没什么不同，唯一不同的是权基玉始终在躲避疏远同信，这让同信很沮丧。权基玉很有自知之明，她一个来自异国的女子，和同信这样一个大家族里出来的公子门不当户不对的，将来硬是要走到一起最多也只能是个妾罢了，怀有远大志向的她，哪里可能像给同信擦汗的那名柔弱女子心甘情愿地做一名相夫教子循规蹈矩的妻妾？虽说对同信很倾慕喜欢，但每每一想起擦汗那一幕，一股不悦和自卑感控制不住地涌上心头，内心不停地纠结着，她觉得自己给不了同信所需要的，或许她真的不合适他，尽管他们彼此深深相爱着。这日，同信见权基玉没来上课，听同宿舍同学说她生病请假了，下了课同信便急急地跑到宿舍要去探望，宿舍门紧紧闭着，同信怎么敲门叫唤，权基玉就是不开，竟还大声吼了一句：“你别来打搅我了，让我安安静静睡个觉不行吗？”自尊心强的同信委屈地垂头走开了，他觉得瑞丽基地一事本是由他发起组织的，最后又因他未能成行，他确实很抱歉，但也不至于就如此绝情吧，谁没有个遇到突发事件的时候呢？想着想着觉得很憋屈，但又放不下架子去解释求和，烦闷地离开学校，打算回家一趟，去看望一下父亲。

进了父亲卧房，母亲、刘管家、琼洁的叔父等众人都在，父亲看上去心情不错，和大家唠着家常，见同信进来，和颜悦色地向同信招手：“信儿，快进来，你唐叔叔来接琼洁回去了，你来得正好，跟他们告别一下。”“哎，这几天辛苦了琼洁这孩子，要不是她悉心照顾信儿呀，信儿哪里恢复得那么快。你们在府里再多住些时日吧，让信儿带你们四处转转。”聂氏很不舍地说。“哪里，琼洁在这里给你们添了麻烦，她教书的学校也要开学了，等下次有机会请你们去我们那坐坐啊。”唐威合微笑答道，“信儿，琼洁正在房间里收拾行囊，你快去看看有什么需要帮忙的。”聂氏望向同信，带有示意和期待的眼神，“嗯，我这就去。”同信点了点头转身跨出房门。走在去往琼洁房屋的路上，同信有些歉疚地想着，琼洁那么全心地照料，他却什么都没有回报，连个礼物都没有想到送给她，真是太不像话了！突然想起他自己书房里存有几本新文学刊物，上有那个女作家月霞的文集，于是掉头向自己房屋跑去，打算把那几本刊物送给琼洁。拿着书，紧赶慢赶地跑到琼洁房屋处，见到她正在收拾东西的背影，同信竟生出几丝不舍她离开的怅然，顿在那里，怔怔地盯着那清雅的背影，一时语讷……

第十二章　同信漳州协助修机，巧助红军攻取漳州

1932 年，同信在云南航校任飞行驾驶教官时，学校新购进了两架英国阿弗罗 616 型飞鸟式教练机，福建漳州国军同时也购进了同一批阿弗罗 616 教练机。当时的漳州国军司令是人称“闽南王”的张贞，这个奇葩司令十分好面子，向当地老百姓强征高额“飞机税”，购了飞机又购大炮，到处显摆，装备先进齐全，却每每逢战必败。不知是属下驾驶技术水平有限，还是使用太频繁，新买来的阿弗罗 616 教练机没多久就各种问题不断出现，从福州请来的飞机修理师也没有修好，情急之下想到同一批购机的云南航校，于是向他们求助。时值同信正好驾驶使用的就是阿弗罗教练机，对该机结构性能了如指掌，云南航校便派遣同信前往漳州协助修理并指导正确驾驶。

到了漳州，张贞预先得知同信在美国的两个哥哥的强大背景，特意给同信搞了一场高调奢华的接待宴，“哈哈，我们远道而来的小郑团长跟我们漳州还是很有缘分的嘛！最初我们漳州飞机队还是你两个美国留学回来的哥哥参与组建的呢。听说你有个哥哥坠机到台湾岛，还是我们漳州的一家兄妹俩解救回来的呢！”张贞满脸骄傲地说道，带着些豪气，眼中却划过一抹狡黠。

第二天，同信跟随飞行员和机械师来到停机场，两架飞机都出了故障不能飞行，其中一架中了弹，油箱有部分损伤，属表皮伤，修理一番还能飞行，另一架则是发动机彻底烧坏，不知是被哪

位技术差劲的驾驶员的蹂躏，还没有参战，就壮烈“牺牲”。“呵呵，我驾着这架飞机翻山越岭，巡逻侦察，我一天起飞好几次都没事，就是那天载着吴书记，不知咋地给挂在树上，害得吴书记受了伤，搞得我忒没面子，回来修了一阵，结果它还一病不起了！”张贞摸着发动机烧坏的那架飞机，得意扬扬地说着，若无其事地扫了一眼正在检查的同信，“张司令，它发动机彻底坏了，这飞机算是废了……”同信无奈地摊摊手，“啊？什么？修不好了吗？”张贞突然瞪大了眼睛，满脸不可置信地问道，“除非换个新的发动机，这是英国生产的，还得换原厂配的，我们自己没法修。”“这，这……”张贞瞠目结舌地回应着，“这架是不行了，中弹那架的零配件原件我记得我们云南雷允厂里还有些，我让他们那边给您调配些过来吧。”

同信在漳州还得待几天，要等雷允厂的配件到后，同信指导修装好才能回云南了。张贞这几天正好从德国进口了几门大炮，他好不得意地叫上同信一起去参观他搞的秘密炮阵。晚上吃过晚饭后，张贞打发了手下，单独把同信叫到一间办公室，“小郑团长啊，你看我这基地也挺艰难啊，好不容易勒紧裤腰带搞了五架飞机，那么快就废了两架，欸，听说你在美国的哥哥也在倒飞机，嘿嘿，能不能请你哥哥帮个忙，也给我搞两架最先进的美国战机？你阿哥请蒋夫人吱个声，购机的经费不就拨出来了嘛？我这自筹的一百万银两分三分之一到你哥俩囊中，我们还白得两架美国战机，这样的买卖是不是十全十美？”张贞信心十足地望着同信，同信面无表情地睨视张贞，他并不惊讶张贞所说的，他只是极为痛恨国军上下都在徇私舞弊，贪污腐败，眼底划过一抹讥讽，淡淡道：“哦，这个，我跟我哥联系一下，先问问他们情况吧。”

1932年4月，此时的红军第三次反“围剿”胜利，一举攻克了闽南龙岩，并迅速向闽南重镇漳州挺进。同信接到红军方面发来的信息，立即将张贞炮兵的部署地域及指挥部详细情况传给红军，与此同时，原装零配件已到货，同信将中弹飞机修理差不多后，故意告知张贞飞机还没修好，尚不能起飞。正当张贞还坐在办公室里盘算着如何从蒋夫人那里套两架飞机过来时，副官紧急来报，说红军队伍已攻进城，正向指挥部逼来，还没回过神的张贞被侍从推到轿车里紧急逃离时也没想明白他那设计周密、万无一失的大炮阵怎么就没阻击得了红军呢？同信坐在张贞旁边，平静地看向车窗外，轿车飞驰过停机场时，见到那架已基本修好的飞机正安静地等待着它的新主人的到来，同信嘴角微扬，眸中闪过胜利的喜悦。

红军很顺利地控制了张贞指挥部，缴获了张贞还没收进私囊的那一百多万银两，当然令人振奋的还有那架静候新主人到来的阿弗罗616教练机。红军派了曾在苏联留学时学过飞机驾驶的冯达飞赶到漳州，经过几天的休整，被命名为“马克思”号的阿弗罗616教练机载着冯达飞等人欢欢喜喜地从漳州起飞，飞往江西瑞金，光荣成为继红军“列宁”号飞机后的第二架红军飞机！

第十三章 之岚府中掌管家事，郑府增建喜事频传

郑府宅院中，聂氏在花园水池中央的亭心处一针一线地做着刺绣，不远处水池边草地上几个活泼可爱的小娃们在追逐嬉闹着，那是同声的大女儿少琳、二儿子少琪，同仁的女儿少珍还有刘管家的小儿子几个小娃热闹又开心地在一起玩耍。由于同明长期在外征战，每次回家有时板凳还没坐热就被军令召回，周之岚流产了两次，至今还没有孩子，但之岚没有一声怨言，她很理解支持同明，她太爱同明，为他默默地做着一切，只求他每次能安心冲赴战场，安然无恙归来。自大娘胡氏病逝后，之岚就担起大内管家的职责，家里事务小到油盐酱米醋、工佣酬罚制管，大到房屋购置添瓦修装、婚丧祭典护病育幼等几乎所有巨细事务均由之岚打理得清清楚楚、井井有条，家里上下都很喜欢她，尤其聂氏和老爷子，对这个二儿媳很为欣赏信任，甚至有些偏爱，偶尔难免会引起其他妯娌的不平和嫉妒。长媳妇金玉贤，云南大户人家闺秀，为人比较软弱，不喜打理家务琐事，和同声相敬如宾，专心相夫教子，日子过得平和相宜。金玉贤嫁入郑家时把随身丫鬟辛言儿也带了过来，这丫鬟心机较重，能说会道，做事倒也利索，虽生得几分俊俏，却有着强烈的攀比心理，时常在仆人中挑弄是非，好在金玉贤还算明了事理，对这贴身丫鬟不时稍做管教压制，才不致生出无端是非。三媳妇江依凡是同仁的医药师傅江伯源的长孙女，出生医药世家，喜欢钻研中药研制

与中医诊治术，平日里大部分时间都是跟着爷爷和同仁一起外出采药或行医，对郑府家里的事务也鲜有涉足。她嫁进郑家时，聂氏把自己身边的一个丫鬟心莲安排给了她，江依凡是一个比较独立直率的女子，丫鬟心莲没服侍她什么，她倒把这丫鬟培养成了半个医师，但凡家里谁受伤或生病了，若同仁和江师傅都没在家，心莲便成了主治医师，竟也把大家照顾得妥帖周全。

这天，聂氏如往常一样在亭心刺绣，刘管家手拽着厚厚一沓书信笑容满面地朝聂氏跑去，边跑边喊着："夫人，夫人，四少爷和五少爷从美国来信了！"聂氏惊喜地放下手中针线，接过这沓书信，心中竟闪过一丝忧惧，书信怎么会那么厚？难不成昌儿义儿有什么不测？手已在颤抖，怎么也拆不开包装，"刘管家，你来帮我打开吧。""是，夫人。"随着包装被一层层撕开，竟显露出一张张照片！是同昌的婚礼照片！那天晚上，老爷、同声、同信，还有三个媳妇及丫鬟聚在客厅，欣赏赞叹着同昌寄来的婚礼照片，"四弟媳长得太美了，还是美国大学生，这是怎了得的人儿啊！"长媳妇金玉贤不禁唏嘘赞叹道，"四哥那么优秀那么帅，当然得配美国最美最好的女生啊！"同信自豪地说道。老爷子戴着老花眼镜，端详着照片，仔细地看了一遍又一遍，心中好生欢喜，聂氏亦是看得爱不释手，激动得眼眶都湿了。

这时刘管家来报，说劝业银行的缪云台行长有急事来访，这个缪云台也是一个叱咤云南经济界的人物，他的三哥毕业于云南讲武堂，和李根源、唐继尧是至交好友，他们和老爷子创办的兵器工业厂就是由缪云台一手筹划并筹措资金而成行的。缪云台曾留学美国学矿业，并对美国的经济金融颇有研究，回国后立志振兴云南经济。他创立的劝业银行因灵活的信贷政策，盘活了众多工商企业。他还进涉足锡矿业，发现云南采锡矿技术的短板，决定成立自己的炼锡厂，而当时最好的炼锡技术是英国人掌握着，想要英国人出让这门技术，简直就是虎口拔牙。他想着郑晋泰大人曾派驻过英国，结交过很多政要高层和技术专家朋友，虽说是老一辈的至交，但往往是前辈的深厚情感关系更利于做说服工作，于是便立即前来商议。老爷子和同声听了他的阐述和宏伟蓝图规划，很是佩服他有如此前瞻性的视野格局和谋略，当下就表示全力支持，并投资入股了按股份制成立的云南炼锡公司。

炼锡公司按国际标准生产的锡产品，品质精良，价格适中，成了国际市场抢手货，一时间，云南锡条在国际市场上风头无两，缪云台深谙国际金融市场运作，一不做二不休趁势将云南炼锡公司运作到了英国五金交易所上市，于是云南炼锡公司成为云南第一家国际市场上市的企业。公司发放国际股票给股东们那天，举行了盛大庆典仪式，郑晋泰大人携聂氏带着在国内的全家人参加了这场颇具纪念意义的庆典。

眼见郑府连传喜事，炼锡公司分红一大笔收益进账，老爷子周边购置的两套房产以翻倍的价格售出，同仁媳妇又有身孕了，同信订了亲，眼看又要添丁增口了，之岚建议把宅院扩建，翻新装修一番，老爷子和聂氏也觉得该修缮扩建一下了，也为以后同昌带着美国洋媳妇还有同义回国有更舒适的房间住用。于是在老爷子授权下，之岚开始张罗宅院的扩建装修工程，忙里忙外地比平日多了几分繁杂和劳累，好在之岚聪明能干，再繁杂的事都安排得井井有条，处理得干净利索。

负责修建工程的施工队长叫穆铁三，人称铁三锤，生得人高马大，粗眉细眼，年近三十还未娶妻，木匠出身，会造房建梁，还精通木雕，入工郑府之前就为好几个大户人家造缮房屋，几家都很满意推荐。老爷子托人从缅甸运了几吨花梨木，铁三锤自是不敢怠慢，亲力亲为，精雕细琢每一块横梁支柱，之岚每日也去旁亲督。铁三锤的做工房离厨房不远，长媳的贴身丫鬟辛言儿每次去厨房取餐膳都能看见他在那里做活，这辛言儿听说他尚未娶妻，身强体壮的，还怀揣一手木雕好技艺，心中便倾慕不已，每每经过工房，都要找点话和他搭讪或在门外偷偷关注他的一举一动。不过后来之岚频繁在工房里出现，辛言儿又气又恨，本来她就觉得之岚出身平平，竟受老爷夫人的偏宠，她家小姐出身大户人家，还是长媳，却什么话语权都没有，处处显得低人一等，她心里就极不平衡和嫉妒，现在好不容易有个心上人了，却被之岚梗阻，左思右想，狭隘扭曲的心理作祟，便开始捕风捉影，兴风作浪。每次去厨房，她都叫上其他丫鬟或下人一起，经过工房时故意停留一会，还不时地在旁添油加醋地说："二少奶奶几乎天天都在铁三锤工房这，以后有啥事找她，来铁三锤房里准能找到她哦！"久而久之，厨房的工人们，各房的丫鬟下人们见到之岚和铁三锤时目光都会闪现些异样。起先金玉贤听到辛言儿的闲言碎语不以为然，后来总是听到下人们议论纷纷的，再加上好几次都撞见铁三锤和之岚在一起，竟也生出了怀疑。

一日，之岚在账房算发各房生活费用，轮到三儿媳的丫鬟心莲进来领取，"心莲，这月多拨了20两银子给你们，三少奶奶怀有身孕，你要多加照顾，还有上次她给老爷配的药钱是多少？我这一并给出了。""二少奶奶，三少奶奶交代过的，那些药钱就不要考虑了，配的药能有效就最好了。"心莲满心欢喜答道。辛言儿站在门外，听到这些，心里又不是了滋味，凭什么多给三房20两银子？她那房才一个孩儿，我家大小姐两个孩，应多分我们这边才是！想到这不免愤愤不平起来，脑子里又闪现了铁三锤的身影，这下更是妒火中烧，恨得咬牙切齿地，不过畏于金玉贤的管制，不敢当面发作，竟还面带笑容地说道：“二少奶奶，您辛苦了！您面色看上去好憔悴好疲惫，二少爷又没在家，您要注意休息呀！”之岚扫了一眼辛言儿，她心里很清楚这个丫鬟的不怀好意，只是觉得她的这些小伎俩也没造成什么大的破坏，眼下又忙着装修扩建这个大事，懒于跟她计较，等忙完后再好好纠管她。“二少奶奶，二少奶奶，二少爷回来了，在夫人屋里等您呢，您快过去吧。”聂氏的贴身丫鬟子翠气喘吁吁地跑来，之岚听到这个消息，惊喜万分，匆忙交代了账房后一路奔跑向聂氏房屋。上次跟同明见面已是三个月以前了，虽已习惯了这样的分离，但自她第二次流产后，每次分离时她都莫名的焦躁和不安。“你若要跟着何校长，和之岚分别时间会更长了，你们孩子都还没有一个，你还是要好好考虑一下再作决定吧。”屋内聂氏神色略有忧虑地正跟同明聊着天，“之岚最近情绪有些不稳定，可能事务太多，再加上流产后的伤痛，你又老不在身边，还真苦了这个儿媳了。你这次回来尽量多待几日，好好陪陪之岚吧。”聂氏慈爱地看着同明，“嗯，二娘，我会的，您放心！”同明使劲点头。之岚在门外站着，泪水盈着眼眶，她多么希望同明从此留下，不再有下次的分离。

清晨，一缕暖暖的阳光透过纱幔照进同明和之岚的卧房，同明仍有些困倦地缓缓睁开眼，身旁只有之岚躺卧的寝枕，之岚已经早早起床去工房处理事务了。同明摸了摸之岚的枕头，鼻子凑近深深一吸，回味着昨晚的痴缠绻柔，嘴角不由上扬，幸福在内心荡漾着。同明换上衣服，在卧房里用过早餐后，便往老爷房屋走去。

第十四章　丫鬟辛言拨弄是非，之岚自尽同明悔憾

自蔡锷将军病逝，唐继尧统领滇军以来，由于他不断膨胀的欲望和想当“西南王”的野心，军内矛盾加剧，以龙云为首的下属们纠集一起威逼唐继尧辞职。龙云掌权后，虽也重用了唐继尧时期的一批手下，但毕竟一朝君子一朝臣，同明深明其中的微妙，不愿太深入龙云核心，遂主动请缨去匪患重灾区剿匪。因剿匪战绩显著，龙云多次欲提拔，同明都婉拒了，后来何应钦差人来找同明，想让他去做其副手。“何参谋长军事才干非凡，为人正直，现在他把你招去，定有他的谋划，你舅舅也在他那里，是自己人，比在龙云这里的确强很多。”老爷子替同明分析了一下局势，“只是，你和之岚商量了没有？你去广州也是一件大事，她一人在这里为这个家确实付出很多。”老爷子语重心长地提醒同明。

同明缓慢地在长廊上走着，心里纠结着，自从他们的第二个孩子没了后，同明每次和她相聚时，总觉得她不像以前那样有着满满的幸福感，眼神里总有一丝说不出的幽怨掠过，也许真的是操劳管理家务太累了。同明很想把之岚带在身边，但是现实的状况不允许他这样做，但这次将要长久地分别，他竟有些婆婆妈妈地万分不舍。“你是不知呢，刚才见着头碰着头地，真是太过分了！二少爷还在家呢他们就这样，等二少爷走了，不知会成啥样啦！”长廊的不远处，辛言儿正煞有介事地对心莲碎叨：“不会吧，二少奶奶不是那

样的人。”心莲质疑道。同明听了心里不觉微微一震，他远远地尾随在两个丫鬟后面。此时，之岚正在工房里和铁三锤讨论着门框的雕刻设计图案，讨论到有些地方需要修改，之岚起身去拿笔，没想被旁边放置的一个木块绊着了脚，差点摔倒在地，铁三锤立即扶住之岚的腰。恰巧之岚倒在铁三锤怀里这一幕被路过的辛言儿、心莲还有同明全都看见了，“呀！二少奶奶！”辛言儿眼见二少爷也在场，得意地提高了嗓门，铁三锤呆木着，脸一下红到了耳根处，之岚冷冷地扫了一眼辛言儿，平静地对同明微微一笑：“同明，你怎么在这呢？我正在跟师傅敲定雕图方案，正好你也来提提意见吧。”同明向铁三锤闪过一抹凌厉警惕的眼光，心有不快地说道：“之岚，跟我去二娘房屋，有事要议。”说完，拉起之岚的手往外就走，之岚能感觉到同明的愠怒，但自己也觉得很委屈，却又不想跟他解释什么，任同明拽着手，沉默地跟在他身后走着。那晚，同明把他要去广州的决定告诉了之岚，之岚本就委屈的心里增添了一份不舍和忧愁，又想到今天白天同明对她的误解，心里更加难受，忍不住泪水上涌，想到同明很快又要离开，不忍他有所烦恼和担忧，便强忍住情绪，淡淡地说了一句：“家里这边有我和二娘，你就放心去广州吧，时候不早了，早些歇息吧。”同明本想搂她入怀，见她冷冷地侧过身背对他，心忽地凉了一半，竟也怄气地背过了身。

时间一晃，同明去广州已有一个多月了，郑府宅院的扩建修装也快完成了。之岚拖着疲惫的身子回到自己的房屋，径直去了书房，躺卧在长榻上，命下人取了烟袋来。自同明离开后，之岚心情就很低落，身子也觉得软绵绵的，脑子总是昏沉沉的，于是干脆吸点大烟提振点精神。此时的铁三锤正忙着最后的收尾工作，发现还有最后一张图纸设计之岚没有确认，于是急匆匆地拿着图纸就往之岚房屋奔去。恰逢路上辛言儿和心莲从厨房里收拾了餐具出来，辛言儿一见着铁三锤，就控制不住地想偷窥跟踪着。这次见着铁三锤朝二少奶奶屋里跑得那么着急，心想不定又有什么惊艳的场面出现呢！于是强拉着心莲远远跟在铁三锤身后。“二少奶奶，工房的穆师傅说有急事找您。”“领他进来吧。”之岚侧卧在长榻上吸着大烟应着。书房里光线有些昏暗，铁三锤把图纸递给之岚，然后把长榻旁边的台灯也挪到靠近之岚躺的地方，之岚正要打开图纸，手中拿着的挑烟丝的细杆不小心掉到长榻缝隙里，铁三锤赶紧俯身在之岚腰腹处帮忙捞找，从书房窗外的角度往里看去，就像铁三锤趴在之岚身上两人在缠绵亲热！恰恰这时辛言儿和心莲跑到窗口，把这错位视觉的不堪一幕尽收眼底。

辛言儿心里说不出的兴奋劲儿，她觉着要不了多久她的心上人就要到手，而且还有二少奶奶受罚家法的好戏看了。她跑去告诉了大少奶奶，大少奶奶觉得事关重大，打算禀告聂氏。辛言儿思忖着聂氏和老爷一向偏爱二少奶奶，聂氏出面要保二少奶奶的话，就没什么好戏看了，最有效的办法就是把这事告知二少爷！于是撺掇大少奶奶联合三少奶奶写封书信给二少爷，大少奶奶本就是个软耳根，没什么主见，听辛言儿分析得有理，便去找了三少奶奶。虽说三少奶奶平时不怎么过问府里的大小事，却也觉着此事不算小事，尽管心莲也看到了现场，真实情况是什么也不能那么早下定论，也认为先让二少爷知晓此事比较妥当，于是联名给二少爷写了封信。

同明看到来信后，怒不可遏，回想起铁三锤搂抱之岚的那一幕、他离开前当天晚上之岚对他的冷漠，种种令人不快的零碎忆片，竟像是被放大镜放大了十几倍地在同明脑海里不断地翻腾倒转，在心里不停地碾压折戳，控制不住的怒火已完全操纵了他的理智，他匆匆安排好手中的事务，带了几个手下连夜赶回郑府。一路上，同明眉头紧锁，思想激烈地斗争着，他不想惊动父亲和二娘，他决定把铁三锤押到府外处理，同时把之岚约出来当面质问，至于质问后的结果是怎样，他已经想不到那么远了，被之岚负心背叛的愤懑已充胀了他的每一条血管，挑动着他的每一根神经。

天还未亮，同明的两名侍卫潜入铁三锤的房间，用枪顶着睡梦中的铁三锤，让他迅速穿上衣服便被押着上了停在郑府后门的一辆军车。车开了大约十几里地，在一座大山脚下的歇凉亭停下，铁三锤看见是二少爷，立即明白了为什么把他绑到这里，“二少爷，您听我说，这真是误会了。”“放肆！你还明目张胆地狡辩！你是觉得我们都是瞎子吗？！”同明不容他解释，一挥手，那两名侍卫官分站在左右两侧，举枪上膛对着铁三锤的太阳穴，铁三锤看这架势瞬间懵了，他心里清楚，他对二少奶奶虽有非分之想，但二少奶奶是一个正直善良的本分女人，“二少爷，我和二少奶奶之间清清白白，你所看到的听到的都不是真实的，你……”铁三锤话还没说完，同明一落手，“啪！啪！”两声刺耳的枪声在黎明的黑暗中响起，铁三锤瞪大的双眼直直向着青黑的天空，身体倒在迸溅的鲜血和脑浆中。

“二少奶奶，二少爷派来的李副官在门外，说是二少爷回来了，但在城外等您，这会儿派人来接二少奶奶赶紧过去。”小翠跑到之岚卧室禀报，之岚又惊又喜，惊的是同明没提前通知一声就回来了，喜的是昨天王医师把脉，之岚又有身孕了，她还正想着今天捎书给同明告知他这个好消息呢。“小翠，你快回李副官，我洗漱完收拾一下就跟他过去。”之岚兴奋地精心梳妆打扮了一番后，满心欢喜地上了李副官的车。李副官开着车朝城外的一条山路开去，速度有些缓慢地，他心情复杂地透过后视镜看了一眼之岚。此时天已亮，一束阳光射进车窗，之岚微微仰起头，欣然地享受着清晨的阳光和沿路山树散发出的清野味道，想着马上就要见到她亲爱的夫君，想着他们又终于有了可爱的宝宝，之岚嘴角不由翘起。车开到半山腰的一个小路口处停下，李副官领着之岚沿着爬山小路走了没多久，不远处一个歇凉亭，同明和其余三个侍卫官在那里等候，之岚一眼就瞅见了同明，高兴地朝他使劲挥手，娇嗲地喊道："同明！"同明一脸阴沉鸷地望向之岚，没有答话，之岚小跑着奔向同明，一头扑进同明怀里，"同明，你带我到这里，是不是知道了我们又有宝宝了？""李副官，你们现在下去到停车处等我。"同明没有理会之岚，而是看向李副官命令道。之岚突然感到一股寒气穿过脊梁骨，同明一把推开她，两道冰寒的目光扫向她，之岚险些仰倒，被迫往后倒退了几步才站稳，"同明，怎么了？我们又有孩子了！你不高兴吗？""孩子"这两个字现在在同明的耳中无异于两把利刃尖刀，狠狠地扎向他的心脏，崩出的血液如激流般汹涌轰炸着脑袋，"是吗？是我们的孩子吗？我们的孩子早就没有了，现在这个野种你竟敢拿来充当我们的孩子？"之岚愕然地看着同明，"同明！你在说什么？你怎么这样说我？！你怎么这么糊涂？！"之岚噙着泪水悲愤地问道，"我糊涂？你们俩真把我当傻子了吧！你这个恶毒的荡妇！"同明眼中的寒光又一次刺向之岚，他右手举着枪，枪口对着之岚。望着洞黑阴冷的枪口，之岚眸中划过一抹凄寒，她突然间变得异常平静，浸着泪水的双眸变得刺红，绝望地带着一抹苦笑问道："我在你眼中就是这样的不堪吗？不管你还爱不爱我，我还爱着你，肚子里的孩子是你的！""嘭！"之岚双手握着同明手上的枪，枪口对准自己的心脏扣动了扳机……树梢上的飞鸟惊恐凄厉地四处划掠散去，“之岚！”同明颤抖着用满是鲜血的双手，抱着之岚，这一切发生得那么快，没有辩解，没有争吵，没有哀求，只有之岚带走对同明所有的爱的决绝，随着那声悲烈的枪声，漫过山野，染弥旷际，坠越时空。

“放肆！”聂氏恼怒地猛拍了一下身旁茶台桌，江医师站在聂氏身旁，刘管家、子翠，还有几个丫鬟下人站在江医师旁边，看到夫人如此震怒，都不禁打了一个寒战。“夫人，夫人，我错了，您怎么罚我都行，求您不要赶我走，不要赶我走啊。”辛言儿跪趴在夫人面前，哭红了眼，不停地磕头求饶，又转向跪在旁边的大少奶奶，泣不成声地磕头哀求：“大少奶奶，求求您了，看在我跟了您二十几年的份上，求求您了。”大少奶奶泪流满面地跪在那里，任凭辛言儿如何乞求，只是泪水不断地涌出，浸湿了跪地的膝盖和衣服，跪在旁边的三少奶奶和心莲，也低着头不住地抽泣着。聂氏的心一阵绞痛，突然一阵眩晕，用手扶住了额头，“二夫人！”江医师心焦地在旁边看着，聂氏皱着眉，挥了一下手，打住江医师想要说的话，“辛言儿，从今天起，你不再是郑府的丫鬟，你不得再踏进郑府的门！刘管家，现在就把辛言儿的东西收拾了一并带出去！”聂氏厉色地命令道，“是，夫人。”刘管家用眼神使令两个伙计，两伙计迅速拉起辛言儿往屋外拖走。聂氏扶着额，悲痛惋惜不已，脑海里不断地闪现之岚的身影，“玉贤、依凡按家规罚禁闭十日，不得有任何违令！刘管家，通知账房，两房银用各削减二十两！不得有误！”聂氏紧锁着眉头严厉地说道，“大家都退了罢！”说完，起身，步履沉重地走出厅堂。走在通往自己卧室的长廊上，聂氏的脑海里始终萦绕着之岚的相貌话音，一种不祥的预感强烈侵袭着她，她不知道未来还会发生什么，但肯定会有事情发生，对于生老病死她都可以坦然面对，但对于之岚这种为爱的忠贞而赴死的决绝，她第一次感到那种天崩地裂的恨意和恐惧。同明犯下了终身不可饶恕的错误，这个沾着三个鲜活生命鲜血的错误将会不被原谅地咒罩着郑家，她不知道她该怎么去面对这个错误，她从没有像现在这样感到如此的无助和惶恐。

“夫人，二少爷回来了，他在您书房。”聂氏刚走到卧房门口，子翠就跑来禀报。此时已是深夜，天打着雷，下着倾盆大雨，同明跪在聂氏书房里，懊悔地痛哭着，聂氏也怆然泪下，弯下腰扶着同明的双臂，痛惜地说，“明儿，你怎么那么糊涂？眼见不一定为实啊！你打小就格外调皮活泛，家里上下都很宠爱你，包容着你的冲动，你的叛逆，我们太惯你了。你和之岚是自由恋爱，你们相爱得那么深，为什么你却轻信一个丫鬟的煽风点火，不假思索地就去狠狠地伤害一心一意爱你的妻子呢？”同明泣不成声地跪立着，聂氏心疼地擦拭他脸上不断涌出的泪水，扼腕悲惜不已。屋外，雷鸣电闪，大雨滂沱。

“夫人，老爷和大少爷回来了。”刘管家跑来急报。这两日老爷和同声去外城押运货物，在回返的路上接到府里的消息，快马加鞭地连夜赶了回来。这晚，书房的灯一直亮着，大雨一直下着，“刘管家，差人去之岚家告知，厚葬之岚，在郑家祠堂立牌。拨银五十两给穆铁三的家人并安排后事。”郑晋泰大人神色凝重地吩咐着，“同明，冲动是魔鬼，有些事情做错了可能是几辈子都弥补不过来的，以后你的为人处世若还是照你这样任性冲动下去，必将给你自己及家人带来祸害灾殃！你好自为之！”老爷子严厉地谴责道。他这六个爱子中，同明思维最活跃，有勇有谋，除了性情任性易冲动外，在老爷子眼中应是十全十美的军事天才了，可以说是老爷子最喜欢最欣赏的儿子。如今同明犯下大错，老爷子非常痛心，但也护子心切，交待了刘管家去警司报案，称穆铁三强迫周之岚未遂，杀害周之岚后畏罪自杀。穆铁三家里没什么亲人，远房的表亲拿了郑府的银两后也没有再去追究。之岚的母亲受不了这突发的打击，过度悲伤而逝，之岚唯一的弟弟周之杰在贵州黔军当兵，听到这个消息后，悲痛欲绝，他不相信他最爱的姐姐会这样被杀害，其中定有隐情！他暗自四处打听，多次潜伏在郑府附近，寻找任何知道真相的郑府内的丫鬟下人们。

长儿媳金玉贤也没有想到她署名的这封信竟毁了周之岚的一生，而且害了三条人命，她追悔莫及，陷入无尽的自责中，她乞求同声能够原谅她，但是发生的这一切让他们再也回不到原来的信任与相敬如宾的恩爱了，同声对她长达数月的冷漠，金玉贤已渐渐看不到希望。这天，是少祺的生日，晚饭后，少祺在金玉贤卧室里玩耍，同声寻过来："我来接少祺去二娘那。"两个多月了，同声一次都没有踏进他们的卧房，"今晚你能留下来吗？"金玉贤卑微地问道，"我去书房还有事务忙，你早些歇息吧。"同声内心也很痛苦纠结，作为家里的长子，他没能保护好家里的每一个成员，他的妻子犯下的错误跟他往日疏于与妻子的沟通交流有很大关系，如果妻子在给二弟写联名信之前将此事与他商量，就不会有这样的惨剧发生了。同声很愧疚自责，他觉得他无法面对他的妻子，至少到现在，他仍接受不了二弟媳之岚已远离他们而去的事实，他不能原谅他妻子，也不能原谅他自己，也许需要时间，很长的时间，亦或许，是永远。

"啊！大少奶奶！大少奶奶！"子翠一清早过来给少祺送东西，准备到大少奶奶那里告知一声，推开卧室门，只见金玉贤一身翠绿的旗袍，梳妆精致体面，却悬挂在空中。昨晚，心早如死灰的金玉贤做了她这辈子最艰难却又最坚定的抉择，虽然她和同声身近咫尺，但两颗心之间如隔大海，永远触不到彼此，与其如此苟活，不如以死赎罪，带着尚存的一点尊严和美好回忆早日解脱吧。“夫人，大少奶奶她……她，上吊了！”子翠惊慌失措地跑到聂氏卧房，聂氏正在早茶，手中端着的茶盏瞬间跌落地上，摔得粉碎炸裂，突然一阵眩晕，眼前一片黑，聂氏晕倒在地。三个月之内，郑府的两个儿媳妇相继逝去，还未出世的郑家骨肉死在亲爹的枪下，这是作了何等的孽障，遭到如此的灾难？聂氏已承受不住这突如其来的一连串变故和打击。她醒来时，郑晋泰大人正在床边关切地望着她，她费力地起身，郑大人把她扶在怀里，“老爷，对不起！”聂氏泪水止不住外涌，“对不起，我没有照顾好家人，都怪我，都怪我。”她泣不成声，“夫人，你没有错，错怪不在你，你已经尽力了，孩子们都已是大人了，他们应该对他们自己所做的一切负责。要怪应该怪我常年在外征战，没有好好陪伴他们，教导他们，我没有尽到父亲的责任。”郑大人心疼地把聂氏紧紧地搂在怀里，他很愧疚自责，回想走过来的这些岁月，他在家里陪伴妻子和孩子的时间恐怕连三分之一都没有，大夫人胡氏走得早，连长孙都没有见到就西去，六个儿子的生活全靠聂氏悉心照料，六个儿子培养出来都非常优秀，从小到大，基本没让郑晋泰大人操过心。如今家里遭受这些变故，突然有一瞬的念头闪过：难道是因为作为军人的杀戮太重？郑晋泰大人不敢往下想，他迅速地掐灭了这个可怕的念头，他郑家祖代的基因就是军人的基因，这是世世代代血液里就一直流淌着的，不可能被改变，也不可能被舍弃。

在广州的同明听闻大嫂上吊自尽，二娘病倒，痛悔不已，他立即启程赶回家。到家里时，聂氏正在卧床休息，同明不想吵醒她，便去找同声，碰到刘管家，“二少爷，你可回来了，大少爷的兵器厂昨天发生了爆炸，大少爷受伤了，现在在三少爷的医院里，老爷现在还在厂里处理，你快去看看吧！”刘管家焦急地跟他禀告。同明立即出了郑府大门，登上了他的军车，命下属开去司令部医院。此时在郑府门外蹲守的之岚弟弟之杰把这一切看得清清楚楚，他没想到同明居然回来了，往日同明在广州粤军司令部内，戒备森严，之杰根本没有机会找到他，现在同明竟在这里出现，之杰决定要抓住这个机会报仇。

兵工厂的爆炸，死伤了十几个人，同明赶到医院时，大厅里乱成一片，家属和医护人员杂乱地各自忙着照顾伤员，同声在一间小诊疗室里，所幸只是手臂受了伤，同明找到时，同仁正在给他包扎，“大哥，三弟！”同明快速地跨进屋，“你怎么来了？”同声有些诧异地问道，“现在听说周家那边追得紧，你应在广州那好好待着才是啊。”同仁担忧地说道，同明低下头，抿了抿嘴唇，内疚地说：“嫂子她……”“二哥！快闪开！”同仁话音刚落，门外跟踪过来的之杰已掏出手枪对准同明的后背扣动了扳机，同仁上前推开了同明，子弹穿进了同仁的心脏，鲜血像疯狂生出的无数利爪在同仁胸口肆虐地向外展伸蔓延，在走廊不远处的李副官闻声飞奔过来。之杰拿着枪对着被同仁推倒在地的同明，眼睛充着血丝，恸泣地质问：“你为什么要杀我姐姐？我姐姐那么爱你，你为什么要这样对她？！”“之杰，你听我说，是我错怪了之岚，我对不起她。”同明看到门口的李副官把枪对准了之杰的后背，“李副官，不得开枪！”同明命令道，之杰突然意识到身后有人，他举着枪转过头，但瞬间又回过头，枪口对着同明，绝望地笑道：“姐，我替你报仇了，你等等我……”“啪！啪！”一颗子弹穿进了同明胸口，另一颗子弹从之杰的太阳穴穿进了脑袋。

“老爷！老爷！老爷！”聂氏拖着虚弱的身子悲怆地呼唤着昏迷的郑晋泰大人，一天之间失去了两个儿子，郑晋泰大人急火攻心，倒了下去，聂氏几近崩溃。“老爷急火攻心，胸阳虚损，脏腑虚弱，气血瘀滞。”江医师深皱着眉头，“大少爷，老爷这是急症，你快去把医院的那个法国医生弗朗大夫请来。”“我马上去！”同声立即应道。同信搀扶着聂氏，担忧地说：“娘，您现在身体也很弱，我扶您去休息吧，待会大夫来了，有我和大哥。”聂氏抬起泪眼，恍惚道：“信儿，快去把你哥哥们叫过来，仁儿呢？怎么没见他来？他是医生，快叫他过来给爹爹看病！快去啊……”聂氏抓着同信的手臂，疯狂地推着，同信不忍地含泪点头说：“娘，我这就去叫，我这就去，我先扶您去休息，一会儿就把他们带过来。”听到同信的答应，聂氏惊慌的心似乎回缓了些，却又一阵眩晕，瘫软在同信怀里。

“郑老先生患的是心梗，情况不太乐观，我已给他注射了药剂，我建议住院观察治疗吧。”弗朗大夫收拾好听诊器和注射器，转身对江医师和同声说道。送走了弗朗大夫，同声把江医师单独叫到书房里，江医师低沉道：“大少爷，老爷的病怕是凶多吉少，要不要把同昌和同义叫回国来？”

第十五章 同义康复购机回国，兄弟同演空中飞秀

1933 年，美国波士顿，同昌和格蕾丝的儿子维克多（Victor）已满 8 岁，这个活泼可爱的混血小男孩，长得一头乌发，褐色的眸子熠熠生光，高挺的鼻子俏皮又圆实。Victor 继承了父亲同昌的军人基因，痴迷玩枪弄棒。自他会走路起同昌就教他习练中国武术，Victor 每天一有机会就会跑到屋院后花园草坪处，拿着同昌和同义给他手工制作的各种弹弓、小手枪、刀戟等木制的迷你武器玩具，邀约着几个隔壁邻居的小伙伴们，尽情挥舞玩耍，每天都精力充沛地乐此不疲。而同昌和同义也会经常变着花样给他制作些不同的武器玩具，有了这些制作精良、设计独一无二且不断更新迭代的玩具武器，Victor 就像拥有了被赋予无尽能量的制胜法宝神器，引得周遭同学及小伙伴们纷纷追捧，几乎每天后花园的草坪处都会有这帮神采奕奕、斗志昂扬的小勇士们的身影，每次的“战斗”都是在长辈或小伙伴的家里人叫着“该回家吃饭了！”的威严勒令下被迫叫停，小勇士们才意犹未尽地悻悻而归。这样的无数次精彩“战斗”就连 Victor 两个已上中学的表哥们只要逮着机会都要争抢着加入。

这日，是同昌和格蕾丝的结婚周年纪念日，往年的纪念日玛格丽夫人家里都会高朋满座，热闹非凡，但自 1929 年 10 月纽约证券交易所股市崩盘，美国经济陷入毁灭性灾难之后，玛格丽夫人家在纪念日的庆祝仪式就仅限家里的所有成员参加了。这日的晚餐家宴

前，Victor照样在后花园跟小伙伴们激烈“战斗”着，小勇士们大声唱着：“Mellon pulled the whistle, Hoover rang the bell,Wall Street gave the signal and the country went to hell.”（这是当时纽约流行的一首儿歌：“梅隆拉响汽笛，胡佛敲起钟，华尔街发出信号，美国往地狱里冲！”），他们边高亢喊唱着边撒野地四处追跑着，绿油油的草坪也随着这些小勇士们欢快地奔跑打闹而迎着微风摇摆着欢乐。同义正在一段损坏的栅栏处修理着，他用铁锤敲打着栅栏上的钉子，声音很响，Victor远远看见了，突然想“偷袭”他的这个叔叔，于是他示意其他小伙伴们停止叫喊，蹑手蹑脚地朝着同义背后摸索而去。正在专心修补的同义眼睛余光突然扫到一个小人影，本能地往旁一闪避，Victor“偷袭”未遂，举着的小木刀砍了个空，整个小身子扑倒在草坪上，旋即又双手撑地一骨碌爬起来，看到一脸木然的叔叔半蹲在旁边，好像在思索着什么，狡猾的小家伙以为叔叔要责怪他，赶忙笑嘻嘻地扑向叔叔，大声喊道：“Dear uncle Ted, I just want to give you a warm hug!”（亲爱的泰德叔叔，我刚刚只是想给你一个温暖的拥抱！）此时的同义突然欣喜若狂地用一双大手把小家伙高高举起转了几圈，愉快地说：“我全部看见了！我全部看见了！我能全部看见了！”。Victor虽然听不懂同义说的中文，但同义掩不住的激动高兴让Victor更加开心喜乐，他咯咯咯咯地笑着，任着同义举着他在空中飞旋，叔侄俩灿烂的笑容在夕阳的余晖下溢满了草坪花园，朗朗的笑声飞过花园穿过屋檐门窗欢弥整个房屋。

晚餐后，大家一如既往地喝茶闲聊着，玛格丽夫人和坐在轮椅的母亲翻看着同昌和格蕾丝婚礼的照片，调皮的Victor坐在玛格丽夫人腿上，很是认真地随着曾祖外婆的翻页一张一张地欣赏着，突然很不开心地问了一句：“Why all of you are in those pictures but me?”（为什么你们都在照片里，唯独没有我？）屋里一下子安静了片刻，随后所有的人捧腹大笑，同昌快步走到 Victor 面前，一把将他从玛格丽夫人腿上抱起来，在那胖嘟嘟的白里透红的小脸蛋上响响地亲了几口，“Sorry, my dear son, We haven’t gotten the information that you were coming then. But now, I promise you we won’t miss out ever after!”（对不起，我亲爱的儿子。我们当时没有收到你要来的消息。但我向你承诺，从此以后我们再也不会落下你！）小家伙满意地搂着爸爸，美美地享受着满满父爱的香吻。

第二天，同昌和格蕾丝陪着同义去医院做了彻底的检查，同义视力完全恢复了正常。兄弟俩坐在查尔斯河畔的花园草坪上闲聊，河畔两岸一片绿草茵茵，大树成排，芳草鲜美，落英缤纷。闲散的人们三三两两或坐或躺，还有的在河边散步、跑步。河水在阳光照射下慵懒地泛着粼粼波光，天空湛蓝，一片干净透亮，静怡宁和。同义的嘴角微微上扬着，眼光投向远处，欣赏着这如油画般的查尔斯河畔的静美，他很久没有这样微笑了，纯粹，欣然，困扰他十几年的病伤终于彻底摆脱了。他犹如重获新生般，迫不及待地憧憬着未来，同昌侧望着弟弟久违的微笑，倍感欣慰地说：“时间过得真快，我们来美国十年有余了，阿爹阿娘不知现在如何了，上次接到家里的来信都好几个月以前了。他们总是催我给你介绍对象，唉，我这当哥的，太不称职了！”同昌愧疚地挠了挠后脑勺。同义打小就跟着他这个四哥，无论他做什么事，同义就像他的左臂右膀一样，总是悄无声息地不提任何条件地帮衬他，而他却没能照顾好这个弟弟，心里很是歉疚，“哥，我想回国。”同义望着远处，同昌对于同义的这个想法并不惊讶，因为他也时刻准备着回国，毕竟他们是军人，只是现实的状况让他们留在异乡，但不管身在何处，他们总有办法以这样或那样的方式来报效祖国，而此时的同昌很想让同义也在美国安家，他相信不管在哪里，他们兄弟俩齐力同心，必能完成救国强国军事大业。只是，同昌每次跟同义提起感情婚姻之事，同义眼中总是闪过一丝隐晦的伤痛，他知道那是同义内心深处不能碰触的痛，弥补不了的终生遗憾。同义是一个痴心深情之人，感情的事确实不能强求，同昌只能暗暗祈祷，希望不久的某一天那个能重新敲开同义心扉的天使能尽快降临同义身边。“同义，你刚刚才完全恢复，还是再休养巩固一段时间吧。前一阵格蕾丝父亲想让我们加入他们海军航空队，我给他推荐了航空学校的几个毕业学员，可他还是想让我和你加入。上次我们航空救国会募资购买的那架战斗机是在他大力帮助下才得以拿到。”“美国海军的航空队从技术到战术都是一流的，他们比陆军航空还要厉害，我们有这个机会加入海军航空队，这将是对我们以后回国航空救国最大的实力支撑！”说到飞行，同义兴奋地两眼放光地看着同昌，同义似乎就是为飞行而生，他沉迷飞机机械设计研究，享受着在空中的自由翱翔，如今的他又可以重新回到蓝天内心真是万分激动。同昌深深被同义的热爱所感染，他决心一定要帮助同义实现他的梦想。

在同义身体完全康复之前，只有同昌代表纽约航空学校参加了美国每年的航空飞行表演秀，而今年，同昌同义以美国海军航空兵的身份参加了这一年一度的盛大航空飞行表演。飞行员们在待飞飞机前队列一排，身穿空军制服 A-2 飞行夹克，笔挺的卡其色裤子，脚蹬高帮皮靴，头戴黑色贝雷帽。同昌同义亦在队列之中，兄弟俩身材高俊挺拔，气宇轩昂，英姿勃发。灿烂阳光下，飞行员们矫健的身姿，坚毅自信的气质显得格外迷人闪耀，简直让人挪不开眼。

海军航空队不仅人帅，飞行员们的特技飞行表演更是精彩绝伦，令人叹为观止，六机百合花、六机楔形队形翻筋斗、四机开花加单机筋斗水平交叉、四机菱形编队正反飞行、双机重叠翻筋斗、双机对头倒飞筋斗、双机倒飞进入接横滚转弯等高精准高难度的特技飞行在飞行员们熟练灵活的操作技术下秀演得淋漓尽致，那种飞行独有的立体之美、力量之美、速度之美，强烈地冲击着大家的视觉神经，十分震撼惊艳！

波士顿查尔斯河畔，人头攒动，万人空巷，波士顿交响乐团每年都会在飞行表演秀时演奏助兴。当飞行队飞过波士顿上空表演时，往来穿梭的飞机伴着隆隆机声，格外响亮的交响音乐，和着人们的喝彩欢呼声，整个波士顿沉浸在快乐沸腾中。人群中，格蕾丝牵着Victor的小手，旁边有Victor的好几个小伙伴和他们的父母，飞行表演队飞过他们头顶时，Victor兴奋地跳起来："快看，快看，我爹地，还有我Ted叔叔都在那呢！"小胖手激动地指向天空，小伙伴们也甚是羡慕崇拜地蹦跳着："哇，好棒啊！好棒啊！""等我长大了，我也要像爹地和Ted叔叔那样在天空中自由地飞来飞去！"Victor无比自豪地宣布。

同昌和航空学员每年参加的航空飞行表演募集来的资金和航空救国会华侨捐款及国民党航空委员会的拨款一起用于购买战机，这次购买了美国寇蒂斯公司生产的专供外销的最先进的海军战斗机霍克－3型战斗机（Hawk III Fighter），这款舰载战斗机具有独特的双翼，大发动机罩，起落架可收在前机身两侧等独特性能，武器有大"考尔托"两挺，可携带250磅炸弹2枚，巡航时速约170英里/小时，续航半径约为280英里。国民党自1931年九一八事变后，加大了从美国、法国等欧美国家购机的力度，其中昆明空军订购了两架霍克－3战机。自同义伤病完全康复后，同义就一直想驾驶新购的战机回国，他很想四哥跟他一起回国，但是每每看到同昌回到家就抱着搂着可爱的Victor亲不完的欢愉，玩不够的打仗游戏，父子俩的天伦之乐，同义就忍住不告诉四哥他的想法。其实同昌也有回国的想法，他打算等同义完全康复后带上格蕾丝和Victor一起回国，毕竟那里是生他养他的祖国，他是军人，他最终是要报效他的祖国，保卫他的祖国的。

深夜，同义睡梦中，“你醒了！”阿惠温柔的笑容出现在同义眼前，轻柔的声音在耳边环绕，她身后站着一名穿着白大褂的医生，还有一位身着军装的军人，两人的脸庞非常模糊，同义挣扎着想起身，却沉重疲累得丝毫不能动弹，“这是在哪里？”好像在美国的医院，不对，又好像在台湾的医院？同义使劲地辨识着周围的环境，忽然阿惠身后两个人的脸庞变得清晰起来，是二哥同明和三哥同仁！“二哥，三哥！”同义大声呼喊着，两人没有说话，只静静地望着同义，突然两声刺耳的枪响，同仁同明的影像瞬间幻化粉碎，“哥……”同义额头冒出密麻汗珠，从梦中惊醒。第二天上午，同昌接到大哥发来的电报：“父危，速回。”

“爹地，能带上我吗？”Victor站在同昌旁边，眼巴巴地看着父亲收拾着行李，哀求着，“Victor, 爹地的爸爸生病了，必须得马上赶回中国，你还要上学，等你放假了，爸爸就过来把你和妈妈都接过去，好吗？”同昌蹲下来，双手抚扶着Victor的手臂，“那你什么时候过来接我们啊？”Victor几近哭泣地小声问道，“很快！会很快！”同昌心里一阵难受，他第一次做了如此没有把握的承诺，世事难料，他不知道此程一去，何时才能回来，但他爱他的妻儿，无论如何，他一定尽自己最大努力兑现他的承诺。格蕾丝默默地帮他收拾着行李，同昌亲吻了Victor的额头，起身走到格蕾丝面前，轻轻地拥她入怀，“格蕾丝，辛苦你了，回国安排好后，我一定尽快回来接你们！”“亲爱的，不要担心。这个项链是曾祖母给我的，你戴上它，它会一直保佑你平安的。”格蕾丝拿出一条项链，上面挂有一个精巧的心形小盒子，打开盒盖，里面是格蕾丝和同昌的合照。格蕾丝给同昌戴上项链，同昌深情地吻着格蕾丝额头，内疚地说：“格蕾丝，对不起，你为我付出了那么多，我却没能陪伴在你们身边，你一定要照顾好自己，我尽快回来接你们。我爱你！”“Tom，不要这么说，我爱你，无论你在哪，我的心永远和你在一起，你可不能食言啊，你务必完好无损地回来接我和Victor啊！我们可是等着你开飞机载我们跨越太平洋去看望Victor的爷爷奶奶呢！”格蕾丝湿润的眼眸里充满着忧伤和不舍，同昌强忍着离别的伤感，微笑着抱紧格蕾丝，深深地吻了上去。

第十六章 老爷西去少爷回归，航空战役首次告捷

郑府。郑晋泰大人卧房里，同声、同信、同信妻子唐琼洁、同仁遗孀江依凡、医师江伯源、刘管家都围在老爷床边，“你们都退下吧，我再陪老爷多待一会。”坐在床边的聂氏轻轻说道。老爷微微睁开双眼，聂氏那张柔美端庄的脸庞，纯净灵逸的双眸仍和她16岁嫁入郑府时一样，没有丝毫变化，岁月流逝，却是给聂氏平添了成熟而坚强的温婉。“曦月，扶我起来。”老爷虚弱地肘撑着床沿，聂氏含泪把老爷扶在了怀里，让老爷的头枕在她的胸口。往昔的美好岁月恍然浮现在眼前，一袭红妆的娇美嫁娘，英武硬朗的武官大人；书房里大人伏案写作，夫人旁立研墨扶顾；花园里相依相偎酌饮赏月，使节盛宴推杯换盏觥筹交错；夫人荷塘池边抚琴悠扬，大人月下阁亭吟诗雅颂；儿孙绕膝合享天伦之乐，相知相爱相扶相惜心永随……

“夫人，老夫命不久矣，这辈子愧欠夫人太多，来世定再护妻左右，相伴永远！老夫不耻最后一个请求，求夫人务必照顾好自己，护保吾郑家血脉延承……”老爷话音渐渐微弱，“老爷，您放心，我定不负您重托！老爷，老爷……”老爷短吁一口气闭上了双眼，聂氏低低哭唤着，紧紧抱着躺在怀中的老爷，在老爷额头上缓缓地亲吻一口，饱含着无限的眷念的泪珠垂滴在老爷的脸颊上。

同昌同义分别驾驶两架霍克－3型战斗机从波士顿起飞飞往中

国昆明，战机在昆明巫家坝机场着落，滇军司令龙云率众军官士兵在机场迎接，同昌同义步下战机，齐步走到龙云面前敬行军礼。“辛苦了！”龙云赞许地望着同昌和同义，拍拍同昌的肩膀：“令尊病逝，节哀顺变。”简单接机仪式结束后，同昌同义迅速赶回郑府。

郑府灵堂，聂氏、同声、同信身着孝服彻夜守灵，“娘！”同昌同义跨进灵堂，聂氏抬起泪眼，怔怔望着同昌同义，悲伤又惊喜地问道，“昌儿，义儿，是你们吗？”母子分别十几年，思儿几欲寸肠断，聂氏颤抖着双手抚摸着同昌和同义的脸庞，“你们回来了，终于回来了！”“娘，孩儿不孝！”同昌同义齐齐下跪，“你们安然无恙回来就好。”聂氏用手帕轻轻擦去同昌同义的泪水。“夫人，人已到齐，老爷明早出殡，让四少爷、五少爷随我去衣房换丧服吧。”刘管家进来领同昌同义回房安顿换衣。“怎么没见二哥、三哥？”走在回房的路上，同义疑惑地问道，“四少爷，五少爷，你们不知啊，头年那会，二少爷二少奶奶他们……”刘管家哽咽着断断续续地讲述着府里这一年多时间里发生的巨变，“如今老爷西去，夫人带病硬撑着，唉，四少爷，五少爷，现在你们回国了，在府里多陪陪夫人吧，夫人真的太不易了。”刘管家在前面带着路，边说边抹着泪。

同昌同义回归云南空军部队，同昌任航空队大队长，同义任副队长，并在云南讲武堂的云南航空学校兼任飞行驾驶教官。同信亦毕业于云南讲武堂陆军学校，任滇军司令部通讯团副团长，后又考入云南航空学校学习飞行驾驶，毕业后加入云南空军航空队。现在同昌同义回来了，郑家三兄弟在同一个航空队并肩作战和训练，三兄弟都生得英俊挺拔，聪慧干练，帅气勇毅，同昌同义还是留学美国的高才生，三兄弟的美誉传遍云贵川三省，尤其是得知同义还未婚娶，滇川黔军高级将领、官宦商贾纷纷上门说亲，有的甚至还劝说同昌娶妾。云南的大街小巷经常有大喇叭放着这样一首歌：“柳线摇风晓气清，频频吹送机声来，春光旖旎不胜情。我如小燕君似鹰，轻度关山千万里，一朝际会风云中，至高无上是飞行，殷勤莫负好青春！”飞行军官成了姑娘们心中灿若星辰的最爱，是终身幸福与荣耀的追求。每每航空队完成执行任务返航降落基地机场时，基地的地勤人员、卫生队员们都会情不自禁驻足遥望，尤其是当同昌同义同信三兄弟迈着矫健的步伐走下飞机时，多少尊敬崇拜仰慕的眼光定在他们身上久久不能移去。

当时云南的匪患一直都很严重，尤其是滇南一带的匪帮霸据着乍甸，滇军换了几届司令带军作战都未能平复。这次同昌同义带回国最先进的霍克－3型战机，司令部决定派出进行轰炸驱逐，彻底清扫长攻不退的匪帮。龙云令同昌率航空队驾驶霍克战机2架、美国布莱格战斗机2架，飞抵剿匪作战指挥部蒙自县城协助陆军。“我军和匪帮在乍甸以北地方对峙，两侧都是高山，陆军施展不开，硬攻牺牲太大，连日以来没有进展。希望你们航空队向这一带进行轰炸，协助我军攻击。”指挥部长官向同昌等人说明两军态势，同昌、同义、同信、张宁继四位飞行员认真研究了作战地图后确定了轰炸方案，“乍甸位于两座大山之间，形成南北走向的一条大峡谷，要精准投弹的话，只能采取低空飞行轰炸。同信和宁继的布莱格战机没有投弹瞄准器，只凭目测投掷偏差很大，很容易误伤老百姓。我们采取双机出动，布莱格战机和霍克战机一前一后，布莱格战机在前不做投弹，只做威慑掩护，霍克战机在后，进行投弹轰炸，四部战机轮番轰击。”同昌部署完毕，航空队开始实施轰炸。起初匪军还举枪还击，但飞机超低空的掠过和轰炸产生的震耳欲聋的巨响使得土匪军心动摇，瞻前顾后，心惊胆战地纷纷弃械逃跑。当同昌完成第一轮轰炸后在折返途中，他突然看到山崖边上有七八个妇女和老人还有抱着小孩的约十几个老百姓在惊慌地跑着，因是山崖边上，没有任何可以躲掩的物体保护，他们只能沿着光秃秃的山崖路惊慌失措地前行着。同昌立即示意他战机后面的同义停止投弹，他提高了飞行高度，把跟在他机后的张宁继驾驶的布莱格战机甩在下面，跟在张宁继战机后面的是同义的霍克战机，看到哥哥的战机提高高度，再看看下面山崖路边上的老百姓，同义立即领会了哥哥的意思，迅速停止了轰炸，默默地跟在张宁继机身后，同昌战机随即恢复了同样高度，四架战机在大峡谷内来回低空盘旋，虽未再投弹，但战机飞行的轰隆声像威武的雄狮怒吼般，把地面上的匪帮惊吓得四处逃窜，陆军部队乘胜追击，直捣匪帮总部核心，彻底清除了霸据此地几十年的乍甸匪帮！

乍甸剿匪战役告捷，同昌率领的航空队凯旋，跟以往的归队一样，降落基地机场的地面地勤人员、工程维修人员还有卫生队员们早早地在机场处等待，当四架战机陆续降落停稳后，在场的所有人员都兴奋地鼓起了掌，“起飞是四架，降落也是四架，真太好了！”卫生队员里一个梳着两根麻花辫的小护士满眼欣喜地痴痴数着安全降落的战机，“雪玉，数什么呢？你数飞机做啥啊？”身旁的另一个小护士芳云不解地看着雪玉，“起飞和降落的飞机数目一样，说明我们的飞行员都安然无损地平安归来了呀！”雪玉含笑答道，目光却是定定地望着最后走下战机的同义，那帅气挺拔的身姿，冷峻坚毅的脸庞，迷得雪玉挪不开眼，突然，同义猝不及防倒在战机舷梯旁，其他人还没反应过来怎么回事，雪玉和卫生队其他人员已经朝同义奔去。

白色的病床，白色的窗帘，白色的医药器盘，白色的背影，一双精练的巧手在收拾着消毒棉球和注射器，“阿惠！”同义恍惚着叫道，雪玉闻声转过头惊讶地望着同义，阿惠的脸庞浮现在同义面前，“阿惠！”同义竟微笑着又叫了一遍同一个名字，雪玉瞬间明白了些什么，微微一笑走到床前，关切地问道：“您醒了？”“我这是？”同义习惯性地举起自己右手，以为他的右手被手铐铐着，但右手上什么都没有，“您出战回来，刚下飞机就晕倒了。”雪玉小心翼翼地回答，同义才渐渐清醒过来，有些失落地缓缓放下右手，雪玉轻轻地把同义的右手放进被子里，“医生说，您飞行时可能精神过于紧张，大脑供血不足缺氧导致晕厥的，没什么大碍，好好休息静养一段时间就能康复了。”雪玉安慰道，同义怔怔望着雪玉，那双会说话的纯净善良的大眼睛仿佛一道暖阳把同义带回十年前的台湾海岛沙滩边，同义牵着一袭白衣的阿惠的手，吹着微咸的海风，漫步在细软的海沙上，呢喃着爱的私语……

“四少爷回来了，夫人正在卧房里服药，您要现在进去看看夫人吗？”刘管家刚从聂氏房间出来，看见迎面走来的同昌，“嗯，同义晕倒的事千万不要让她知道！”同昌郑重嘱咐刘管家，“四少爷，您放心。”刘管家会意地点头，转身给同昌开门。跨进卧房，聂氏日渐消瘦憔悴的脸庞映入同昌眼帘，母亲遭受一连串的重创打击，她那弱小的身子怎能承受住如此的重担！他和同义在美国的这十几年，母亲传达给他们的全是喜讯和鼓励，家里发生的所有坏事没让他们操半点心，出半点力，而自己也一丁点儿没有顾念到家里的难处和父母亲的需要，想到这里，同昌十分歉疚和心疼，“昌儿回来了，快进来。”聂氏慈爱地笑着说道，同昌快步走到床前坐下，“这两天怎么没见同义啊？”母亲突然收住了笑容，担忧地问道，“啊，他被派到另一个基地执行任务，过几天就回来。”同昌慌忙找了个理由。“昨日，龙夫人（龙云司令夫人）来看望我，带了好些名贵药材和补品，她还提到了同义，说她亲侄女刚留学美国回来，还没谈对象，年龄好像比同义小几岁，说找个机会让他俩见个面认识认识。同义也不小了，你父亲临走时，最放不下心的就是义儿。男儿三十而立，先成家再立业，同义得考虑婚娶了。”一说到老爷，聂氏就想起同明、同仁，心爱的丈夫和儿子那么早就远离她而去，悲彻之痛涌上心来，泪水不禁流出：“你和义儿是在英国出生的，当时我随你父亲派驻到英国使馆，驻外的生活很辛苦劳累，不像在国内府里有那么多帮佣照顾，我身体又弱，对你们兄弟俩疏于细心照料，长大了你们又出国留学，小小年纪就离开父母，什么事都靠自己独立解决，娘没有给你们足够的关心和陪伴，为娘的有愧于你们啊。”“娘，您不要这么说。是我们不孝，我没能照顾好五弟。”同昌紧紧握住母亲的手，停顿了片刻，他犹豫着要不要把阿惠的事告诉母亲，但又怕徒增母亲对同义的担忧，“娘，您不要担心，我会记着同义的事，现在最重要的是您把身体养好，等过段时间我把您的洋儿媳妇和那活力无限的混血儿孙子接过来，您身体康复了，您才有体力带他们玩啊。”同昌故作轻松地安慰母亲，虽然他知道，国内的局势动荡得厉害，日本不断挑衅滋事，随时都有战争爆发的可能，跟格蕾丝和Victor不知何时才能团聚。聂氏听到同昌提起孙子，不由嘴角扬起，噙着泪水的眸光染起一片欢愉：“我记得刚到英国那阵，身体因水土不服，治疗调养了好几个月，结果意外怀上了你，你出生那天晚上，刚落地哇哇大哭时，医院窗外突现烟花绽放，那闪耀的金光把病房照得通亮，你爹说了一句，你的到来，繁荣昌盛啊！于是叫你昌儿，现在我们的昌儿都当父亲了，想想我那活泼乱跳的混血小孙儿，娘就喜不自禁……”

第十七章 聂氏携子回川省亲，三兄合力助援红军

1935年春，祭扫了郑晋泰大人、同明、同仁的坟墓后，聂氏和同声、同昌、同义、同信及儿孙众人下山回到郑府，聂氏身体虚弱便早早回卧房歇息。四兄弟在后花园荷花池塘中心的凉亭喝茶聊天，这还是那么多年来，亲兄弟们长大成人后第一次聚齐在一起。大哥同声忧心忡忡地说："现在国民党内军政贪污腐败甚重，军队需要补充武器弹药时，必须向上级官员和兵站行贿才能得到补充。就连讲武堂陆军学校获得的新枪200支，都得卖掉50支，以所得款贿赂兵站仓库官员，枪支才能到学校手中，否则一支也领不到！"同昌愤愤地接着说道："大哥你是不知，我们在美国时，就听说国内政府多次发行了每期为500万元的航空奖券储蓄，还举办'义演献机''献机祝寿'等活动募集购机资金，国内民众和海外侨胞们的捐款这些钱款集合起来，是非常庞大的数字。如果把政府募捐和民众捐款的数额全部用于购买飞机，能购买飞机总数起码上千架。可是，截止到我们回国时，全国的空军作战飞机仅有300架！这笔巨额空军军费竟被我们'尊敬'的蒋夫人以一句投资理财界所谓的'至理名言'——钱放银行有利息，买了飞机放在原地等着旧废？就这么一句话，本应购置的上千架飞机，全化为我们蒋夫人在美国银行账上的巨额存款！"说到这，同昌赤红着眼，义愤填膺地站了起来。"这还没大规模爆发战争，若是爆发了，300架战机不用一两天的

时间就灰飞烟灭！”同义冷冷地补充道。“唉！怕是咱国民党不攻自败了！围剿共产党那么多次，出十多倍的兵力都打不过小米加步枪的共产党军！”同信颇有深意地幽幽说道，“四哥，五哥，你们还记得咱们讲武堂的楷模校友朱德吗？”同信转向同昌问道，“记得啊，当然记得啊！他是一名有着超人胆识和魄力的军事人才，是我和五弟以及我们拜把兄弟苏哥的崇拜榜样，也是我的人生楷模！咦，多年没有联系了，只听说他现在是红军司令了，对了，苏哥是不是现在也在他部下追随着他？”提起朱德和苏哥，同昌面露兴奋敬佩之色回答说。“是的，苏哥在他部队里。”同信笃定地回答。

“夫人，夫人，您四川老家差人来报，说您父亲病危，请夫人速回老家一趟。”刘管家一脸焦急地边喊边跑来。聂氏正在服药，一听这消息，又悲从中来，噙着泪水，强压住伤心，平静地说：“知道了，刘管家，你去帮我安排一下行程，尽快出发。”“可是夫人，您这病，路途颠簸劳累，恐怕……”刘管家担忧地说，“我想带昌儿他们三兄弟一起回去，昌儿义儿长这么大只见过外公一次，现如今，不知还能不能再见一面了……”聂氏手扶额头，有些哽咽地说。

刘管家急忙跑去找同昌，同昌正在和同义同信谈论着战事。听到刘管家的急报，同信想到川滇连线那一带山林多，路况比较复杂，匪帮也经常流窜作案，“从这去外公家的路要经过几个四川匪帮游击盘踞的据点，安全起见，我安排一队人马开车护送吧。”

当天下午，三兄弟陪着聂氏和贴身丫鬟子翠坐同信的军驾，由同信开车，另两辆军用轿车坐了大概共10名士兵，一前一后护卫着行驶在中间的同信的车，向四川方向驶去。在云南界内行驶时，因有滇军部队驻点防守控制，偶遇的土匪们都避让同信的车队，不敢肆意阻拦抢劫，但是进入四川界内，情况就变得比较严峻。当地的土匪帮比云南的土匪帮还要猖獗彪悍，他们通常的做法就是先打抢老百姓和商队，然后逼着被抢的人去报匪情，接着在山间周围作埋伏，对赶来的剿匪部队下手，目的是抢走枪支弹药武器装备，屡屡得逞，匪帮队伍就越来越壮大和狂肆。穿过一座座山谷时，同信的心都会揪起来，他不时仰头朝山谷两面看，坐在副驾驶座的同昌也警觉地瞄向行车的四周，他摸了摸别在腰间的手枪，朝后转头向坐在母亲旁边的同义示意了一个眼神，同义会意地微微颔首，随即右手也捏紧了腰间的手枪。出了山谷走过蜿蜒的盘山路后，前方又有一座更高深的山谷，远远望去，像巨大的怪兽阴森狰狞地张大巨口，这个山谷险峻幽深，两边悬崖峭壁格外高突陡险，把天空遮去了大部分，三辆车开进这山谷时，像是从白天进入了黑夜，压抑而诡异，除了车轮胎摩擦土石路发出的呲呲声外，山谷间空静得令人毛骨悚然，仿佛不远处的前上方有一头巨型猎豹，正匍匐在峭壁边上，偷窥着山谷下行进中的猎物，随时准备伺机冲下，以凶猛之势袭击捕获它等候已久的落网之物。打头的车放慢了速度，同信三兄弟高度警惕地扫向两边峭壁，因有些高陡，从车里向上望，视野受限，很难察觉到有埋伏，但三兄弟都有种不祥的预感，这山谷间有匪军！

果不其然，就在前方不远的山石峭壁间埋伏了将近50人的持枪匪兵！领头的土匪头子眯着双眼，望着缓缓驶来的三辆军用轿车，得意地笑了：这寥寥十几人国军今儿个是主动送枪支弹药来了嘛！只是他不知，此时，在他的队伍后面，竟还有一支近100名士兵的红军在窥视着他们！也巧了，这支红军队伍正是苏予杰带领的红军，他们正经过四川北上，也经过这座山谷，侦察兵发现了这帮土匪的行动，苏予杰打算从背后袭击，一举歼灭这帮有武器装备的作恶土匪，同时还能缴获他们的枪支弹药。本想在土匪阻截打劫之前消灭他们，但一看进山谷的就三辆国军的小轿车，后方也没有大部队，于是决定在土匪开火之时向土匪袭击，同时派一小支队在谷底拦截这三辆车。“砰！砰！砰！”打头的车轮胎被子弹打中，车被迫停下，同信及时刹了车喊道：“有埋伏！他们的人数不知道有多少，他们没有推滚石下来，看样子是想劫车辆和我们的武器，我们先不要还击，五哥你保护好娘和子翠，等他们靠近车辆时，我和四哥就开枪还击。”同信镇静地说道，他透过车玻璃窗向前方打头的那辆车打了一个手势，车里的士兵通过后视镜接到指示，将车熄火，在车里静待。聂氏坐在车里，由于山路颠簸，她一直微闭着眼，听见枪声，她惊颤了一下，但并未惊慌，发现子翠的手在抖，她紧紧地握着子翠的手，子翠被惊吓的心情平复了下来。“娘，子翠，你们弯腰低头趴在车座下。” 同义低沉说道。同昌把手枪上了膛，紧紧地盯着车窗外，车里一片寂静，车外，山谷间也弥漫着令人悚然的死寂，一场激烈的枪战即将爆发。那土匪头子阴鸷的双眼掠过一抹狠戾，一挥手，一阵连续的枪响响彻山谷，只听山谷上方传来惨叫声，有几颗子弹落在了同信车顶上，但随后只听见枪响，并未见车侧两边落子弹，同信察觉到应该还有一支军队在向那批土匪开枪，“好像山谷上埋伏的匪军后面遭到了袭击！”同昌隔着车窗望向前上方频繁闪着的机枪火光说道，“应该是！”同信确定地说，他向前方车辆迅速做了个手势，打头的车辆立即启动发动机，加速往前行驶。尽管车轮胎中弹了，但未妨碍车辆前行，同信的车及后面的车也都加速跟上，不料，前方不远处和后方不远处一批身着红军军装的士兵齐刷刷地冲过来，三辆车被堵截拦阻了。同信一看是红军，立即示意前面车辆停下来，仍旧关锁车门窗，在车内静待。“四哥，五哥，我认得他们，他们是红军，我下去跟他们谈，你们在车里保护好娘和子翠，没有我的命令，一定不要下车！”同信嘱咐道。“信儿！”聂氏焦忧地喊着同信的名字，“娘，六弟一直在国内，比较熟悉情况，他应该能处理得了的。”同昌强压住内心的不安和担忧，安慰母亲道。同信缓缓推开车门，停顿了一会，前后夹击而来的红军举着枪疾步向这三辆车靠拢，见有车门打开，立即止住脚步，纷纷举起枪对准车，为首的一名红军大声喊道：“车里的人放下武器，出来！”同信把枪放在车座上，向上举起双手，从车里出来，站立在车门旁，“我是云南国军讲武堂教官郑同信，我们这次入川只是护送家母回老家省亲。”同信用沉稳洪亮的嗓音一字一句地说道，领队的那名红军狐疑地看了同信一眼，停顿片刻，冲同信和前后的那两辆车喊道：“车里的人都出来，你们被包围了，反抗只能死路一条！”同信朝前后的车辆点了点头，前后车辆的车门纷纷被打开，十名士兵都举着双手钻出车门，站立在车门旁，同信转过头向他的车内示意了一下，同昌和同义悄悄把手枪别在腰间，用外衣盖住，举起双手默默下了车。聂氏镇定地紧拉着子翠颤抖的手也下了车，同昌同义立即挪近到母亲和子翠身边，站在了她们前面。“这两位是我亲哥哥，他们也是云南讲武堂毕业的，他们刚从美国回国不久，这次我们一起陪同家母回老家省亲。”同信继续用沉稳洪亮的嗓音一字一句道，为首的那名红军闻言，微微一震，暗自寻思着，面前的这几位年纪尚轻、五官俊挺的国民党军官居然是云南讲武堂毕业的。正琢磨着，后方赶来了大批人马，苏予杰带着队伍朝车辆走来，矫健的身躯，自信坚实的步伐，那种豪迈正义的强大气场，即使在百米开外都能切身感受得到，同昌当即认出了那就是他的同窗好友苏予杰！眸内掠过一抹光熠，同昌侧过头，和同义不约而同地相视一笑，“苏哥！”同昌兴奋地喊道，苏予杰稍稍停顿顷刻，循着喊声望去，只见同昌那熟悉的身板，依旧坚毅挺拔，那俊朗的面孔灿笑如昔，“苏大哥哥！”站在同信旁边的小石头也兴奋地大声叫道，“同昌小弟！小娃崽！”苏予杰声如洪钟的声音穿漫整个山谷，十几年未谋面的同窗兄弟没想到在这里重逢！

天色已晚，从山谷到外公家还有很长一段荒山野林的路程要走，出于安全考虑，也为避人耳目，三兄弟决定把车辆停在苏予杰部队驻扎的山林里，他们一行十几人在苏予杰营队里住一晚，第二天再出发。安顿好母亲休息后，同昌三兄弟、小石头和苏予杰在苏予杰营房里聚叙。“小娃崽，都长那么高了！”苏予杰拍拍小石头肩膀，“报告大哥哥，哦，不，报告苏司令，我终于找到您了！我终于又见到您了！爷爷让我一定要找到您，好好报答您！”小石头向苏予杰敬了个军礼，“苏哥，我和五弟出国后，小石头就跟着我六弟，现在在六弟的通讯团里做事。”同昌解释道，“苏哥有需要我们做什么，您尽管吩咐！”同信接着说道。苏予杰深邃的眸光落在同信身上：“现在国难当前，那个老蒋还跟我们搞内战！大家一致抗日才是出路啊！想当年，滇军和川军并肩作战打退袁军，胜利护国，现如今竟落得自相残杀，无端内耗，我国堪忧啊！”苏予杰愤懑捶胸顿足道：“苏哥认识邓锡侯？”同信眉头微蹙问道，“岂止认识！我和他有过一段并肩作战生死兄弟的交情！我写了封信正准备交给他，想劝说他和我一同抗日，再不济，他不要阻挠我北上抗日！”苏予杰急促地说道，“苏大哥哥！送信这事就交给我，保证原信交到！”小石头这时大声插话道，苏予杰对小石头的插话有些不解，同信眉头紧蹙，他现在在滇军司令部通讯处任职，对国军围剿红军的军情非常了解，他极力反对蒋介石的“攘外必先安内”的错误政策，对国民党内部的贪污腐败、尔虞我诈，以及国民党对于共产党的残酷镇压深恶痛绝，他急忙补充道：“苏大哥，您是不知，虽两军交战，不斩来使，但你方这边递送的信件交到我军后，其实大部分并未真正到达军座本人手中。不过您的这封信，由我和小石头送到邓锡侯手中，绝不会有任何差池。”“报告！”这时，营房门外突然传来士兵的声音，“进来！”苏予杰回答道，进来的是营队的卫生队长，他扫了一眼坐在苏予杰周围的同昌三兄弟，对苏予杰行了一个军礼，红着眼睛，有些哽咽地报告：“苏旅长，郭连长他，他，他高烧持续7天了，现在昏迷不醒，很危险。”由于红军条件艰苦，医疗设备、医药用品奇缺匮乏，很多病员的伤病得不到及时医治而伤亡掉队，看着苏予杰悲痛而无奈的表情，同义想起母亲出发前带了一些强心、止血、退烧、镇静的急救西药，想必应该能给他们用得上，“我母亲正好带了一些急救的西药，我马上去给你们拿来。”说完，同义随着卫生队长去了母亲和子翠休息的营房。

苏予杰带着同昌、同信匆匆地赶到郭连长的营房，卫生员给他注射了同义拿来的退烧西药后，病情有所好转。看着如此简陋且艰苦卓绝的医疗和行军条件，同昌很想帮苏予杰做点什么，他思忖着，可以给苏哥部队运些药品和物资，陆运是不可能的，因为路途时间长，且有匪患，还有国党关卡的检查，困难太大，估计还没运到苏哥部队手上，就已经被拦截抢走了。唯一可行的办法就是空运！对！空运！同昌脑里灵光一闪，空运是没问题，但，怎么精准空投给他们呢？红军正在被围剿，空投不可能在很明显暴露的区域进行投放，即使投了，估计拿到物品的不是国军就是土匪，肯定到不了红军手里。三兄弟回到营房，讨论来讨论去，还是没有找到合适有效的解决办法。“昌儿，义儿，信儿，你们还没睡啊？”聂氏刚才把药给同义时，很想跟同义去看一下病员，同义坚持不让去，聂氏放心不下，一直在等他们回来，三兄弟休息的营房就在聂氏的旁边，听见三兄弟的说话声，聂氏便走了过来。同昌急忙出来把母亲扶进营房，得知三兄弟正犯愁如何空投物品给苏予杰部队时，聂氏想到外公宅院后面有座很隐秘的小山，因有家丁和大舅聂仕国带兵把守，国军其他部队和土匪还未敢涉足，而且苏予杰北上的行军会经过小山这一带，精准空投到小山那里应是最理想的地点了。同昌兴奋地返回苏予杰住处，将空投物资计划告诉了苏予杰，苏予杰感激不尽，当即布置属下，准备明天一早和同昌他们一起出发。

第二天一早，同信的三辆车打头，为掩人耳目，苏予杰的部队与同信的车辆保持约一公里左右的距离，大家悄无声息地向外公府邸方向匀速前行。

大约中午时分，同信车队安全抵达外公的府邸，苏予杰的部队就驻扎在离府邸后面不远的那座小山深林里。

外公卧房里，聂氏的大哥聂仕国，二哥聂仕安旁立在外公病榻边。聂氏轻声说："爹，女儿不孝，女儿来了，我把您的三个外孙都带来了。"弥留之际的外公听到女儿的呼唤声，努力地睁开眼，看到三个高大俊朗的小伙子站在女儿身后，外公赞许地动了动嘴角，看向儿孙的最后一眼，慢慢地合上了双眼。

外公出殡下葬后，聂氏留在府中守孝，同信和小石头赶往邓锡侯部队递送苏予杰写给邓锡侯的书信，同昌和同义快速返回云南准备救援物资。

航空卫生队走廊里，同义正往卫生队队长办公室走去，"郑副队，您好！"小护士梁雪玉远远地认出了同义，笑吟吟地朝同义打招呼，正在边走边想事情的同义听到这甜甜的叫声，猛地回过神，瞅见一白色娉婷的身姿徐徐向他走来，恍惚间，阿惠清丽的面孔浮现在眼前，“阿……雪玉！你好！”同义意识到自己险些又把雪玉当作阿惠了，慌忙改口叫道，迎面走来的雪玉依旧带着温暖的微笑，粉唇晶莹，眸光清纯甜冽，如春风拂面般软抚着同义的心。“郑副队身体又不舒服了吗？好久没见您来卫生队了。”雪玉关心地问道，“哦，没有，我来找你们队长取些药品。”同义嘴角微勾，眸光暖暖地注视着雪玉，“王队长好像今天一大早就出去运药品了，现在还没回来呢。”“嗯。你知道我们卫生队药房里还存有多少磺胺吗？”“磺胺？您说那个德国进口消炎药？早就没有库存了！听说本应该分配给我们队的份额都被总队扣押着，我们王队去要了好几次都未果，上次去，王队差点和那个赵总队开枪了！”雪玉眉头轻蹙地说道。“雪玉！”同义迟疑了一下，一抹顾虑划过眼底，但稍闪即逝：“你能帮我个忙吗？”“嗯？您需要我做什么？”雪玉睁大着眼睛，水汪汪的秋瞳掠过一抹惊讶，以前这个高高在上的航空大队副队长，雪玉都只有远赏仰望的份，仿佛遥不可及，今天不知怎地，面前这位高大冷峻的他却给她传递着一种真真切切的亲近信任感！“你能帮我去药房拿出几箱药品吗？只要是库里有的，每样拿几箱，剩下的留库里两三箱，到时我再去向司令部申请补上。”同义深邃的褐眸氤氲着一抹祈望，“您什么时候要？”“今晚。”“啊？！”雪玉一时没反应过来，“今晚 8 点，我会派手下和你接应。”眼见雪玉背后不远处走来两名军官，同义抿了抿嘴唇，目光深沉坚定地向雪玉微微点了下头，便从雪玉旁边擦肩而去。

“郑副大队啊，你是有所不知呀，我这儿的磺胺哪里还有库存？陆战处昨日又来人，全部都给我抢走了！”卫生队赵队长眨巴着狡黠的眯缝眼，对来总队办公室找他要药品的同义斜睨道。赵队长心里那是算得倍儿清，他知道上面每季给航空大队的医疗经费的拨款可是要比陆战处多好些，从德国进口的那个磺胺抗炎药可比黄金还金贵，数量又少，除了高级将领能使用上外，一般的伤病士兵都没资格用，即使是有生命危险的重伤官兵，都需要费尽周折才能拿到这个抗炎西药。昨日来的陆战处的一个连长，手下几个重伤士兵奄奄一息，悲愤的连长把连队里储存的枪支弹药偷偷卖给土匪，换来的银两暗地里打点了赵队长，赵队长才匀出一些给他。“这个季度的配额不是刚下来吗？配给我们航空队的磺胺应该是有的吧？”同义不动声色地睥睨道，他心里很清楚这个赵队长心里打的算盘，如果不是因为时间紧急，急需这批药，同义一定不会放过这个贪得无厌丧尽天良的卫生队长！“啊呦，我说郑副大队啊，我这儿的药品哪有急需我就得往哪急供不是？不过呢……今天您大驾光临，想必是航空队也急需的，毕竟你们航空队那么重要的嘛，我想办法再去向上面申请特批些额外额度或从别的处调配一些过来？”赵队长缓缓地抬起一只眼皮，试探着，同义的拳头不自主地握紧了些，手背上的青筋爆出，褐瞳微缩，眼中一抹杀意掠过，旋即敛收回来，面无表情地说道：“我现在就要。”“什么？！”赵队长眯缝双眼陡然瞪大，但见桌面上多了几根金条，赵队长贪婪的眼光放大闪烁着：“这个……”“下午3点，我的车在你楼下取货，给航空队的配额一支也不能少！”同义凌厉的眸光刺向赵队长，起身走出门外，留下一股冷煞气息，赵队长不禁打了个哆嗦。

同信赶回滇军司令部通讯处处理了一些事务后就立即赶往郑府，打算与四哥五哥汇合空运物资。到家时已是傍晚，碰见大哥同声也来找同昌，刘管家说同昌同义待会才能回来，两人便在同昌书房等候，同信把在山谷的遭遇告诉了同声，同声赞许地拍了拍同信肩膀，赞叹道：“我的六弟好样的！现在国难当头，党国内耗内腐，依我看时日不久了！”同声神色凝重地说，同信望着焦虑的大哥，小心翼翼地问道：“大哥以后有什么打算呢？”“革命！”同声深邃而坚毅的眸光与同信明亮而坚定的目光相对，铿锵有力的两个字，让同信为之一振，瞬间，一股澎湃的力量和充满热血的希冀在兄弟俩心间喷涌，“我们一起奋力！”同信紧紧抓着大哥的手，激动地说。

“六弟回来了！大哥也在？！”同昌跨进书房，后面跟着满头大汗的同义。同昌借侦察的名义调集了他们从美国开回的那两架战机，他和同义刚才去把医药物资装上了飞机，计划明早出发。“厂里刚出了批德国零件组装的步枪，马克沁重机枪和捷克式轻机枪，还未登记入库，你们运一批出去吧，与其给国军拿去打自己人，不如拿去给红军干革命！”大哥坚定的目光看向同昌同义，“好！”同昌同义异口同声地回答。那晚，虽已深夜，但月亮格外明亮，从兵工厂到航空基地的路上穿梭着四兄弟和小石头的身影，天上的星星欢喜活跃地眨着眼，和那皎洁的月光默默地守护着他们。

半夜，同信带着小石头驾车疾往外公府邸，他们必须赶在同昌空投之前赶到小山处，以便和苏哥部队接收空投物品。赶到外公府邸时，已近中午，天有些蒙蒙细雨，雾气渐浓，同信、苏哥、聂氏，还有大舅聂仕国站在小山山顶处，望着渐浓的雨雾，大家焦虑万分，这种天气状况，可见度很低，再加上小山山脉都是丛丛绿树，若没有突出的标志性参照物，怕是同昌同义根本辨不清小山的准确位置，无法做到精准投放。大家正一筹莫展时，聂氏眉头一展，清柔眸光望向同信，信心满满地吩咐道：“信儿，你赶紧下山找你大舅妈，让她带你去布匹铺买上足够的红色绸布，我们把红绸铺盖在山顶的树顶上……”聂氏话未说完，同信双眼闪着光，心领神会地望向母亲说道：“好嘞！”。

同昌和同义分别驾驶着战机，载着医药物品和枪支弹药，来到了小山一带上空，因雨雾氤氲山林，能见度低，几乎辨不清哪座山是外公家的小山，同昌和同义冒险降低了飞行高度，为确保精准投放，他们沿着山脉来回盘旋，忽然，一大片红色映入同昌眼帘，从飞机上望去，就像一幅朦胧山水画，绿韵白云为底，娇红如蝉翼般片薄花瓣随着缭绕的白云漫漫晕染开来，同昌会心地绽开笑容，他知道，那一片飘红处定就是小山山顶了！同义飞机紧跟在同昌飞机后面，两架飞机像展翅的大雁，从容不迫地在小山山顶盘旋，紧接着投下了纷纷点点，就像在那一抹薄红上缀了密麻细微的五颜六色，刹那间立体生动。聂氏站在树林下，仰头望着那潇洒自由飞翔的两架飞机，舍不得挪开眼，她为她的爱子们感到骄傲自豪，无论发生什么，她永远都会支持他们，守护他们，给他们无尽的母爱，作他们坚实的后盾！

第十八章 同义飞行雪玉念挂，油菜花海恋诉衷情

航空队机场，一排静立的教练机整装待发，不远处卫生队营房走廊阳台处倚着雪玉和芳云，每次机场只要有起飞的飞机，雪玉都会默默地记着数，降落时，如果手上没有活忙，听到飞机的轰鸣声，她几乎每次都会不缺席地奔到阳台，随着徐徐而落的飞机稳稳着地，她一颗忐忑的心才稳平下来。兴许是职业的习惯，她为每一架起飞的飞机祈祷着平安归来。她还认得出基地新来的那两架美国战机，每每看到它们展翅挺飞而出时，她的心会格外紧张，一直要到战机返航，看见俊朗挺拔的同义的身影跨下飞机时，她那根紧绷的心弦才缓缓松懈，心跳却会莫名地加快，直到目送着那背影渐远消失，她才依依不舍地回屋。这天，同义带领一批学员实飞训练，尽管他这次没有驾驶那架美国战机，站在阳台上默默祈祷的雪玉还是一眼就认出了他，眼中只有他颀长俊逸的身形，只有他矫健坚定的步伐，只有他鹰击长空呼啸划过的身影，雪玉仰望着，静静地等待着……

三月的云南，尽显春意，航空基地不远处，金黄的油菜花海一望无际，一缕缕春风夹杂着阵阵泥土和油菜花的清香拂面而来。雪玉在阳台上晾晒着医用的床单，不时地抬头望望远处的天空。“雪玉，你在这呀！我还到处找你呢。”芳云蹦蹦跳跳地来到阳台，“航空队的那个赵宁祺说要请我们卫生队的人吃饭，庆祝他的第一次试飞成功！他把他全班同学都请上了，听说郑副大队也来呢！”芳云

笑嘻嘻地说，眉眼弯着，颇带深意地凝视着雪玉。一听到郑副大队这几个字，雪玉不知咋的，心跳砰砰加快，脸颊一抹绯红，眸中一汪娇羞，“你快打扮打扮呀，今晚可是难得的机会近距离接触我雪玉心中的男神啊！”芳云戏谑道，眼中满是欢喜。下午，赵宁祺和班里一个男同学骑着自行车来卫生队接芳云和雪玉。雪玉换了件粉白洋纱旗袍，一道窄窄的浅绿绲边，一头乌发编成两根松散的辫子，水莹莹的眸子清澈灵动，樱桃薄唇娇滴含笑，腮边两缕发丝随风轻柔拂面，带着莲的温婉，梅的孤傲，桃的浪漫，荷的清高，素雅干净，不张扬，不夺目，但散发出来的风姿却摄人心魄。“哎呀，两位大帅哥，你俩呆愣着干啥啊？”芳云挥手在赵宁祺眼前晃了晃，这才打断两位帅哥被雪玉美貌所惊呆的凝滞，两名帅气的飞行员分别载着芳云和雪玉，兴奋地飞蹬着自行车，穿过平坦的机场，穿过金黄灿烂的油菜花海，沐浴着阳光，散发着青春快乐的芬芳。

聚餐结束后，赵宁祺已烂醉如泥，同义让手下开车把芳云和赵宁祺送回去，他骑自行车载着雪玉返回。又穿过那片金色花海时，夕阳的余晖亲吻着灿烂的油菜花，刹那间，目之所及，繁花一片好似金浪滔滔的海洋，那么纯粹，那么炫目，于是迷了双眼，鼻之所嗅，香馨浓郁，胜似陈酿，于是醉了心扉。雪玉轻轻搂着同义的腰，头微微靠着他宽阔的后背，沉浸在柔香拂面的温馨幸福中，她多么希望永远就这样陶醉着，就这样静谧美好着……他们回到卫生队宿舍时，天已暮色，“那天谢谢你的及时帮忙。后来王队没找你查问吧？”同义关切地问道，“嗯，哪里！我们还要感谢您呢！王队每次最犯愁的就是总队扣押我们的医药品，自从那次您去总队找了赵主任后，我们队每次给配的药品都足足的呢！”雪玉清亮的眸子里噙着真挚的笑意，温润地望着同义，瞬间，同义长久被冰封的心开始融化，他平静无澜的心悄然泛起了涟漪，就像十几年前阿惠带他在海边挖海蛎时，他想拥她入怀的冲动，眼前的雪玉那么美好，那么纯真，可是，他再次强压住自己内心的冲动和渴望，因为，他怕，他怕他的某一次飞行有去无回，带给她的是爱而不得的无尽思念和痛苦。同义的褐瞳微微缩了缩，眼底划过一抹惆怅和怜惜，“时候不早了，早些休息吧。”说完，漠然转身向早已在那等候的座驾迈步走去。

第十九章 淞沪空战大获全胜，飞虎将军赴昆援助

1937年7月7日，日军制造“卢沟桥事变”，开始发动全面侵华战争。为保全中国空军实力，杭州笕桥中央航空学校迁往战事后方昆明，与云南航空学校合并，并抽调了云南航空队的同昌、同义、同信、张汝汉等32名飞行员到南京前线参加抗战。8月14日，杭州笕桥机场，高志航（中国空军第四航空大队队长）、同昌等驾驶的霍克战机在机场待命，准备随时攻击上海吴淞、闸北一带的日军。笕桥机场上空下着毛毛细雨，云高约300米，能见度500米，机场接到空中监视哨的电话，日本的9架双发动机轰炸机正向笕桥方向而来，高志航紧急召集了9名霍克战机飞行员，同昌、同义等在其中，“我先起飞，你们一个接一个起飞，就跟在我后面，空中不要失去联系，抓住敌机就打，不用等我指令，最好的攻击方位是从后上方。”高志航说完，立即跨上战机，率先起飞，其他8架战机紧跟在后。他们出没云层，搜索敌机，不一会，两架机身上有太阳旗标志的日本轰炸机从云层窜出，投下两枚炸弹，落在机场休息室旁的两辆汽车上，引起大火。此时，云层里机枪一阵阵扫射，高志航驾机率先杀出，枪弹直接打中日机驾驶室，日军飞机起火燃烧，摇摇晃晃地向半山麓坠落，落地后炸得四分五裂。紧接着中队长李桂丹也击落了一架敌机。同昌和同义的战机把敌机引在笕桥机场最南端上空，两兄弟一左一右把一架敌机

夹在中间，顷刻，同昌飞机升高从敌机斜后方发出扫射，敌机瞬间被击中着火坠落，日军飞行员跳伞，被地面警卫部队抓获。一天之内日军飞机被击落3架，其他敌机见状已无心恋战，吓得仓皇逃窜。8月14日淞沪空战，中国空军以弱抗强，一举击落3架敌机，我军作战人员无一人损伤，大获全胜！

虽然淞沪空战首战告捷，但由于我空军轰炸机战机数量远比日军上千架的战机少太多，与敌军对抗不到3个月时间，几乎消耗殆尽，日军空中优势十分明显，对中国军队和平民的杀伤力很大，中国制空危在旦夕。同昌和晏玉琮前往宋美龄南京官邸密谈，“蒋夫人，现在东南沿海军情告急，我们从美国购机的这批订单，运输的海岸线已被日军封锁得严严实实，一架也进不来。”同昌眉头紧蹙，焦虑地向宋美龄说道。“我们现在还有多少能作战的飞机？”宋美龄微闭着双眼，双手按压着太阳穴，低声问道，“八一四空战开始，我军总共只有八十九架飞机能作战，到现在为止只剩五十几架了！”晏玉琮神情凝重地汇报着，“目前我们大部分军用飞机都是意大利提供的，意大利的训练方式及飞机质量确实不行，航空委在册飞机五百架，但实际能够参战的只有八十几架！”晏玉琮接着补充道，“还有什么办法可以买到战机？”宋美龄紧锁眉头，依旧按压着太阳穴，“从美国聘请空军作战部队直接来华！”同昌果断地答道，因为凭他的实战经验，即使现在想尽一切办法运输飞机过来，短时间内培训出来的战斗飞行员恐怕根本不能应付日军的凶猛攻击，即使是国内航空学校的学员匆忙上了战场，多数也只会机毁人亡！空军的作战能力与战机的驾驶不是临时抱佛脚就可以掌握的！“当年我在纽约航空学校任教时，我们有很多优秀华侨学员服役于美国海军航空队和陆军航空队，因为美国先进的航空培训条件，他们的驾驶技术和作战能力都是一流的，现在我们国难当头，只要我们号召，相信他们会来的！”同昌目光坚定地望向宋美龄，宋美龄倏地睁开微闭的双眼，眼底划过一抹希望的光芒，当即她就决定批拨一笔军费，责令同昌和晏玉琮与时任中国空军顾问的美国退役的陆军航空队陈纳德将军共同组建援华飞行队。

1937 年 8 月国共第二次合作，抗日民族统一战线正式形成，美国海军陆战队上尉埃文斯·福代斯·卡尔逊来到中国，卡尔逊来中国除了随记者团采访外还有一个任务就是把格蕾丝给同昌的书信亲自交到同昌手中。卡尔逊上尉在美国海军的上司就是同昌妻子格蕾丝的父亲约翰逊上将。几经辗转，卡尔逊到达昆明航空队基地，终于和同昌见面，同昌邀请卡尔逊在航空队基地用早餐。

“Tom,我终于见到了你的人生楷模，传说中的朱德将军了！”卡尔逊兴奋地说。“你真幸运！我回国三年多了，都没能跟他见着。”同昌面带羡慕而略带遗憾地说道。卡尔逊喝了口咖啡，兴奋地继续道：“真是神奇的将军带领的神奇的红军，他们每到一地，把农民、工人、商人、妇女、青年和儿童几乎所有的人民都组织起来，进行训练教育和武装工作，他们启发、激发着人民深切的民族意识，人民群众发自内心地自愿地全心全意地协助他们抗战！”卡尔逊轻轻啜了口咖啡，眸光投向远处，眼中满是敬仰之情。

这时，基地停机场军号声洪亮响起，不远处的山峰间一轮朝阳冉冉升起，同昌和卡尔逊不约而同地望向那轮耀眼的旭日，同昌嘴角微勾，眸中带着自豪与希望……

1937 年 12 月，南京沦陷，我空军被迫撤回后方，同昌三兄弟及云南航空队飞行员返回昆明基地。1938 年 8 月，美国陈纳德将军来到昆明，当晚，龙云司令设宴招待陈纳德将军一行，同昌三兄弟也参加了招待宴。宴席上，陈纳德将军举着酒杯一饮而尽，双目炯炯地说道："大家好！你们知道我为什么选择来中国吗？因为我从不害怕战斗，我对自己的作战理论充满信心，毕竟这些都是我经过多年的反复推敲和实践验证，现在中日开战，验证和实践我理论的最佳时机到来了，我相信我的'战斗机制胜的制空理论'绝对比'轰炸机群制胜论'要更成功高效！中国的空军力量现在还很单薄势弱，但是，没关系！现在有我陈纳德助力中国空军，你们不再孤军奋战！中国必胜！"陈纳德将军慷慨激昂的陈词，让在座所有官兵的热血沸腾，大家高呼着："中国必胜！中国必胜！中国必胜！"气氛非常激动人心。宴会结束后，同昌陪同陈纳德将军回到龙云司令安排的住宿官邸，安顿好后，同昌正准备离开，"Tom，请等一下，我有件东西要交给你。"陈纳德将军转身打开他的行李箱，拿出了一个小包和一封信，快步走到同昌面前说："不用我说，你也应该猜得到这是谁让我带给你的了！哈哈！你那美丽的妻子再三嘱咐我，一定要亲自交到你手上！"他冲同昌挤了挤眼，"现在我算是圆满完成任务了吧？尊敬的 Tom 大队长！"他幽默打趣道。同昌欣喜地接过物品，向陈纳德道谢后，回到车上，打开信的刹那间，格蕾丝和 Victor 的形象已完全占据他的脑海和心灵，格蕾丝温柔而富有磁性的嗓音似在耳边喃喃而起："亲爱的 Tom，又是好几个月过去了，没有接到你的信，心里好担忧，你还好吗？ Victor 又长高了一截，他在学校里手工制作的战斗机模型获得校级一等奖，他要我把这个模型转给你，是送给你的生日礼物。亲爱的 Tom，真的很抱歉，你的好几个生日我和 Victor 都没能陪伴在你身边，我们很想念你。

同义的身体状况怎么样了？我给你们带来了一些保护眼睛的药水，每周定期滴用，它们能缓解高空压力带给眼睛的伤害。我们这里一切都安好，勿念。请代我向公公婆婆问好，吻你，爱你的，格蕾丝。”

第二十章 同昌助攻同义追爱，义玉炽热真爱情缘

陈纳德将军到达昆明后，根据宋美龄的要求，在巫家坝机场基地建立中国航空训练学校，以美军标准训练中国国民党空军，同时，在陈纳德将军建议和指导下，在昆明及其他城市地区开始建立空袭警报系统，从沿海的沦陷区到西部地区，都使用收音机、电话、电报等各种手段用以预报敌机来犯。当一架敌机离开基地时，靠近该基地的中国特工人员立即报告起飞时间、数量和去向，其他情报人员接到消息后立即依次传下去，当敌机到达拦截区时，驾驶员已对敌机情况了如指掌。对于日本的地面攻击和空中袭击，陈纳德将军认为空战是对敌军最有效的还击。陈纳德将军在同昌同义的辅助下，在昆明巫家坝机场极其简陋的条件下对飞行员进行了严格的美式空军标准训练，同时他积极向美国罗斯福总统及高级内僚申请派遣空军作战部队援华支持。无奈当时的美国作为中立国，对于中日双方发生的战争持谨慎态度，无意介入这场战争。为避免卷入战争，美国当局还专门致电中国政府：美国政府禁止任何美国人跟中国政府私下从事有关军事方面的合作。迫于美国政府对日外交压力，陈纳德将军在中国的活动逐渐转为非公开，只能隐蔽地训练战斗机飞行员，然而，陈纳德将军并未气馁，“我会坚守至最后一个日本人撤离中国，那样我才会欣慰地离开中国！”他眸光如炬，高昂坚定地说道。

战机飞行训练每天都紧张地进行着，同信也加入了陈纳德指导下的严格苛刻训练。每当有教练机和战机起飞和降落时，基地不远处的卫生队的阳台上，依旧每天都有一个白色身影立在那里默默地祈祷，日复一日地。每日的这一幕被细心且视力绝佳的陈纳德将军尽收眼底，他好奇地问同昌："远处那位站立已久的美丽的护士小姐一定是我们训练队伍中某个英俊的飞行员的热恋人儿吧？"同昌一愣，朝着陈纳德将军的手指方向瞅去，看见一个小小的清秀的白色身影，虽看不清脸庞，但依稀记得有学员给他提起过，说曾经照顾过同义的那个小护士，每次基地有飞机起降时，几乎会准时出现在阳台上，还想起同义告诉过他，那次空投资援苏哥部队的大部分医药品就是那名小护士及时帮忙才得以拿到的。想到这里，同昌不觉嘴角上扬，一抹希望之光闪过眼底，眼中带着欣喜，微微点头道："应该是啊！"想着他这个跟他形影不离，寡言少语的五弟，自从阿惠逝去后，几乎没有听他再提起过任何一个女人，如今这个小护士的出现似乎给同义带来了些令人高兴的改变，同昌暗喜地摇摇头，心里说道："好个闷罐老五弟，看来没我四哥的提速助功，你这是要一直闷下去，凉了人家小护士的心，拱手让人的节奏啊！"

这晚，同昌训练完回府里取放些物品，先去看望了母亲，从母亲厢房出来的长廊上碰见了六弟媳唐琼洁，"四哥，您回来了！"琼洁温婉地笑着向同昌打招呼，"啊，是琼洁，你有孕在身，一定要照顾好自己，现在战事频繁，同信不能时常回来陪你，你一定要自己多加小心再小心啊！"同昌关切地嘱咐道。"嗯，四哥，我会照顾好自己的，您放心，家里一切都挺好的。对了，四哥，您能帮我给同信带点东西吗？他膝盖不好，我给他熬制了一些敷用药，让他贴上去，两天换贴一次就行了。""没问题！"同昌满心欢喜地答道，“那我待会给您房间送去吧？”“好的！”见着琼洁正要离开，同昌突然想到，身为小学教师的她文华满腹又善解人意，如今府里可能就琼洁还懂一些年轻小姑娘的心思，没准她能出些主意帮助同义迅速拉近与雪玉的距离！于是，他清了清嗓子，唤住琼洁道：“琼洁，那个……”“嗯，四哥还有什么事吗？”“那个，那个我们航空队的一个小护士，她和同义互生爱慕，可两人就是隔得远远的，同义又频繁出机，再加上他那沉闷的性子和一张冷漠脸，怕是把别人小护士十二分的热情都浇个透凉！”同昌一口气把来龙去脉说了出来，微喘了口气，带着求助的目光看着琼洁，虽然他已是过来人，可当时身处异乡的他，一门心思地想着完成学业，根本没有夫工谈恋爱，要不是格蕾丝的大胆主动追爱，恐怕他同昌那么一个传统保守的中国男人到现在还会是光棍一个！“嗯，四哥您这么一说，我就明白了，为什么前一阵子，只要是给同义提亲介绍的女子，同义一概拒绝，刚开始还见个面认识一下，后来干脆连面都省见了，为此，娘是又着急又无奈，我还琢磨着这其中定有原因呢。现在知道了，其实同义的心早有所属了，只是他含蓄内敛的性格，等让他主动开口示爱时，怕是那小姑娘早就嫁作他人妇了。”琼洁清润温和的眸光望向同昌。“是啊，就连上次那个小护士帮了我们一个大忙，同义连专门去道个谢的意思都没向人家表示过，只跟我提起了好几次那个小护士，我也是个木头脑袋，没往那方面想，就是最近听队里学员时常说起他俩，这才反应过来，哎！我这当哥的，也太粗心了！”同昌拍了拍额头，想起母亲交代给他的同义的婚事，他竟忘得一干二净，满心惭愧。“那就正好，让同义专门向她道谢，送她一样礼物，借这个机会主动表白，这不就更拉近他们的距离了吗？”“好主意！那，送什么礼物合适呢？”“这个礼物确实需要好好思量一下，既表示感谢又要表明爱意……啊，我想起来了，送她一个爱心小荷包！娘曾经送我了一个，上面有娘刺绣的荷花，这个小荷包还特别实用，平时装些香囊啊，小粉脂、胭红之类的，总之年轻小姑娘肯定都喜欢的。前天我还见到娘在做一个新的，对呀，想必是娘提前给他未来的五儿媳妇准备的吧？”琼洁嘴角翘起，温雅地望向同昌：“我正好去娘那，我问问她，可以的话就向她要来吧。”“好！”

训练基地机场，一列队飞行员站在一排待起飞的飞机机头前，同昌同义分站在陈纳德将军两边，陈纳德将军在试飞训练开启前做讲话：“我知道，这次的试飞训练对大家来说是一次艰难的挑战和超越，但，你们要树立起信心，你们一定要坚定地相信，只有练就了一身绝技好本领，我们才能完胜打击粉碎敌机，并完好无损地归来，不为别的，为了日夜牵挂我们的家人，为了日夜思念的我们爱的人和爱我们的人！”说着，陈纳德将军的视线转向了远方那隐约可见的白色身影，学员们都不约而同地顺着陈纳德的视线望去，“你们看！那些美丽的护士们，守望着你们的每一次凯旋，风雨无阻，我们更没有理由退缩或放弃，我们要把每次训练都当成实战，没有第二次机会重来！我们必须成功，我们完胜地归来就是我们对所有我们爱的人和爱我们的人最好的回报！”同昌偷偷地瞅了一眼站在陈纳德将军另一边的同义，只见他那冷峻严肃的侧脸，微微地抿了抿唇，望着远方那白色的身影，眸光暖漾。昨晚，两兄弟谈着心，“明天最后的训练考核结束后，你专程去卫生队一趟，把这个礼物送给那个小护士吧。你上次晕倒，她对你照顾得细致入微，这次资助医药用品又是多亏她及时相助才得以成行，你应该专门去道个谢啊。”与同义并肩而坐的同昌侧着头，眼神带着期待，小心翼翼地叮嘱着。“嗯。”同义垂着眼帘，淡淡地应了一声，手中摩挲着同昌递给他的礼物，那是一个红缎布和丝线缝制的心形小荷包，连理枝上亭亭玉立清粉的荷朵，绿绿的翠叶，波光粼粼的水面上，一对戏水鸳鸯悠然自得，缕缕丝丝间交错横生，错落有致，光彩夺目，丰神宛然。同昌清了清嗓喉说道："那个小护士好像是叫梁雪玉吧？听她队长说，有一次她们队到山上搜救一个坠机跳伞的飞行员，她一人找到了那个重伤垂危的飞行员，为了能够及时救治，她竟一人连爬带拖地背着比她重一倍多的伤员，还拽着急救箱，直到山脚下才碰到其他救援人员。梁雪玉，真是人如其名，聪慧伶俐，清婉如玉……"同昌突然停顿了一下，瞥了一眼同义，尽管没见同义有任何不耐或抵触的情绪显露，同昌还是有些忐忑地微颤着嗓音问道："这个雪玉是不是跟阿惠很像？"沉默许久，同义轻抿了一下嘴唇，喉结微动，眼底抹过一丝转瞬即逝的温柔怜意："嗯！"同昌将这一切尽收眼底，于是乘胜追击，微微提高了些声调说道："咳，咳，那个，同义，听哥一句，这就是缘分，缘分来了，你该抓住就是得积极抓住，否则追悔莫及，遗憾终身……"同义敛了敛眸光，几不可察地抽动了一下嘴唇，欲言又止地低声道："可是……我，我怕……"他缓缓垂下头，把头埋在双手中，似乎又陷入了与阿惠生离死别的无限痛苦中，久久不能自拔。同昌深能体会那种失去心爱人儿的撕心裂肺的悲苦，他甚至觉得命运对他五弟不公，让同义无端饱受着爱而不得的无限自责的折磨，他伸出手臂，轻轻拍了拍同义肩膀："怕？同义，你是军人！军人就要敢于面对一切，勇于担当，在自己力所能及的范围内尽全力地去付出，去给予！爱情也一样，勇敢地付出你的爱，不要让你的爱人失望和遗憾，不管未来会怎样，活在当下，让她得到你的爱，享受你的爱，无怨无悔，天底下没有什么比这更幸福的事了！"同昌温柔而坚定的眸光里闪着熠熠星星，暖暖地沁入同义那颗受伤憔悴的心，轻轻抚慰着那久未触碰的伤口。同义深幽的眸光渐渐投向远处，静谧的月光下，浸着柔柔的念爱与希冀。

最终训练考核结束，所有的飞行员都圆满完成了这次最艰难严格的考核任务。晚上航空队和陈纳德将军聚餐庆祝，大家开怀畅饮着，同义打算聚餐结束后去雪玉那里把礼物送过去。餐桌上的陈纳德将军，像一个顽皮的大小孩，不时地调侃着他的过往人生经历和情史：“我在 1918 年那年，第一次奉命前往法国作战，我当时的心情比我第一次约会还要兴奋激动，我是一名优秀的战斗机驾驶员，我终于要实现我的空中战斗的梦想了！我兴奋地一夜未睡，哪料，还没赶到法国战场，中途就接到德国投降的消息，我的心呐，堪比那失恋还要沮丧失落，因为我练就的战术技巧没有战场给我施展了，后来的我，成了一名一直没上过战场的优秀的老飞行教练了。”陈纳德将军一脸无可奈何的故作失望落寂的神情，引得队员们捧腹大笑，“所以，我亲爱的英俊的小伙子们啊，机遇不是那么容易就能碰到的，做好十足的准备，一旦来了，就一定要果断地抓住！你们看，这次我就牢牢地抓到了，我准备已久的战术理论终于得以实践！今天的考核我敢说是空军史上最难的一次考核，即使是最牛的美国海军航空队也没有像你们这样如此出色地实施完成！感谢你们成就了我，实现了我的梦想！来，干杯！”陈纳德将军豪迈地一饮而尽，他晃着微醉的身子，拍了拍坐在旁边同昌的肩背，“好样的，我英俊帅气的中国航空大队长！完美的中国好丈夫！我们大家都要向他学习，勇敢地面对一切困难，迎接挑战，勇敢地追爱！愿我们的战争早日结束，和我们的家人早日团聚，和我们爱的人及爱我们的人早日相拥永远在一起！完美！干杯！”此时的同义，在陈纳德将军煽情的演说下，心中莫名地升起一股冲动和澎湃的豪情，脑海里不断地闪现雪玉的音容笑貌，想起还有礼物要送给雪玉，便匆匆向大家告辞。“哈哈，快去吧，不要辜负了美丽姑娘炽热的等待！”陈纳德将军睁着醉醺的双眼戏谑调侃地。

“咚，咚，咚……”听到敲门声，正准备上床睡觉的雪玉愣了一下，那么晚了，会是谁呀？“咚，咚，咚……”门外没有回答，只是继续敲着门，可能又是芳云吧？她会时不时地跑来跟她挤在一张床上，两个无话不说的小闺蜜小战友，相互鼓励相互陪伴着，经常聊到半夜才困倦睡去。雪玉已习惯了芳云这样，于是披散着头发，穿着睡衣下了床，想都没想一下就打开了门，一个高大伟岸的身躯伫立在面前，那张俊美冷峻的脸突然出现在雪玉的面前，她突然狂跳加速的小心脏，几乎已到了令人窒息的边缘。雪玉圆睁着清亮的大眼睛，莹润的樱唇微张着，门外渐大的风吹得雪玉的乌发凌乱飞舞，但雪玉似乎都没有注意到，她只看到，那双深幽的褐瞳里，竟带着迷醉和朦胧的温柔，“郑，郑副……”刚要启唇的雪玉突然感到腰身一紧，唇瓣被一片湿软猝不及防地重重压来，鼻息沁着酒气，却让人迷醉，那片湿软越来越疯狂地吸吮着雪玉的齿舌，像是要把她吞噬般，腰间的力道也越来越紧，恨不得把她整个人都融到他的身体里。这正是“你低头间的一抹温柔，顿时乱了我一池春水”，雪玉的防线瞬间崩塌，她期待已久的爱情就这样始料未及陡然降临，她彻底地沦陷了，任那山崩地裂，翻江倒海。而同义自我禁锢了十几年的情与爱，刹那间一泻倾注。一夜缠绵，一夜迷醉……

天还未亮，雪玉在同义怀中睁开眼睛，只见那闭着的双眼，轻微颤动着的睫毛，高挺的鼻梁透着均匀的呼吸，冷润的曲线勾勒出的绝美的侧颜，直让人舍不得挪开眼。雪玉忍不住地俯身轻轻吻了那柔和的唇，拖着酸累的身子穿上衣服悄悄走了出去。雪玉带了早餐回到屋里，同义已不见了人影，只是床上收拾得干干净净，叠得像豆腐块的床被上放着一个精致的绣花小荷包。雪玉拿起来仔细瞧了又瞧，轻轻地贴在胸口，望着远处列队站立的一排英姿身影，嘴角挂着柔柔的浅笑，眸光旖旎，沁着温馨与绵绵眷念。

第二十一章 雪玉炸亡同义大恸，婆媳儿孙战火别离

日军持续对陪都重庆狂轰滥炸，中央空军紧急调集云南空军前往重庆支援空战。已穿好作战服，佩戴好作战装备的同义坐在宿舍床边整装待发，突然胸口一阵剧痛，痛得额头瞬间冒出细细汗珠，在一旁正收拾装备的同昌见状慌忙过来扶住同义，“这是怎么了？我带你立即去卫生队让医生看一下。”同昌开着车两分钟后到了卫生队。“天气热，中暑症状，问题不大，在阴凉处透透风休息一下，多喝些水。”军医听诊后不紧不慢地说道，同昌提着的心顿时安落下来，走出医诊室，同义突然停住脚步，“哥，你先下去，在车里等我一下，我去楼上一会儿就来。”“哦，好的。”同昌会意地冲同义笑了笑，转身向车停的地方走去。同义上了楼，正好碰见芳云走来，“郑副队，雪玉这会儿正在配药室呢。”芳云笑盈盈地打着招呼，“嗯，谢谢！”同义微微向芳云颔首，径直朝配药室走去。来到配药室门口，一眼就看到那熟悉的纤瘦背影，不知怎的，那背影叠晃着阿惠的背影，同义倏地恍惚了一下，一丝惶恐和不安突然袭入大脑，同义呆立在门口，眸光紧锁在雪玉的身影上。听到门口的动静，雪玉转过头，清亮的眸子正好对上那深幽的褐瞳，“你怎么来了？”雪玉甜甜地笑着，柔润温和的眸光落在同义眼中，霎时泛起层层涟漪，同义大步走上去，一把将雪玉揽入怀中。一低头，将她紧扣在怀。同义力气很大，似乎恨不得将雪玉揉进怀中，紧接着，

雪玉感到额头一片沁凉，是同义冰润的唇瓣贴了上去，如蜻蜓点水般，很轻很柔。同义很快松开了她，盯着她的眸子，坚定道："等我！"低沉清冽的两个字落在雪玉耳中，载着缱绻的爱意，不舍的牵挂，雪玉的鼻子蓦地一酸，重重点头，同义深深地看了她一眼，转身疾步走出了屋子。

1938 年 9 月 28 日，日军第一次对昆明进行狂轰滥炸，昆明当时作为抗战全面爆发后的大后方重要战略基地之一，聚集了大量从东部沦陷区搬过来的学校、银行、企业、兵工厂、航空基地、中央军政机关等，此地还是滇越铁路和滇缅公路两条国际运输线的交汇点，这两条运输线是中国和国际联系的最重要的交通线，承担运输抗战物资、医疗物品、战争给养等重要任务。日军决定通过封锁滇缅公路来阻止国际抗战物资进入中国，于是发动了对昆明的大规模空袭。这日上午，学校里，孩子们正端坐在书桌前，专心致志地听着老师讲课，朗朗的读书声穿过学校上空飘荡在蓝天白云间，突然一阵尖利的警报声起，紧接着远处天空乌压压的一群战斗机伴随着巨大的轰鸣声飞速而来，教室里坐在窗边的一个小男孩，惊恐地睁大了眼睛，瞳孔里的那一片黑乌渐渐由远及近，由小变大，忽然间，瞳孔里火光爆裂，随着无数声"嘭嘭"的巨响，眼前一片黑暗，惨烈的呼叫声，房屋崩塌声，爆炸劈裂声，嘈杂四起。巫家坝机场基地，在日军发动这次空袭前一夜，接到广西百色发来情报，当晚驻地部队迅速撤离，航空队的飞机除了外出作战的同昌等的飞机在重庆外，其余均转移至安全地带。卫生队已将伤病员和库房的医药物品全部转移，雪玉和芳云忙碌着安置转移的伤病员，清点医药品时，雪玉突然想起配药房里有两箱重要的药品忘记搬走，她急忙跑去找王队，王队看了看手表，离情报预计的空袭时间只有一个小时了，现在去机场卫生队楼虽说没有太远，但万一空袭提前，则实在太危险，于是王队决定放弃，但雪玉非常焦急地请求："王队，那两箱药是我忘记了运走，这次空袭，伤员正是急需的时候，您就让我去取一下吧！"着急得几乎快要掉出眼泪的雪玉苦苦哀求着，王队犹豫了一下，看到那湿红的眼中充满坚定，于是安排了一个司机开车载着雪玉去取，"快去快回！"王队向雪玉和司机命令道，"是！"司机和雪玉重重地点头，向基地卫生楼方向驰去。车到了卫生楼前时，远处已传来了低沉的飞机轰鸣声，雪玉和司机飞奔上楼跑进配药室，箱子很大很重，"你先搬一箱下去，我把这箱先推到楼梯口。"雪玉气喘吁吁地对司机说道。司机搬了一箱到车前时，黑鸦般的敌机已到了机场基地上空，密密麻麻的炸弹投向了基地，一颗炸弹重重地砸向了卫生队楼，两层高的楼房顷刻间倒塌夷为平地，还没上车的司机被炸弹气流震晕倒在了车旁，但楼里的雪玉却永远留在了那里。

傍晚，天下着毛毛细雨，空袭警报解除，在重庆援战的同昌带领的航空队被召回昆明。被轰炸的昆明城，满目疮痍，巫家坝机场已千疮百孔，弹坑累累。正在降落的同义习惯性地朝机场卫生楼方向望去，却见一片焦黑废墟，不祥的预感掠过大脑，一股寒凉穿过脊背。停稳飞机后，同义下了飞机就朝卫生楼方向奔去，同昌和其他队员也跟着跑了过去。几个士兵正在废墟上挖寻着什么，王队站在废墟堆边上，垂着头，茫然地望着，芳云站在旁边，悲伤地抽泣着，"王队！"同义跑到王队跟前，王队哭红的眼睛看向同义，雨水飘在王队的脸上，分不清是泪还是雨，"郑副队……"芳云哽咽着，"雪玉她……她……"同义的眸光猛地一缩，他大步跨过脚下废墟，推开正在挖寻的士兵，扑上前疯狂地用双手挖刨着。废墟焦黑，同义的双手已破皮流血，血流在废墟里，随着雨水的冲刷很快融进了那片焦黑，“停下吧，同义，停下！”同昌试图去拉起同义沾满焦黑的手臂，那双流血的手却依旧在凶猛地刨翻着，“不要挖了！同义，快停下来！”同昌嘶吼着，可任凭他怎么使劲地拽拉，同义依旧赤手翻挖着，那双手已经血肉模糊，“快帮我拉住他！”同昌双眼赤红，无助地向身后的队员喊道，被这悲烈的一幕惊呆着不知所措的其他几个队员，才猛地反应过来，几步跨上去分别拽着同义的手、腰、腿、脚，硬生生把同义拉拖出离废墟，同义试图挣扎了几下，终究抵不过六七个人的力气，他四肢和腰身被紧紧按住，仰躺在地上，最终放弃了挣脱，呼喘着粗气，眼睛看向深黑的雨夜天空，眼底一片黯淡、空洞。

日军的这次轰炸重点在巫家坝机场及人群居多的地区，炸弹没有落到郑府，郑府院内修有防空地道和防空洞，同声和同信把陆战队和航空队的卫生救援处安排在了郑府里，除了府里的家人及家佣们的住房没动外，其余的房间都被挪用给救援处使用，聂氏和府里的所有女眷经过短期的培训，都加入了救援处的护理队伍。

同义卧房里，同声和同昌站在同义床边，聂氏坐在床边，轻轻给同义额头擦着汗，同义发着高烧，昏迷不醒，双手绑着绷带，嘴唇被高烧烧得干裂泛白，聂氏止不住的泪水滴在同义烧得通红的脸颊和苍白的嘴唇上，“义儿这孩子，命太苦，从小不喜欢说话，什么事都自己闷着扛着。”聂氏哀伤无奈地似自言自语地喃喃着。“娘，不要担心，他很快就会好的。”同昌上前蹲下身，安慰着母亲，“嗯。你们都回去吧，我在这陪着他，等他醒过来。我想多陪陪他。”聂氏轻抚了一下同昌的肩膀，眸光噙着怜爱。同昌微微颔首，向同声示意了一下，两兄弟轻轻走出了卧房。

同义渐渐醒来，聂氏坐在床边，手托着头，手肘支撑在床侧，微闭着双眼，连续几日的乏累，眼眶下泛着些乌青。“咳，咳……”烧了两天的同义终于退烧，嗓子干痒，“义儿，你醒了？”聂氏抚摸着同义的额头，映入同义眼帘的母亲温柔的脸庞由模糊渐变清晰，看着母亲憔悴消瘦的脸，同义的心无比难受，再次失去心爱之人的他，已然生无可恋，但看到母亲从未有过的焦忧悲伤，同义麻木的心如刀割般钝痛起来，“娘！”同义虚弱无神地望向母亲，眼中一片空茫，那片空茫冰冷得让人不寒而栗，一股恐惧涌上聂氏心头，她知道，心如死灰时，活下去的愿望会自己掐灭，人生最大的苦，是爱而不得，命运的不公，让同义再次遭受这样残忍的打击，聂氏感到同义已不能承受，在崩溃边缘游走，作为母亲，不能眼睁睁看到自己的儿子就此沉沦毁灭！“义儿！”聂氏缓缓地抚摸着同义额头，轻轻地说道：“我知道你心里太苦，太苦，就不要再憋在心里，哭出来也好，吼出来也好，憋在心里只会伤了自己，逝去的爱人也回不来。忘记不了，咱就不去忘。不管怎样，要好好地活下去，总会有惊喜和奇迹出现的。”望着同义黯然的眸光，聂氏心里一阵揪疼，强压住心里的恐惧和不安，故作轻松地继续说：“义儿小时候是最听话的孩子了，我记得娘在英国刚生下你那会，娘身体太弱没有奶水给你吃，你很不开心地哭了，你爹给你喂奶粉，你小嘴抿得紧紧的，就是不肯吃，娘把你抱到怀里，明知你那么小哪能听懂大人的话，我还是耐心地给你解释了娘的难处，你竟停止了哭闹，睁大着眼睛怔怔看着我，你爹乘机把奶嘴放你嘴间，你竟一边专注地看着我，一边大口大口地吸吮起来，在场的一个英国护士惊愕地捂着嘴，不停地说：这简直太不可思议了！你的两个哥哥还有信儿，小时候没奶吃时，不管怎么哄，都哭得声嘶力竭的，哪里像我的义儿从小就善解人意，体贴心疼着爹娘呢！”同义黯淡的瞳眸中一抹温暖漫开，聂氏看在眼里，一阵欣慰，“可惜你爹走得早，娘就剩下你们兄弟几个了，娘和你们相依为命，娘只要你们平平安安，健康幸福，娘就心满意足了。娘也会渐渐老去，我的义儿最懂娘的心，不要再让娘担忧和伤心难过，快快振作起来，让那个从小就善解人意的贴心义儿重新回到娘身边，让娘好好享福一下呢！”望着母亲强撑的笑颜，泪水浸润的眸光噙着慈爱和期许，同义心中所有积压的痛苦、悲伤、委屈、愧疚、悔悟瞬间决堤，“娘！”同义抬头扑倒在母亲怀里，号啕大哭起来，像小孩子一样肆意地痛快淋漓地大哭着，聂氏紧紧地抱着同义的头，轻轻拍打着他的后背，泪如泉涌地安抚着：“哭吧，哭出来就好了，一切都会好起来的！”

日军频繁对昆明狂轰滥炸，多数兵工厂被迫停工，学校、医院几乎全被炸毁，受伤的军官士兵一大部分被安置在郑府的卫生队救援处。伤病员越来越多，府内的厢房能挪用的全都用上了，仓库也都腾空出来当作病房，甚至花园的荷花池塘边的草坪上也搭建了帐篷，病床远远不够，多数伤员都是躺在担架上或简单铺垫的凉席上。为了在空袭警报拉响时能安全转移伤病员到防空洞，较严重的几乎不能动弹的伤员就安排在离防空洞最近的房间内，躺在担架上，以备随时可以转移，伤势较轻的伤员就安置在离防空洞较远的房间。聂氏、三儿媳妇江依凡、六儿媳妇唐琼洁、心莲、子翠帮着医生和卫生员给伤病员扎针、上药、绑绷带、喂药、擦洗，众多的伤病员挤在空间有限的房屋里，刺鼻的消毒药水味，伤员伤口血渍的血腥味、汗水味、药味弥漫在整个空间，夹杂着伤员痛苦的呻吟声、凄厉的喊叫声、奋力的呼吸声、此起彼伏的咳嗽声……聂氏突然一阵眩晕，胸口闷疼得近乎窒息，额头鼻尖沁出密麻的汗珠，她踉跄着跨出门口，靠坐在门框处，“娘，您怎么了？我扶您去休息一下吧。”琼洁拿着药瓶正要进屋，见此情景，忙过来扶住聂氏。看到琼洁微隆的小腹，聂氏的心不免揪紧：“琼洁，你有孕在身，不要太累了，自己要当心。我没事，刚才可能是屋里太闷了，有些喘不过气，我歇一下就好。”“那我去给您倒杯水吧。”琼洁快速地走进屋，把药瓶放下后去拿保温水壶，望着琼洁背影，聂氏眼底掠过无尽的心疼和担忧。这场战争不知何时才能结束，虽说府里有防空洞，但日军的不定期轰炸，这样的生活朝不保夕，家里孙子孙女还有怀着孕的琼洁在郑府里待着恐怕不是长久之计，必须得找个相对安全的地方才行。晚上，照顾伤员睡下后，聂氏拖着疲惫的身子往孙子孙女卧房走去，在长廊上碰见了同声。自日军开始轰炸昆明后，同声所在的兵工厂被迫停产，只能陆续转移工厂设备和库房武器，他和同信同时还负责着运输医药物品和救济食粮给各救援处，包括设在郑府的救援处。这段时间，同声几乎每天晚上都要去看望聂氏，不管有多晚，因为府里家人只有女眷和小孩在，同昌和同义跟着陈纳德将军在缅甸仰光集训并空运战事物资，同信除了运输物资，还要负责通讯处情报信息收集处理，几乎是通宵达旦地工作。同声很担心聂氏的身体，他也在考虑是否要把家人转移到安全的没有轰炸或日军不易找到轰炸目标攻击的地方。“二娘，您身体不好，不要太劳累了，我刚才去看了一下少祺他们，他们都入睡了，不用担心，我陪您回您卧房吧。”“好的，我也想跟你聊聊。”聂氏正好也想找同声商量。“二娘，现在昆明也不安全了，我们得提前做好准备把你们转移到安全的地方。”同声眉头紧锁，神色凝重地说道，“声儿，我也正想跟你商量，你六弟媳还有孕在身，肯定不能在这里久待。你大伯苏州那边也战事告紧，我大哥在的四川也不太平，思来想去，我二哥在贵州兴义安龙，那边在大深山里，恐怕是当下最安全的地方了。”“贵州兴义是西南大后方，山高谷深，易守难攻，相比这里确实要安全许多。二娘，就去二舅舅那里吧，二舅家里正好也能有个照应，明天我就通知琼洁她们，收拾好东西做好准备，我去找同信，我和他一起护送你们去兴义，越快越好！”平时一向很沉稳持重的同声语气里多了几分焦虑。想到同昌同义还没回来，郑府的家仆们没有一个离开，救援处人手紧缺，聂氏决定留在郑府，她要陪着儿子们一起抗战到底，有母亲在就有家在，不管未来会发生什么，她要尽自己所能做孩子们坚实的后盾。“声儿，现在府里离不开我，你和同信负责把孩子们和依凡、琼洁护送到二舅家里，二舅和二舅妈会照顾好她们的。”“二娘，您不跟着去？留在这里太危险了！”同声沉蹙着眉，急切地说，“声儿，我十六岁就进了郑府，这里的一草一木、一砖一瓦都不离不弃地陪伴着我，这里是我的家园，我要陪着你们，和你们一起守护这个家园，决不放弃，坚持到最后！”聂氏瘦弱的身躯却散发着男人般的果断坚毅的气势，坚定的眸光深深刻在同声眼底。

第二天，聂氏跟依凡、琼洁和孩子们道别，“琼洁，这是郑家家谱，到了二舅家，你替我务必保存好。”“嗯，娘。”琼洁使劲点着头，眼眶噙满泪水。“依凡，少琳、少祺、少珍还得靠你好好照顾了，你和琼洁要相互扶持相互照料，娘知道你很不容易，再熬一熬，等战争结束了，我们给你找个好人家。”聂氏双手握着江依凡的手，声带微颤，歉疚地说，“娘，不要，是我对不起郑家，我一定照顾好少琳他们，您一定要好好的，我们等您过来！”依凡紧紧握着聂氏的手，泪眼婆娑。婆媳儿孙就此泪别，战火烟纷，绝期遥渺，此一别，何时能再相逢？

第二十二章 格蕾丝赴昆明援医，中式礼迎西洋儿媳

1941 年 7 月中旬，陈纳德将军从美国带来 68 架 P-40 型战斗机、110 名飞行员和 150 多名机械师及医疗救援队等后勤人员一同到达中国，8 月 1 日，正式成立中国空军美国志愿援华航空队，由志愿来华参战的美国飞行员和中国航空空军委员会派赴的中国飞行员组成，下辖 3 个驱逐中队，因战斗机身上有虎鲨标志，故名“飞虎队”，并任命陈纳德将军为飞虎队司令。飞虎队及后勤人员到达昆明驻扎地时，龙云司令率同昌同义等众官兵前去迎接，陈纳德将军见到同昌后，大步上前给了同昌一个大大的拥抱，“嘿！ Tom，猜猜这次我从美国给你带来了什么礼物？”陈纳德将军眸光炯炯有神，温和地笑着，“最厉害的战斗机？”同昌嘴角上扬，眸底闪过调皮与欣喜，忽然，陈纳德将军背后远远的一个熟悉的身影映入同昌眼帘，同昌简直不敢相信自己的眼睛，那道熟悉的高挑的身影，正优雅从容地向他徐徐走来，一如从前的那般典雅，没错，那是格蕾丝！他日夜思念的久别的妻子，任战火纷飞，冒着生命危险，跨越太平洋，怀着一颗深爱着丈夫的心，不顾一切地向同昌奔来，同昌不能自已地湿了眼眶，内心深处某个柔软角落被深深触动，所有的思念怅惘与爱恋都化为久别重逢的紧紧的相拥。

当陈纳德将军在美国告诉格蕾丝他将带领一队人马赴中国援华抗日时，格蕾丝义无反顾地加入了援华医疗救护队，她把 Victor 交

给哥嫂照看，尽管玛格丽夫人非常不舍，但他们理解支持格蕾丝的决定。格蕾丝被安排在飞虎队在昆明的驻营地医护队，生活设施条件虽比较简陋，但也还干净整洁。同昌回到郑府，把格蕾丝来昆明的消息告诉了聂氏，“啊？！昌儿！战乱时期你怎么让她到中国来啊！太危险了！”聂氏惊愕地看着同昌，眸中一片疼惜，“娘，她来之前没告诉我一丁点儿消息，如果我知道她有这个想法，我肯定会阻止的。”同昌无奈地回答母亲。聂氏打心底赞叹佩服这个洋儿媳，她对待人生的态度真实而勇敢，追求本心，无惧世俗，无畏险阻，如此一个浪漫、果敢的优秀知性女人！“我把你的厢房好好收拾一下，明天晚上你把格蕾丝带来，也通知声儿和义儿还有信儿，虽然现在家里没多少人了，生活条件也没战前优渥了，但我们该有的迎接儿媳妇进门的仪式必须得有，更何况我这个儿媳妇还是漂洋过海千里迢迢地赶过来，我赶紧让刘管家去厨房准备一下。对了，格蕾丝有什么忌口的吗？她能吃中餐吗？”聂氏开始碎碎叨叨起来，眼中却满含欢喜与期待，见着母亲之前蹙锁的眉头变舒展开来，同昌才惊觉许久没有见到母亲的笑颜了，他心中顿生心疼和歉疚，“嗯，娘，我明晚就把格蕾丝带来。她能吃中餐，我在美国的时候，她家里的厨师做的中餐比我们中国的做得还地道呢！唔，至于她忌口什么的，我记不得了，好像是没有……”同昌挠了挠后脑勺，使劲回忆着格蕾丝是否有什么忌口的，“啊？！昌儿啊，你真是粗心呢，我看呀，你在美国的时候尽是格蕾丝对你的照顾和宠爱了。”聂氏抬手轻推了一下同昌的额头，疼爱地责怪着。

第二天，不知消息是怎么传到飞虎队里的，迎接格蕾丝进门的消息传得沸沸扬扬，飞虎队里好几个华侨飞行员是当时同昌任教的纽约航空学校的学生，他们参加过同昌和格蕾丝在波士顿的盛大婚礼和那场爱心撒花雨的飞行表演，没想到十几年后在昆明重逢，自然是想借这个机会好好欢聚闹腾一下，于是在队员们的怂恿下，欢迎家宴变成了在郑府举办的中美校友队友聚会兼格蕾丝进中国家门的传统欢迎仪式。

郑府餐堂中除了家宴用的那张大八仙桌外，额外加摆了五六张餐桌，驻在郑府救援队的队长和几个军医护士代表也来参加这场特别的欢迎仪式，大家自发地帮忙布置着餐堂、走廊、门窗，到处摆满了五颜六色的鲜花，郑府大门挂上了红色绸缎花结和大红灯笼，除了没有炮仗和花轿，几乎和婚嫁娶亲的布置没什么两样，好不热闹喜庆。想着第一次见中国婆婆，格蕾丝特意穿上同昌在唐人街给她定做的红丝缎旗袍，略施粉黛，高挑的身姿，尽显典雅高贵。同信开着车，载着同昌同义和格蕾丝驶到郑府大门口，门口已站满了人，街坊邻里还有府内救援处的人员和伤病员们全都出来争先恐后地要亲眼看看这来自大洋彼岸的美国女高才生洋媳妇。身材高挺的同昌牵着高挑娉婷的格蕾丝的手，并肩迈进郑府大门，一个是英姿飒爽的中国军人，一个是优雅秀丽的美国女医生，这对绝世无双的璧人，吸引了众人所有的视线。格蕾丝感到数道陌生的视线落在她身上，竟有些紧张不自然，她没想到中国的仪典习俗会这么热闹夸张，一路走来，张灯结彩，鲜花炫目，府院里外挤满了人，大家带着欣赏、羡慕、欢乐的眼神，嘴中不时地发出“啧啧”惊讶的赞叹。同昌握着格蕾丝的手，微微加大了些力道，仿佛是在让她放松，格蕾丝用力反握了同昌的大手，嘴角扬起明媚的笑意，四目相对，两人会心地笑了。

来到客堂，聂氏、同声、刘管家等郑府上下都齐聚在厅里，格蕾丝一迈进厅门，聂氏就起身上去迎接，格蕾丝立即向聂氏行了个屈膝礼，竟用中文说："娘，您好，我是格蕾丝，您的四儿媳。"听着这带着英语腔调的普通话，聂氏心中一阵和暖，那双碧蓝清澈的大眼睛里充满着阳光和热情，周身散发着自信独立而温柔的气质，沁人心脾，令人鼓舞，"你好，格蕾丝，今天终于见到你了，我的好儿媳。"聂氏拉着格蕾丝双手回答，接着递给格蕾丝一个大红包，格蕾丝愣了一下，转头望向同昌，同昌嘴角含笑立即解释道："这是娘给你的见面礼，装在红色信封里的钱，我们中国叫红包。你要收下它，代表了你进了郑家的门，是郑家的人了。"格蕾丝微微颔了颔首，大方地接过了红包，继续用中文说："谢谢娘！"宴席上，格蕾丝坐在聂氏旁边，聂氏不停地给格蕾丝夹菜，看着格蕾丝那么熟稔地使着筷子，聂氏又惊讶又欢喜。

席间，纽约航校的校友们纷纷向同昌和格蕾丝敬酒，他们起哄着，一定要同昌和格蕾丝喝交杯酒，格蕾丝一脸懵懂地望着同昌，同昌绯红着脸颊，微醉的眸光深情地看着格蕾丝解释道，"亲爱的，交杯酒仪式是中国婚礼的传统习俗，我们俩各自先喝一半，然后我们互换酒杯，把剩下那一半饮尽后，要将酒杯一正一反置于床下，以示婚后百年好合。"格蕾丝莞尔一笑，帮同昌拿起酒杯，递给同昌，在校友们的怂恿喧闹下，行云流水般地和同昌完成了这一含意深刻的传统仪式。宴席结束后，送走了校友队友们，同昌牵着格蕾丝的手去府里花园散步，一方面醒醒酒，一方面想让格蕾丝看看他从小生长的家园究竟是什么样的。来到荷花池塘边那片草地，虽然草地上已布满了救护队的扎营帐篷，但还是能想象得到儿时的同昌同义几兄弟在池塘里嬉笑打闹摘莲蓬挖藕节，在草地上翻筋斗滚圆球，玩得酣畅淋漓的场景，"我和同义同信长大一些后，这片池塘草地根本不够我们几兄弟撒野的了，于是我们撺掇二哥带着我们蹿到府院外的后山去打鸟捉鱼，捕野鸡，追山猪，甚至还捅马蜂窝！”同昌抬手指向离草地稍远处的一座小山，隐约能见到尖尖的深黑的小山顶。说到童年时的玩耍撒欢，同昌眼中盈满着说不完道不尽的欢悦与喜乐，格蕾丝被深深感染着，眸中沁满浓浓的爱意与欢喜。穿过长廊，经过好几座厢房，终于到了同昌的房屋。刚一跨进同昌的书房，格蕾丝就被满墙壁的书籍和挂着的各种各样的手绘地图所惊呆，各个朝代的历史书籍、兵家秘籍、天文地理学科书籍等均被分门别类地归置得整整齐齐，种类之全，数量之多，让人目不暇接，最让人惊叹的是那一幅幅精致细腻的手绘地图，同昌带去美国的那几幅手绘地图相较之下只能算是练手之作了，真正的大作都藏在这里呢！那一丝丝画线，细得难以看见，却又清晰地勾勒出地形轮廓，这样的绘工得需要多大的定力多少的耐心和细致才能实现啊！望着格蕾丝充满惊叹和赞许地站在那些手绘地图前，同昌嘴角不禁上扬，眼底划过一抹小骄傲，“你可知道，就在这个小书房里，我中华一代军事骄子怎么培养出来的吗？”同昌微眯着双眼，带着半认真半戏谑的口气问道：“你听说过中国古代悬梁刺股的故事吗？”“听说过啊，还是你告诉我的啊！好像讲的是一个著名的政治家年少时刻苦读书，废寝忘食，为了不让瞌睡打断影响他学习，他把绳子的一头绑在房梁上，另一头绑在自己头发上，当疲劳打盹了，头一低，绳子就会牵扯头发，感觉到疼痛马上就清醒，然后接着学习。”格蕾丝分外认真地描述道，“嗯，年少时的我就是那样刻苦学习的，瞧，我书桌上方的那根悬梁！”顺着同昌的指向，格蕾丝果真看到一根粗粗的悬梁横在房顶，向下正对着一张大大的书桌，“当年，我和同义就在这个书桌上日夜勤奋地苦读，我俩一起悬梁夜读，互相督促，互相帮助……呵呵，有时实在疲累了，就商量好他帮我完成这项作业，我帮他完成那项作业，总之，私塾先生留的作业任务我们没有落下一项，每次都圆满完成！我中华军之骄子就是这样培养出来的！”同昌憨憨的眼神望着格蕾丝，似乎在期待着夸奖或表扬或钦佩，只见格蕾丝那双清蓝的大眼睛不停地扑闪着，眸光里充满着崇拜欣赏喜爱之情，她为她遇见了那么才华横溢、英俊儒雅、幽默可爱的同昌而感到无比的幸运和幸福，“Tom，你太可爱了！我爱你……”格蕾丝猛地扑进同昌怀里，搂着同昌的脖子，深深地吻着同昌的唇，同昌紧紧地抱着格蕾丝的腰，痴痴地沉浸在悱恻旖旎爱河中。

第二十三章 昆明空战首次告捷，同义中弹血洒长空

1941 年 12 月 7 日，日本偷袭珍珠港，美国对日公开宣战。飞虎队员们认识到，从此他们不再仅仅是一支雇佣军，他们不仅为中国而战，同时也在为美国而战！大家比任何时候都更渴望战斗，渴望用胜利狠狠地教训日本法西斯！当日，陈纳德将军率第一和第二中队赶到昆明，并迅速将机场上的通讯和云南警报网连接起来，建立了较为完善的防空情报网。12 月 20 日上午，日军从越南起飞 10 架轰炸机，在没有战斗机的掩护下空袭昆明，日军之所以这样大胆，是因为他们以往的肆虐轰炸都没有遭到过中国空军的强有力有规模的反击，他们鄙视中国空军的虚弱，但这次他们想错了！陈纳德将军带领的飞虎队，结束了长期厉兵秣马的严格训练和艰苦准备，蛰伏了近半年的他们终于等来了这一天，警报网不断将情报传递过来，陈纳德将军决定在敌机来袭之前升空迎战，他命令飞虎队起飞 24 架 P-40B 战斗机拦截，日军根本没有想到中国空军会有这么多架战斗机迎击，他们笨重的轰炸机根本不是灵活的战斗机的对手。向来以空中精准射击著称的同昌瞄准一架敌机进行射击，瞬间敌机失去控制飞速下坠……旁边不远处，同义驾机从高空俯冲下来，在敌机编队后上方瞄准一架敌机，近距离开火击中敌机油箱，敌机起火爆炸。美国飞行员罗伯特·桑德尔与敌机打对头，因为战斗机的灵活，罗伯特的射击一举击中敌机发动机，几秒钟的功夫，敌机就冒着火

光掉了下去。另一个美国飞行员查理·邦德瞄准了一架轰炸机，迅速扣动扳机，可什么事情都没有发生，原来是过于兴奋，他忘了打开保险，离他最近的同昌发现这一问题，眼见敌机朝着查理的机尾疯狂扫射，危在旦夕，同昌迅速上升转弯，瞄准敌机机腹射击，子弹击中敌机机身，凌空爆炸。同信驾机瞄准一架轰炸机，为了近距离开火，差点和敌机相撞，他猛推操纵杆，快速侧翻上升，然后再次撵上那架轰炸机，朝敌机机尾猛烈扫射，笨拙的轰炸机霎时垂头向地面猛扎下去。美国飞行员埃德·雷克连续击落了两架敌机后，接着追赶敌机编队最末的一架轰炸机，日军飞行员从未像这次一样遭到飞虎队数几十架战机的猛烈攻击，始料不及地仓促应战，最后落荒而逃。埃德·雷克穷追不舍，飞了一阵迷了航，油料耗尽，在一片麦地迫降，受了轻伤，虽语言不通，但通过肢体语言，在当地农民帮助下及时回到了昆明基地。还有一名美国飞行员弗里茨·沃尔夫，由于是初次实战，不免有些紧张，只要一发现日机就不停扫射，完全忘了训练的内容，在成功击落两架敌机后，以为机关枪卡壳，返航着陆后才发现是子弹打光了。那天，昆明上空出现了以往不曾有过的景象：一架又一架的平时不可一世的日机，在一群画着大嘴鲨鱼图案的飞机包抄、追逐、围歼下，起火、爆炸、拖着黑烟栽落山谷。飞虎队的首次正式战斗——昆明空战告捷，9 架日机被击落，飞虎队除一名美籍飞行员受轻伤外，其余队员毫发未损，战机也基本完好返航。在飞虎队强有力的打击下，日本轰炸机再也不敢轻易来犯，丧失多年的昆明制空权，开始稳稳落入飞虎队掌心。

当出战的战机陆陆续续平稳降落在昆明基地机场时，陈纳德将军、龙云司令等众官兵已在机场等候飞虎队的凯旋，周边的老百姓也都聚集在那里，兴奋地欢呼着，英勇的中美飞行员们大步跨下战机，英俊挺拔的身姿在逆光下显得更加伟岸，格蕾丝也在人群中，看到丈夫平安归来，湿润的眼眶充满着欢欣鼓舞。陈纳德将军给了每一个飞行员英雄大大的拥抱："好样的！我英俊的战斗员们！我为你们骄傲！""Tom！"激动的格蕾丝不由自主地飞奔到同昌面前，踮起脚尖，深深地吻了上去，同昌直接低头含住那抹柔暖，紧紧地拥抱着格蕾丝……

晚上，同昌带着格蕾丝和同义同信赶回郑府，因为那天是郑晋泰大人的忌日。聂氏、同声、刘管家、江医师都已在郑家祠堂等候，同声把飞虎队空战告捷的消息告诉了聂氏，聂氏心中一阵欣慰，但眼中却泛起一抹担忧与苦涩，却又很快被敛入眸底，仿佛不曾出现一般。她知道，她身为军人的儿子们，牺牲随时都可能发生，作为军人的母亲，唯一能做的就是给他们坚定支持的力量，让他们没有牵绊地完成军人的职责。"娘，我们回来了。"同昌三兄弟还有格蕾丝迈进祠堂的大门，"昌儿，义儿，信儿，你们过来。"聂氏轻轻地召唤三兄弟，三兄弟接过刘管家分别递过来的三炷香，在郑晋泰大人灵牌前跪下来，聂氏跪在前面，对着郑晋泰大人的灵牌含泪道："老爷、昌儿、义儿、信儿来看您了，他们打了胜仗平安归来，终是没有辜负您的期望……"三兄弟跪拜后起身，刘管家领着格蕾丝来到同昌身边，递给格蕾丝三炷香，同昌和格蕾丝一起向郑晋泰大人灵牌跪拜。"老爷，您的美国儿媳妇也来看您了，您的美国孙子 Victor 已经 14 岁了，大家都很好，您就放心吧。"磕了三个头后，聂氏缓缓起身道："昌儿，你带着格蕾丝也给你大嫂、二哥二嫂和三哥祭拜一下。""是！"同昌回应，领着格蕾丝给他们一一行了祭拜礼。

祭拜完后，大家各自回屋歇息。夜已入深，昆明的冬月夹着袭袭寒凉，偶尔一阵冷风刮过，阴冷萧瑟。同义回到卧房，简单洗漱后倒床就睡着了。梦里，雪玉清纯的脸庞突然出现在同义面前，她微微笑着，温柔地望着同义，同义想去抓住她的手，却怎么都抓不到，雪玉始终微笑着沉默不语，她身后晃现出三哥同仁的身影，那身影越来越大，突然一个闪爆，雪玉的脸庞、三哥的身影瞬间裂成碎片，就像飞机爆炸的火光与碎片四溅，同义猛地被惊醒，浑身已大汗淋漓，心不知怎的如刀绞般疼痛难耐。同义披上外套快步走到屋外，不远处同昌的书房灯还在亮着，同义捂着胸口，心跳慌乱地趔趄着向同昌书房走去。听到轻轻的敲门声，同昌起身开了门，看到同义煞白的面孔，同昌心里一阵紧张，“你怎么了？快进来坐下，我给你倒杯水。”“不用了，哥，刚才做了个噩梦，心很烦乱，我坐坐就回去。”同义鼻尖沁着细汗，微蹙着眉，一抬眼瞥见书桌上展开一张地图，同昌在云南南边的缅甸泰国处进行了密密麻麻的标注，“这是？”同义眸光划过一抹疑惑，旋即心领神会，“是的，日军接下来的攻击重点目标肯定是缅甸！滇缅公路是我们物资补给的生命线，日军绝对要掐断它的。昨天我们虽然首战告捷，但那是因为他们没有派战机护航，我们算是捡了个便宜，日后的对战恐怕就没那么幸运了。日军知道了飞虎队的存在，势必要打击报复，赶尽杀绝！”同昌语气冷冽地分析道，一抹刚冷寒芒掠过眼底，“他们的空军主力现在集结在泰国基地，我觉得我们不能总是被动应战，我们应该直捣日军在泰国的主力基地，把他们收拾得干干净净！”同义紧攥拳头，眼中一片恨戾。“刚才梦到什么了？”察觉到同义那不愿触及的痛楚似乎又要向同义袭来，同昌赶紧转移了话题，“没什么，梦见了……三哥。”“三哥？”同昌眼底划过遗憾和痛惜，三哥为救二哥就这么默默地走了，虽然他和同义从小没多少机会和三哥在一起玩耍，但三哥的沉稳和好脾气，对他俩和同信三兄弟在生活上悉心照顾有加，至今还记忆犹新，现在阴阳两隔，何时再续兄弟情缘？唏嘘这世间的无常，感叹人生的无奈，同昌不禁摇了摇头。“日军过不了多久定会来大轰炸昆明，娘留在这里实在是太危险了。”同义低沉道，“我也是这么认为的，我跟大哥和同信提起过，他们说是娘自己坚持要留下……”同昌眸光紧紧一缩，突然一抹不祥预感像寒冰一般穿脊而过，不禁打了个寒战，从未有过的恐惧竟席卷了他大脑，同义默默地望着同昌，似乎也跟同昌一样，感觉到了那股恐惧，“哥，咱们想办法把娘骗到二舅那里去吧。”同义很了解娘，一旦她下定决心要做什么事，她的执着和坚定是任谁都掰不过来的，“嗯，这事宜早不宜迟，明天我们跟同信好好商议一下。”

第二天，日本轰炸机改攻缅甸仰光，果不出同昌所料，经历了昆明空战的惨败后，日军急不可待地调整攻击战略，他们从泰国发出 60 多架战机，飞越马达班海湾向缅甸袭来，同时调集了更多的轰炸机从柬埔寨出发，直逼缅甸。第四天，12 月 23 日，日本战机第一次在仰光进行大规模空袭，日机数量几乎是飞虎队的 3 倍以上。飞虎队队员们起飞 P-40 战斗机 30 多架在仰光高空迎战，地狱天使中队瑞德中队长率领中队所有飞行员及熊猫中队同昌、同义等中美飞行员驾驶战机冲进日本轰炸机队列中，与敌机展开激烈空战。理查德・霍克、杰克・希拉克、同昌、同义组队一起行动，同昌发现日军战斗机群出现在东面，高度比飞虎队战机更高，于是带队一边向西飞，一边爬升，爬升至 18000 英尺时俯冲进行射击，日机为了躲避攻击躲进云层之中，同昌就在那里等待，他相信日机一定还会从云中飞出来，果不其然，两架敌机冲出云层对着同昌迎头冲来，在距离 200 ~ 300 英尺处，同昌的 6 挺机枪同时开火，曳光弹直接射中日机的引擎和驾驶舱。在左边不远处与同昌平行飞行的同义则射中另一架迎面冲来的敌机，理查德和杰克分别在同昌同义机尾两侧，对从侧面而来的敌机进行扫射反击，在3个队员的掩护下，同昌的精准射击几乎百发百中，不一会工夫，5架敌机被击落，狡猾的敌机阵队盯住了同昌，十几架敌机从四方和上方向同昌的队组包围攻击，理查德和杰克疯狂开火扫射，不久，杰克的子弹打光了，他的右机翼被敌机打穿，同昌的机尾暴露在敌机包围队列，眼见后上方敌机和后方敌机瞄准了同昌机尾，千钧一发之时，侧旁的同义一个侧翻身并爬高，用一个机翼撞向上方敌机，敌机一个机翼被撞掉，接着同义冲向后方的一架敌机，瞄准驾驶舱开枪射击，敌机起火坠落。杰克驾驶受伤战机迅速下降脱离包围网返回至飞虎队航行安全线范围。后方敌机阵队迅速补上同义刚打出来的缺口，始终将同昌、同义、理查德3架战机牢牢圈围。敌机数量众多，同昌知道他们3架战机的子弹很快将被耗尽，当务之急必须尽快突围撤退。四周敌机已密麻布阵无法突围，只能往上冲高逆行才能摆脱敌机纠缠，同昌猛地下降了一下紧接着又回升到原来高度，后侧方的同义很快明白同昌的信号，他边加速边连续扫射，给同昌扫开了一定空间，飞到与同昌差不多平行的位置，和同昌会意了一眼，只见同昌一个后空翻，以闪电般的速度飞到了敌机上方，逆向冲过敌机，击中敌机驾驶舱。此时，丧心病狂的敌机阵列将目标转移至同义和理查德飞机上，理查德的战机也弹尽粮绝，同义拼命扫射敌机，为理查德打开一条血路，理查德一个侧翻掉头，在同义的掩护下迅速脱身，而同义的战机终不敌数架战机的围攻，他的战机已千疮百孔，油箱被击中，汩汩往外漏油。同昌脱离包围网，很快看见了理查德的战机出现在他后方，他不时地瞥向后方，期待着同义战机出现，但没有。一股不祥之感涌上头，同昌不假思索地立即调转机头，向敌机阵列追去，同义的战机在艰难地往上爬升，机枪口不断地发出火光，突然，他后背一阵尖利的刺痛，鲜血像梅花绽开一样迅速染延整个后背，呼吸急促起来，他呛咳了两下，一股猩红鲜血从口中喷出，他中弹了。同义的手死死地推着操纵杆，他的眼前渐变得模糊，但他似乎看到了同昌，同昌灿烂地笑着，又忽然看到了阿惠、雪玉温柔地笑着，还有父亲、母亲、大哥、二哥、三哥……同义嘴角微微勾起，眸光定定地向着前方，机尾带着火球，飞速俯冲撞向敌机……“同义！……”同昌嘶哑的喊声淹没在飞机的轰隆爆炸声中，突然之间他耳中一片寂静，泛着血丝的眸瞳里巨大的火光爆闪着，碎片漫天飞溅，天空一漫血红，空哑死寂，只见血色的火球在迅速膨裂……

同时，昆明的上空雷电交加，滂沱大雨肆虐直泻，聂氏手端着放有两瓶消毒酒精的药盘匆忙地送往花园池塘边的帐篷，雨太大，尽管打着雨伞，雨还是浇湿了药盘和酒精瓶，雨地很滑，聂氏小心翼翼地走着，突然一道闪电，紧接着轰炸般的雷鸣巨响，聂氏手中的药盘连同两个酒精瓶摔到了地上，酒精瓶被砸得粉碎，聂氏蹲下身去拾捡，猛然胸口一阵绞痛，眉头突跳，“夫人，夫人，你怎么了？”身后赶来的心莲急忙跑去搀扶，聂氏心口越来越紧，呼吸有些跟不上来，胸口竟像万蚁噬骨般锥心痛，不知怎的，她脑中瞬间闪现出同昌和同义的脸庞，现在下着大雨，他们是在空中作战吗？应该没有吧？聂氏禁不住开始胡思乱想起来，心中的不安和焦虑越来越浓，胸口的疼痛越来越强烈。

第二十四章 同昌狠袭泰国基地，兄弟无离共赴九泉

仰光的飞虎队基地里，理查德和杰克从同昌休息的房间走出来，瑞德中队长立在门口，沉重的眸光望向同昌的房间，“他想一个人静待一会。”理查德伸手拉上门，神色悲伤地对瑞德中队长说道。同昌坐在桌边，桌上整齐叠放着一套军装，一顶空军军帽端放在军装上，军装旁边燃着一支白色蜡烛，烛光凄厉阴幽，忽闪忽暗。同昌深幽的墨瞳凝视着同义的军装，耳边响起同义稚嫩的童声，“四哥，现在怎么办呀？娘要是见你光着脚回来，肯定知道你又去游水了！”五六岁光景的同义着急地看着浑身湿透的光着脚的同昌，他们兄弟俩又偷偷跑到后山的那条溪河里游水，之前二哥带着他俩去游过几次，结果有一次同昌差点溺水，爹和娘禁足了二哥很长一段时间，也禁止同昌同义再去游水。偏偏同昌胆子大，同义也闲不住，就喜欢跟在同昌屁股后面，同昌做什么他都喜欢跟着做，经常是同昌策划指挥，同义执行实施，兄弟俩一唱一和，府内每个角落，后花园、府外的后山，几乎所有的地方都有他们兄弟俩涉足和征服的痕迹。“嗯，怎么办呢？”同昌犯愁地挠着后脑勺，盯着自己光溜溜的湿脚，一筹莫展，刚才游水，一时高兴，穿着鞋直接跳进水里，不一会工夫一双鞋就不知所踪了。同义抿了抿嘴，盯着那双湿漉漉的光脚，冥思苦想了好一阵，然后那对清亮的琉璃褐瞳闪过一道光，“四哥，有办法了！我把我的一只鞋给你穿上，反正咱俩鞋大小一

样，娘也记不得你穿的啥样鞋，就说咱俩爬山，不小心滑倒，我俩的鞋掉山坡下找不到了！”“嗯，好主意！我的好弟弟！”同昌拧着的小眉头瞬间舒展开来，激动地抓着同义的手臂……书房里，兄弟俩并排端正地坐着，专心致志地听着私塾老师讲课……云南讲武堂军校教室里，兄弟俩一前一后地坐在书桌前，认真地听着蔡将军讲课……美国 MIT 校园，兄弟俩和队员们齐划着赛艇，图书馆里互助查阅着论文资料，查尔斯河畔漫步谈心畅想未来……第一次驾驶飞机试飞成功，在酒吧里酣畅醉饮庆祝……共赴漳州组建国民航空队，无数次驾机并肩作战……朝夕相伴，亲密无间，有书共读，有山共登，有水共游，有战共打，未曾一日分离，未尝一日相舍……而今，最爱的弟弟就在他眼前消逝而去，他却束手无策，无能为力，眼睁睁看着他的爱弟在敌军猖獗的弹雨火海中被无情吞噬，内心极度的悲痛与幽愤，他已无泪，只剩眸中的凛冽和决绝。同昌平静地拿出他的手枪，一颗一颗地上满子弹，然后别在腰间，他缓缓看向窗外，夜已深，天下着蒙蒙细雨，悄无声息，又似如泣如诉。他从容地整了整身上的驾驶服，戴上飞行帽，望了一眼桌上静默的军装，拉开房门，迈步走了出去。他来到弹药库，值守的士兵在他要求下搬运出一大堆弹药装到他的战机上，值守的士兵以为他只是为明天的出战而准备，没有多问什么，搬运安装完成后就匆匆离开。看着值守士兵消失在黑夜，同昌登进驾驶舱，检查了所有仪表盘后，向着微闪着光亮的那间屋望了望，黑潭般幽深的眸瞳猛地一缩，同昌发动了他的战机，很快隐没在漆黑雨夜中。

缅泰边界，泰国日机军事基地上空。“长官，一架战机正朝我们基地飞来，只有一架，尚看不清是哪国战机……”日本雷达站值守士兵正向上司紧急汇报，突然一声巨响，爆炸火光在雷达站绽开，同昌的战机呼啸而过，紧接着停机场上，一团一团的火光爆裂，一架架静立的日机顷刻灰飞烟灭，同昌的战机来回盘旋着，每一次的俯冲，地面就会有一朵朵的火花爆绽，日军一片慌乱，基地化作汪洋火海，同昌的战机凶猛地一次次冲袭过来，吼泄着愤怒，撕裂着仇恨，“射击，快！高射炮准备，快！”日军指挥官混乱地指挥着。正当同昌再次俯冲轰炸时，他的战机猛烈颤抖起来，地面射来的子弹击中了他的发动机，同昌尝试着升高，但失败了，镇定依旧的他看着机下的一片火海，嘴角淡淡勾起，此时他脑海中浮现出格蕾丝温暖恬淡的笑容，还有母亲温婉亲切的音容，“对不起，娘！对不起，格蕾丝……”他坚定决然地把操纵杆推到顶，朝着火海之外的那点点星灯的敌军指挥中心扎去……

此时，深夜的昆明，大雨一直在下，雷鸣电闪，床榻上的聂氏倏然惊醒，胸口尖椎利刺般疼痛，额头沁满细汗，她颤巍着扶床而下，跌跌撞撞到茶桌边时，突然一声脆响，聂氏左手上的翠玉手镯碰到桌边，粉碎而裂，顿时鲜血从聂氏手腕蜿蜒流出，一股惶恐袭上心头，“昌儿，义儿，信儿，你们现在在哪里？”锥心般绞痛使她几近窒息，聂氏眼前一黑，晕倒在地。

巫家坝机场基地通讯处。“仰光基地，P40-125，P40-134 坠毁，美籍飞行员科隆·威尔士，中国籍飞行员郑同义，牺牲。”正在接收电报讯息的同信手一滞，脑中轰的一声，一片空白。

第二天上午，陈纳德将军指挥办公室，“郑同昌驾驶一架 P40-133 战机昨晚在仰光基地失踪。泰缅边界的日军飞行基地凌晨 2：40 分左右遭到轰炸袭击，20 多架战机被摧毁，雷达站及指挥中心也被摧毁。截至目前得到的信息，尚未确定是不是英军发起的袭击，日方那边传出来的消息说昨晚似乎就一架战机偷袭了基地，该战机被地面击中后直冲指挥中心自杀性撞毁。”飞虎队一名地勤情报人员向陈纳德将军汇报着，陈纳德将军紧锁着眉头，思绪回到了月初时，他带着同昌和其他几个飞行员秘密飞往泰国日军基地侦察，侦察完成返航后，同昌向他建议对泰国基地进行偷袭，“不行，日军这次在泰国这个基地部署了近百架飞机，我们还没有轰炸机，我可不想让你们有去无回！”陈纳德将军坚决否决了同昌的提议，“可是，指挥官先生，我们的飞机数量与日军悬殊太大，如果我们只是被动应战，结果并不会好到哪儿去。我认为我们也得采取偷袭的手段，打击日军重要基地，尽管冒险，但对敌军的打击和威慑应该是很强的。而且，我弟弟他们研制出一套弹药自动传送装置，我们可以把更多的弹药放置在机舱内，等外挂的弹药用完后，机舱内的弹药可以被自动传送出去，我们的战机就可以当轰炸机了！”同昌自信地说道，眸光坚定带着些许期待，陈纳德将军敛了敛深邃的眸光，眼底划过一抹褒赏：“这套装置什么时候能出产安装？”“雷允厂那边正在加班加点批量生产，第一套装置已安装在我弟弟那架战机上了，试用很成功，只是还需要进行最后一些小改进，应该快了。”“好，那就等出厂了，我们再制定袭击方案！”陈纳德将军重重地拍了拍同昌肩膀，深深地望着同昌，带着命令又关切的口气说道：“没有我的同意，你们不能擅自行动！我要我的队员每一次战斗都平安归来！”回忆到这，陈纳德将军的眉头微颤了一下，“再去仰光周边搜寻，并和英军再次核实此次泰国偷袭是不是他们所为。”

机场飞虎队基地医院的手术室里，格蕾丝和一名美国军医正在给伤员做手术，伤员伤势严重，手术已持续了 4 个多小时，格蕾丝和另一名军医额头不停滴下汗珠，格蕾丝后背已湿了一大片，忽然，格蕾丝眼前一阵模糊，身子微微晃动了一下，格蕾丝闭了闭双眼，抬手擦了擦额头的汗，“扑哧……”一股鲜血喷溅到她脸上、身上，手术台上伤员大动脉崩裂，格蕾丝猛地一阵眩晕，倒在地上。

此时，在重庆中国航空空军委员会指挥中心，晏玉琮负手而立站在窗边，“郑同昌携带了多枚炸弹和大量子弹，未做任何请示和报告，驾驶战机 P40 从仰光失踪。您看，是做违反军纪通报处理还是？”“他弟弟郑同义在头天的仰光空战中牺牲，对于郑同昌的行为我们暂不做定论，再去深入调查搜寻一下。”“是！”

第二十五章 同声背郑府被炸，同信母子阴阳两隔

沦陷的广东珠海，日军空军基地临时指挥中心，一名汉奸操着云南口音在给一个日本军官不停地说着，并递给翻译官一张昆明地图，翻译官一边翻译一边给日本军官讲解，日本军官叫来了一名下属，下属弯腰附在日本军官耳边低语了几句，日本军官狡黠阴鸷的眼中划过一抹狠戾，对下属下达了指令，下属立正点头收了命令转身跨出门。

郑府的聂氏卧房里，心莲在给聂氏喂药，同声站立在榻旁，“二娘，你身体本就虚弱，不能再这样劳累了。”“声儿，好几日不见昌儿义儿他们了，他们现在在哪儿啊？”聂氏虚弱地望向同声，眸光黯淡，“前几天我往同信在的基地运送弹药，听他说同昌和同义在缅甸仰光出战。”同声低声答道，这几日他忙于运送物资，同昌失踪同义牺牲的消息并未传到他这里，他很担忧聂氏身体和安全，也打算找同信商议把二娘尽早送到贵州二舅那里去。“琼洁那边有什么消息了吗？好像预产期临近了，我没记错的话应该就是这几日了。”聂氏捂了捂胸口，焦虑地问道，“二舅那边说琼洁一切正常……”同声迟疑了一瞬答道，他得到的真实消息是琼洁肚中胎儿胎位不正，情况不容乐观，可眼下，不能将这个信息告知二娘，因为这只会徒增二娘的担忧，正想开口劝说聂氏回贵州二舅那里，屋外传来了刺耳的防空警报响，顿时屋外一片忙乱，救援队医务人员搀扶着伤员，

或背着伤员，或直接抬起担架快速往防空洞撤去。同声看向聂氏孱弱的病身，二话没说，拉起聂氏转身把聂氏背到背上，“心莲，快，你给二娘拿上被衾，我们这就去防空洞！”说完，背着聂氏飞速跑了出去。到了防空洞口，同声把聂氏安顿在一个事先安置好的担架上，交代给心莲后，转身奔出洞口，有几名腿部受伤的伤员拄着拐杖艰难地向防空洞移动，同声一个接一个地将他们背进洞口。尖利的警报声刺耳不断，上空不远处，黑压压的一片炸弹铺天盖地而来，炸弹像黑雨点般倾泻直下，地面火光四起，浓烟弥漫，忽然，郑府荷花池塘里水花冲天四溅，一颗炸弹投进了池塘，紧接着一颗炸弹坠落池塘边草坪，所有帐篷被炸飞，花园里的凉亭瞬间分崩离析，长廊、厢房顷刻间炸裂散溅，湮没在滚滚浓烟中。防空洞口，一架日机像一只巨大的黑鸦狰狞扑来，聂氏向洞口外望去，不远处同声正背着一个伤员步履踉跄地跑来，突然，一枚炸弹砸落，一声震耳欲聋巨响，一簇火光爆闪，“声儿！”一声凄厉的呼唤，惊恐的瞳孔里，浓烈的烟火，血淋的肢碎，她的儿子在她眼前就这样被残忍地碎为齑粉，灰飞，烟灭，“不！”聂氏嘶哑凄苦的叫喊声尖利地划过防空洞。

同信开车赶到郑府时，郑府已被夷为平地，池塘边的草坪已成马蜂窝状的一个个黑坑，昔日的厢房、凉亭、长廊早已不见了痕迹，只剩烧焦的灰墟，“娘！娘！”惊慌失措的同信踩踏在废墟上，“郑团！防空洞！”和同信一道下车的副手提醒同信，同信闻声，转身奔向防空洞。“夫人眼睁睁看着大少爷被炸飞，晕了过去，到现在还没醒。”心莲跪在担架旁，噙着眼泪哽咽着，同信心中一抽，如五雷轰顶般，两天一夜之间，他的三个哥哥都离他而去。同信强忍着泪水，将聂氏的一只手握在掌心，“娘，我是同信，我回来了。”

聂氏紧闭着双眼，没有任何反应，“娘，您醒醒，看看我，我是同信，我回来了！”突然，一丝害怕掠过同信脑中，同信的双手不由自主地颤抖起来，他小心翼翼地唤着娘，“有大夫在吗？”他侧过头急切地问心莲，“令母心气不接，呼吸骤停，我刚才给她注射了强心剂，情况不太好。”蹲在心莲旁边的一位救援队军医神色凝重地低声说道。这时，聂氏的头微微动了一下，隐约听到好似同信的声音，她努力地睁开双眼，一张脸庞映入她眼帘，由模糊渐变清晰，那是她的信儿，完好无损地活生生地站在她身边。聂氏抬手要去摸同信的脸庞，但浑身无半点力气，同信见状，急忙跪下来，轻轻把母亲抱在怀里，把母亲的头枕在自己大腿上，“信儿，你受伤了吗？你有没有受伤？”母亲黯淡的眸光中一抹紧张划过，“没有，娘，我好好地在这。”同信几近带着哭腔答道，“见到你四哥、五哥了吗？他们现在在哪里？怎么没有见到他们？他们人呢？”母亲突然紧绷了神经，眼中尽是慌乱与惶恐，“他们，他们都在缅甸，很快就回来了。”强忍着哥哥们逝去的悲痛，同信平静地回答道，眼眶里的泪水却止不住地涌出，“他们究竟在哪儿？他们为什么不回来？”聂氏慌张地抓着同信的手，“信儿，你快去把他们叫回来，我们一起去二舅家那里，你快去叫他们，快去啊！”聂氏的眼中突然升起一片惊恐，她近乎歇斯底里地抓晃着同信的手，同声离开的那惨烈的一幕充斥在她脑海里，她已承受不了再次失去儿子的刺激。同信的心如万蚁噬骨般钻心痛，“娘，我这就去，这就去把四哥五哥叫回来，我们一起走！”同信紧紧抱着母亲，安慰着母亲，听到同信的答允，母亲似乎平复了一些，她的力气已用完，她颤抖着手微微地摩挲着同信的脸庞，气若游丝地嘱咐道：“信儿，你一定要活着回来，你未出生的孩子不能没有父亲，你一定要保护好我们郑家的血脉，你答应娘，一定要好好活下来，我不允许你再上战场了，你去把你四哥和五哥叫回来，我不允许你们再去送死了，我不能再失去你们了，你答……应……娘，娘求你了，答……应……娘……”聂氏话音渐渐微弱，神志不清地再度陷入昏迷，“娘，娘，我答应您，我答应您……”同信抱紧母亲，头贴着母亲的额头，泪水决堤般泻下……“郑团，日军已发现了郑府，这里已不再安全，我们得尽快转移！”同信的手下提醒道，同信往防空洞里扫了一眼，救援队人员和伤员大概七八十人左右，还有一些医疗器具和药品物资，他微微颔首：“你跟我现在回队里，我去调集一队人员过来帮助救援队转移。心莲，医生，麻烦你们照看一下我母亲，等我们，很快回来。”“好的！”心莲和医生重重地点头。

同信万万没想到的是，丧心病狂的日军在轰炸郑府后不到一个小时，又进行了第二次轰炸，这一次是直对防空洞肆虐狂炸。当同信带着一队人马来到防空洞时，那里已不再有洞口，一片坍塌，一片焦黑，一片灰烬，同信发疯狂乱地刨翻着那片黑墟，队员们死死拖住同信，同信嘶吼着挣扎开，跪在黑墟上，双手重重地锤进黑墟，低垂着头，恸泣流涕……

当晚，那名告密的云南汉奸被同信手下士兵捆押到防空洞废墟处，汉奸颤抖着抬头，同信冰冷的眼眸闪过一道寒芒，汉奸哆嗦磕头求饶，同信举枪对着汉奸脑袋连续射出多发愤怒的子弹，汉奸脑浆迸溅，眼睛鼓瞪倒地。

第二十六章 琼洁难产少琎出生，同信赴战父子泪别

贵州兴义安龙山区同信的二舅家中，琼洁躺在床上，痛苦地挣扎着，汗水湿透全身，产婆慌乱地在旁手足无措，二舅、二舅妈、依凡站在房门外，二舅焦躁地来回踱步，突然，“哇！哇！哇……”婴儿的啼哭声传出，“生了，生了，是男娃！”产婆在屋里兴奋地叫着，大家立即跑进屋内，“啊，琼洁，琼洁！”依凡失声道，“孩子保住了，大人恐怕不行了。”赶来的医生无奈地摇了摇头。“三嫂……”琼洁无力地抬了抬眼皮，微弱的声音几不可闻，依凡俯身凑近琼洁唇边，“三嫂，麻烦你把我放在枕下的那枚绣花荷包拿过来……”“好的，我这就去。”依凡含着泪，重重地点头，起身疾步往外走出。不一会，依凡拿来了荷包，那是聂氏给琼洁亲手绣制做的荷包，荷包里装了两条用红棉线编串的项链，项链坠是一枚雕刻精致小巧的长方形金块，两面分别刻有“福”“安”字样。“三嫂，这两条金坠项链一条给少琎，一条给同信，等同信来了，请帮我把这交给他……”琼洁虚弱无力地叮嘱着，苍白的唇瓣微微颤动着：“二舅，二舅妈，请替我转告娘，琼洁无能，不孝，不能抚养少琎长大，来世我再做她儿媳……”话未说完，带着无限的眷念与遗憾，琼洁永远闭上了那双清丽的眼睛。

幽深雨夜，阴黑凄凉，同信独自在防空洞废墟某个地方使劲地往下挖着，全身湿透，头上渗出的汗水，眼中落下的泪水，分不清

是雨水汗水还是泪水，铲子重重地落下去，掀开一层一层焦墟和黑土。早在父亲临终前，曾交代给他，宅院地下藏存着金条。终于，他挖到了，他把这几箱金条放到汽车后备厢，启动引擎开车离去时，经过那片曾经绿草葱葱，微涟荡漾的荷花池塘，如今焦黑血碎一片，同信侧头，双眸透过车窗，扫过那片疮夷，眼底划过恨怒、悲愤、苦涩和怀念，旋即，冷冽而坚定地踩下油门飞驰远去，消隐在雨夜中。

贵州安龙山区，离二舅家不远的一座山后，琼洁的坟前，同信跪着，烧着纸钱。二舅家门口，二舅、二舅妈、依凡、少琳、少琪，少珍，奶妈抱着少琎，襁褓中的少琎哇哇奶哭着，胸前的襁褓上挂着一个金块吊坠。同信从奶妈手中接过少琎，哭闹的少琎哭声戛然而止，水汪汪的眼睛怔怔地凝着父亲，嘟嘟的小嘴不断地吸吮嗫嚅着，仿佛贪婪地吸吮着父亲的气息，似乎想记住父亲的音容笑貌。同信湿红的眼眶带着万分的不舍与怜爱，深深地吻着少琎的额头，少琎的小手举着乱舞着，不停触碰着父亲的脸颊，同信的泪水浸湿了少琎的小手，他缓缓抬头，把少琎递抱给奶妈，眸光投向二舅，二舅重重地向他点了点头，同信微微颔首，转身跨步上车，奶妈怀里的少琎开始哇哇大哭起来，同信启动引擎，没有回头，疾驰而去，反光镜里的身影渐渐缩小，哇哇的哭声渐行渐弱，同信的泪水却不住地流过脸颊淌向脖颈……

第二十七章 同昌妻儿天堂团圆，同信永眠驼峰航线

同信回到通讯队，向队里提出申请，转入了飞虎队，他要继续他哥哥们未竟的战斗，直到战争胜利结束。日军继续对仰光和中国国内实行轰炸，切断了滇缅公路，大量援华物资无法运进中国，为保证对日作战的军备物资不间断供应，中国航空空军委员会与美国陆军航空队及英国英联邦部队和缅甸劳工队联合开辟出新的一条唯一可行的运输途径——驼峰航线，航线始于印度东北部，要飞越世界上最凶险的地形，要飞越超过一万英尺高的 Naga 山，要经过丛林覆盖的伊洛瓦迪江、萨尔温江和湄公河，然后是高达一万五千英尺的 Santsung 山脉，终点是抵达昆明之前的一个必经重镇——祥云县附近的云南驿机场。航线要跨越喜马拉雅山脉，气候条件恶劣，常年有超过 248 英里 / 小时的狂风，从五月到十月的雨季，以每分钟 3000 英尺的速度把飞机抛上抛下的超级湍流，甚至能把飞机翻个个。驼峰航线有两条线路，一条是 800 公里左右的南线，经过怒江、澜沧江、横断山脉，到达大理，经云南驿机场直达昆明；另一条北线，经缅甸葡萄、丽江程海，到达昆明。同信和哥哥们生前所在的飞虎队熊猫中队的飞行员们一起驻守在云南驿机场，担负着保卫机场和运输机护航的任务。

这日，同信和队员们完成运输任务回到机场，地勤人员告知，陈纳德将军在办公室等候同信。当同信来到办公室门口时，两套空

军军装端放在指挥桌上，军帽旁边各放着一枚勋章。“郑同信上尉，你哥哥郑同昌失踪事件有确切消息了，他独自驾机袭击了日军驻泰国空军指挥军事基地，摧毁了大量敌机和指挥中心，但最终寡不敌众，与敌军同归于尽。”翻译官红湿着眼睛，几近哽咽地说着，“这是你哥哥郑同昌和郑同义的遗物……请节哀顺变……”翻译官将遗物递给同信，侧过脸，泪水流下，同信默默接过军装，眸光冰冷凛冽，他已无泪，失去哥哥，失去母亲，失去家园的痛对他已不再是痛，只有坚不可摧的抗击到底的斗志。“我们准备发动对日军在泰国清迈基地的袭击。”陈纳德将军深邃果断的眸光看向同信，同信眸瞳微缩，目光坚毅，“但是，你必须保证，你安全归来！”陈纳德将军深深地望着同信，似命令似请求地说着，翻译官提高嗓门向同信翻译着，同信回视着陈纳德将军，目光坚定，重重点了点头。

当晚，同信和其他 9 名飞行员驾驶战机从云南驿机场起飞，偷袭定在夜间，为保密，10 架战机一路保持无线电静默。夜色深黑，看不到地面，每一位飞行员在黑暗中孤独地飞行着，同信仿佛看到，哥哥同昌那晚雨夜中的孤独飞行，独自战斗，许多时候，一架战机就是一个部队，勇往直前，义无反顾。他感到哥哥就在他旁边和他并肩飞行着，鼓励着他，引领着他，他不是孤单作战。到了日军基地上空，同信和队员们开始俯冲，基地的轮廓渐渐清晰起来，机场跑道上停着大约三十几架日机，同信和队员们从 1500—2000 英尺的高度掠过轰炸，第一轮打击未遭受日军任何防空火力抵抗，地面上燃起熊熊大火，几轮轰炸后，同信还想继续搜寻目标，突然他仿佛又看到跟他并肩飞行着的同昌，只见四哥转过头对他微微一笑，旋即转回，目光直视前方，坚定无比，机头向下直冲而去，然后，消失在浓烈红光中……“滴，滴……”同信的仪表盘在报警，同信猛地回过神，才发现油料所剩不多，其他队员也收到提醒，必须马上返航，同信望了一眼地上的火海，调转机头，和队员们重新编队踏上归途，途中一队友的战机不断在冒烟，队友只能弃机跳伞，落在森林里，苦苦支撑了 12 天后被友军找到，最后被安全送回昆明。那晚的偷袭成功摧毁日机十几架，所有参战战机除一架坠毁外，其余均完好无损返回，飞行员无一人伤亡。

巫家坝机场飞虎队基地医院里，格蕾丝躺在病床上，紧闭着双眼，苍白的脸颊上印着两行泪痕，同信站在格蕾丝床前，身后的一名美国军医对翻译官说："格蕾丝医生染上了伤寒，我们对她进行的药物治疗效果不好，她丈夫的牺牲对她打击太大，这里医疗条件不好，她在这里继续待下去恐怕会……我们决定送她回国治疗。"同信微微颔首，眸底划过一抹苦涩和心疼，这时，格蕾丝缓缓睁开双眼，同信那张英俊的脸庞映入她眼帘，"Tom！你回来了……"惊喜一闪而过，那张英俊的脸庞变得清晰时，格蕾丝知道，她的爱人永远不会回来了，"格蕾丝医生，我们要送你回国治疗，你丈夫的弟弟来看你了。"美国军医轻轻说道，格蕾丝微弱地点了点头，目光移向同信，一片黯然悲伤，"同信，我的好弟弟，你一定要保护好自己，战争结束后，你要带上你的孩子来美国看我们，一定要，答应我。"格蕾丝哀求的目光像利剑一样刺痛了同信的心，一瞬间泪往上涌，同信使劲地点了点头。

云南驿机场基地，防空情报控制中心传来警报，日军大批轰炸机和战机正向云南驿机场方向驶来，同信和战友们奉命驾机升空迎敌，他们冲入日军机群，与敌军护航战机展开激战。理查德在同信后侧方，只见同信瞄准一架敌机，精准地击中驾驶舱飞行员头部，敌机拖着滚滚黑烟垂直下坠，理查德恍惚间觉得是同昌在战机里，因为那同样英俊的相貌，同样精准的射击，还有那勇猛的驾机攻击……这时，另一架日机从斜上方朝同信凶猛冲来，同信迅速地一个侧翻，躲过了迎面而来的敌机，岂料，迎面又来了两架敌机，同信处于十分被动的境地，理查德见状，加速从后方直面撞向敌机，敌机被迫往侧躲闪，但左机翼被撞断，打着滚坠向地面。同信突然醒悟过来，采取规避动作只会助长敌机的疯狂攻击，于是，面对又一架凶猛而来的敌机，同信毅然驾驶战鹰撞向敌机，即将撞到那一瞬，同信升高了高度，只见敌机的机头和驾驶舱盖像被大刀平削去了一大块般，翻着滚带着火焰直直坠下去，由于擦撞，同信飞机的机尾也燃起了火，他的飞机开始向下滑坠，同时，他发现离他不远的前侧方，战友莫尼中尉驾驶的战机右机翼燃烧着火，也在急速向下滑坠着。同信向下张望，发现飞机下面是熟悉的祥云县城，随着飞机的下坠，居然清晰地看见不少老百姓站在大街小巷仰头看着他们战机惊心动魄的生死搏斗，正准备跳伞的同信突然想到，他不能这样弃机跳伞，因为地面上那么多民众，同信顽强地控制着飞机驶出县城上空，跳伞降落在县城郊外的一片麦地上。此时他发现莫尼的战机也在艰难地翻坠着驶出县城，飞机撞向离麦地不远处的一个山头，爆炸开来，莫尼虽然也跳了伞，但他错过了最佳跳伞时机，爆炸的冲击力让已失去知觉的莫尼随着降落伞的拖曳冲出了几百米远，闻声而来的当地民众纷纷跑向已全身血肉模糊的莫尼中尉，用木板抬起他，赶往城中抢救。同信受了皮外伤，医生给他做了包扎，他拖着有些疲累的身体坐在手术室外等候，简陋的手术室里医生正在抢救重伤的莫尼,但莫尼伤势太重,失血过多,终究没有抢救过来。全身盖着白布的莫尼被推出手术室，望着被推走的那片白，同信红湿的双眼默默地目送着，眼中尽是哀伤。

云南驿机场上，9 名飞行员并列站在一排运输机前，理查德旁边空了一个站位，那是莫尼的站位，每次出发前，驻守机场的飞行员，都要在飞机前集结列队。如今，空了 4 个站位，大家默默地扫向这 4 个空位，默哀一分钟，随着瑞德队长的一声令下，坚定转身朝各自驾驶的飞机奔去。这天，9 名飞行员将驾驶 6 架运输机和 3 架战斗机飞往印度汀江机场，他们将沿着驼峰航线运回一批军事物资。同信驾驶战机护航运输机，起飞后进入航线爬升，约半小时后，飞机外部已开始结冰，同信在驾驶舱挡风玻璃上喷洒酒精，以防挡风玻璃被冰封遮住视线，气温在继续下降，飞机下面是高山峡谷，高度不能降低，只有继续爬高，越往上爬，气温就越低，窗户内侧已结了厚厚的冰花，飞机像蜗牛一样吃力地爬升到 6500 米左右，终于来到了云层上端，结冰的情况有所缓和，云层上透进了一点模糊的阳光。飞行了大约 3 个小时，同信所在的运输队到达了印度汀江机场，机场的物资队已将运输的物资备好，这次运送的是炸药、汽油和医药物品，装满 6 架运输机后，同信、理查德、杰克的战机上也装了一小部分物资，不到一个小时，9 架飞机载满物资起飞返航，经过横断山脉时，遭到日机截击，同信和理查德及杰克战机各自 6 挺机关枪同时开火，有 2 架日机被击中驾驶舱，拖着黑烟坠入山谷，其余敌机落荒而逃。飞机恢复了正常飞行，同信紧绷的神经正要放松些时，侧前方理查德的飞机突然急速下坠，驾驶舱里的理查德闭着双眼，歪垂着头，额头流着血，手臂直直地抵着操纵杆，他战机的子弹已用尽，他本人头部中弹，但仍保持着驾驶的坐姿，他的战机在同信眼底下划过，垂坠，撞向了山脉，火光爆裂……

第二天，云南驿机场上，8 名飞行员列队站立，已经空了 5 个站位，队友们默默致哀。昆明巫家坝机场，还有其他基地机场，和云南驿机场一样，几乎每一天都有父亲、丈夫、兄弟、儿子，从一处出发就再没有返航，他们长眠于从印度汀江到云南昆明这条号称“死亡之路”的“驼峰航线”的山谷、丛林中。飞机坠毁了，便补充；人员牺牲了，就再聘。这条国际盟军救援物资运入中国的唯一生命线，是所有中美飞行员不惜一切代价确保的“一线生机”！

为了躲避日本战机，同信和队友们选择了航程较远的驼峰航线北线进行夜间航行。今日夜阑风寒，月淡光清，凄冷萧疏，同信的宿舍里，桌子上端放着两套军装，旁边放着一瓶贵州“华家茅酒”，军装前各摆着一盏小酒杯，同信缓缓拿起酒瓶，徐徐倒向那两盏小酒杯，今日是四哥和五哥牺牲的七七祭日，同信依次举起酒杯，目光依次看向四哥五哥穿过的军装，把酒杯里的酒洒在地面，然后他整了整自己身上的驾驶军服，摸了摸挂在脖子上的那块小金坠，轻轻抬眸，眼底划过一抹哀伤，旋即闪出一芒坚毅，他利落地戴上飞行帽，转身大步跨出了房门。这晚，他和队友们计划完成三次往返运输，“飞越驼峰，没有天气限制”这是所有飞行员的信念与坚持。同信和队友们驾驶 C-47 运输机在黑夜中起飞，飞过高山雪峰、峡谷冰川、丛林森海，越过日军占领区，大约 3 个小时到达印度汀江机场，尽管是深夜，机场的物资队早已备好汽油和弹药物资，不到半小时就完成了装载。约 6 个小时后，同信和队友们的运输机再次降落在汀江机场。第三次飞回时，天已大亮，同信往飞机下望去，崇山峻岭，峡谷深涧，山峰连绵起伏，阳光下的山涧里闪烁着银光亮点，那是飞机的残骸碎片，同信眸光紧敛，眼底划过一抹黯色。连续七八个小时的飞行，脸上倦色渐重。突然，前方一团浓密乌云截断去路，同信的飞机飞进乌云团，四周灰乌一片，紧接着飞机开始剧烈颤抖起来，高空天气突变，形成的极速强气流和旋风把同信的飞机像纸片一样翻来覆去，队友的飞机早已不见踪影，同信的飞机在乌云团中孤单地挣扎，他决定往上爬升，因为在山谷中钻云，极易撞上尖高的山峰，但升高的话，他驾驶的这架运输机爬高性能差，在海拔超过6000英尺时，会遭遇结冰状况导致引擎熄火失去控制。危急的情况下容不得同信多想，只能冒险冲高一试，然而，云团上方的冰寒迅速将同信的飞机包裹，挡风玻璃窗上冰花像极速裂变一样刹那间层层绽开，仪表盘开始急速转动，发出“滴滴”警报声，发动机被冻住，停止了工作，同信的飞机快速坠入乌云团，穿过那片乌黑，擦过那卷狂风，撞向了一个尖峰……

从此，驼峰航线下的幽幽深谷中又多了一片在阳光照射下闪熠如星的飞机碎片，这片碎光中静静地躺着一个小小的金块坠。

贵州安龙二舅家中，襁褓中的少琎不停地嗷嗷大哭，任凭奶妈怎么哄抱，都无济于事，他似乎知道了父亲的逝去，他用尽全身力气哭嚎，想去唤回那次也是最后一次父亲的亲吻和怀抱，然而，只有那凄厉的哭唤声穿过云空，划过崇山峻岭，颤弱回荡在那片幽幽深谷……

此时在美国波士顿国家公园公墓里，一具大棺材和一具小棺材停放在即将下葬的墓地旁，牧师肃穆哀沉地做着祷告，玛格丽夫人和约翰将军泪流满面悲伤抽泣，身旁站立着格蕾丝的哥哥、嫂子、侄子、格蕾丝弟弟和弟媳。在病重的格蕾丝被送回美国途中，Victor 和几个小伙伴在查尔斯河游泳玩水时，不小心被水草缠脚，Victor 溺水而亡，病重的格蕾丝到达美国时，见到的是 Victor 冰冷的身体。失去了丈夫和儿子的格蕾丝再也没了求生的欲望，“妈咪，爹地，不要伤心，我去了天堂并不孤单，Tom 和 Victor 都在那里和我永远陪伴……”玛格丽夫人紧紧抓住格蕾丝的手，泪水不住奔涌而下，格蕾丝湛蓝的目瞳渐渐涣散，微微勾起的嘴角缓缓落下……

下篇

第二十八章 抗日胜利堂兄离世，少琎高考清华落选

1945年8月15日日本无条件投降，1945年9月9日上午9点09分，中国陆军总司令何应钦及中国陆海空上将顾祝同等5人代表中国主持在南京军校大礼堂举行的中国战区日本投降签字仪式。受降仪式开始，日军参谋长把日军编制、人数、装备、驻地等清册双手捧交给何应钦的参谋长肖毅肃，肖毅肃用一只手接过清册。接着，日本侵华军总参谋长小林浅三郎向何应钦递交投降书，小林浅三郎两腿立正，弯腰低头，双手将降书送到何应钦手中。

此刻的二舅家中，二舅聂仕安正在读一封信，那是儿子聂杰群的来信，聂杰群现跟随何应钦左右，任何应钦副官。二舅曾是何应钦夫人王文湘哥哥王文华的副官，后王文华被人暗杀，二舅辞去军职后便留在贵州兴义，开采金矿。二舅有一个儿子，两个女儿聂杰灵和聂杰芝，儿子聂杰群被王文湘推荐给何应钦做了贴身侍卫官。信中提到，抗战结束后，中国航空空军委员会给同昌、同义、同信追记一等功，他们在部队里留下遗物已交给聂杰群，聂杰群打算近期安排回家一趟，将三个表哥遗物安放在家中。

少琎已3岁了，奶妈一直带着他，他见少珍喊江依凡叫娘，他也跟着学，第一次会说话时，便是叫江依凡“娘”，一旁的二舅妈刚想纠正少琎，突然又闭了口，她想着，可怜的少琎，出生没多久就没了爹娘，就随了他吧，江依凡也心酸地抱起少琎，大声地

应答。这时二舅家的曾管家跑来说大少爷聂杰群到家了，二舅让少琪、少琎赶紧去客堂。江依凡去叫少琪，奶妈则牵着少琎的手匆匆往客堂赶去。来到客堂门口，少琎最先看到的是端放在会客桌上的三套军装、军帽和勋章，其中有一套军装旁放有两本书。少琎睁大着眼睛，好奇地看着这三套军装，“少琎，来，跪下来，给你四伯、五伯，还有你爹磕个头。”二舅向少琎招手，目光沉重，奶妈牵着少琎小手迈过门槛，来到桌前，少琎很听话地跪了下来。“曾管家，聂家祠堂旁边那个西厢房一直空着的，是么？”“是的，老爷。”“你吩咐下人去收拾一下，把我这三个外甥就安排在那里，作为祭堂。”“好的，老爷。”曾管家应了声，迈出门槛走了出去。少琎睁大着黑亮的眼睛，不眨眼地盯着那三套军装，在他印象中，叫爹叫娘的都应该是有鼻子有眼还有身躯四肢的人啊，现在竟还有长这个样子的爹，或许这就是奶妈天天给他讲的《西游记》中的孙悟空七十二变吧，他的爹爹幻化成军装来陪伴他吧？

二舅家的宅院不算大，坐落在山脚下，少琎活泼好动，他完全会走路后，就经常和堂哥少琪、表哥聂恒元跑到后山里玩。他们最喜欢的项目就是打麻雀，每次从山上下来，他们手上都会提着一长串麻雀，回到院里就直奔厨房，将麻雀交给厨子，然后守在锅边。麻雀或烤或蒸或煮，出炉后撒上盐，兄弟三人原地就食，每次都吃得意犹未尽的，擦擦嘴边的肉渣，然后才到饭桌上和大人们一起用正餐。美好的日子一天天过去，少琎进了私塾学堂，每天下课后第一件事就是跑到堂哥厢房或表哥厢房去找他们一起去后山打麻雀。这日，堂哥少琪正好也放学回到家，表哥聂恒元还没回来，兄弟俩等不及了，两人便相约去了后山。来到山林里，少琎瞄准了一棵高树树枝上站着的一只麻雀，“砰”地从弹弓里射出石头不偏不倚地射中麻雀腹部，麻雀从树枝上摔下来，但掉在树枝下面的一个大鸟窝里，少琪瞅见那高树上的鸟窝很大很厚，估计里面还有鸟蛋，“你在树底下等着我，看见那大鸟窝没？我爬上去把麻雀取下来，顺便掏几个鸟蛋，到时候你在下面接着鸟蛋哈。”话音刚落，少琪就敏捷地爬上了高树，少琎开心地在下面仰头看着，堂哥爬到和鸟窝差不多高度停下来，伸手去探，就差那么一点点，少琪使劲伸手，怎么都触不到鸟窝边，一时着急了，干脆伸脚踩到稍低一点的小树杈上，正要伸手去探鸟窝时，树杈“噼啪”一声断裂了，少琪脑袋着地重重摔了下来，“啊！哥！”少琎眼睁睁看着堂哥掉下来，吓呆了，惊叫一声，跑到少琪身边，少琪满头是血，紧闭着双眼。少琎惊慌失措，双腿打软，拼命往家里跑。等大人赶到那棵树下时，少琪已经没了生命体征。那晚，少琎看到二舅，二舅妈，娘，奶妈，还有曾管家都在不停地擦着眼泪，少琪静静地躺在床上，一动不动。第二天，少琎醒来，奶妈没有过来叫少琎送他去上学，少琎自己便往餐房走去，经过少琪的厢房时，只见几个伙计抬着一口小棺材从少琪房间走出，少琎连忙跑过去，少琳姐走在棺材后面，拦住正想进屋的少琎：“你少琪哥走了，再也回不来了。”少琳噙着泪水，低声对少琎说道，少琎脑袋突然嗡的一声，才 5 岁的他，第一次明白了死别的含义，他再也听不到少琪哥的声音，看不到他的面孔，触摸不到他的身体，他的音容笑貌只能永远停留在他的记忆里了。从此，少琎没有再迈进后山一步，他变得沉默寡言，他经常偷偷跑去祭堂，看着父亲和两个伯伯的灵牌，还有少琪的灵牌，有几次，他忍不住打开摆在灵牌后面的黑檀木盒子，伸手去摸放在里面的军帽和军服，懵懂的意识里，他好像有些明白，他的父亲和伯伯们打仗死了，永远地离开了，就像少琪哥一样。

少琎七岁那年，发生了很多天翻地覆的变化，毛主席登上天安门城楼，向全国人民宣布“中华人民共和国成立了！”。他的表叔聂杰群跟着何应钦去了台湾，从此隔绝了音信。二舅公的金矿交由人民解放军接管，家里辞退了佣人，曾管家和奶妈都回自己老家了。依凡带着少琳、少珍、少琎，靠变卖同信以前留存的金条维持生活，二舅公家也会支持一些生活费。依凡懂医，在家里设了医馆，获得的医诊费勉强补贴些家用。

时光飞逝，转眼少琎马上就要高考了。少琎就读于安龙中学，因他聪颖好学，勤奋刻苦，学习成绩优异，几乎年年不是全年级第一名就是第二名，班主任推荐他报考清华大学。那年的高考招生，考生可以填报六个志愿，少琎想报考军校，被舅公强烈阻止，他是郑家剩下的唯一血脉了，无论如何都不能让他参军，更何况他出生的家庭背景有国民党成分，舅公甚至都不想让他考出省外读书，但又觉得少琎是个人才，应当考个好大学，好好锻炼培养，遂就同意了他填报的六个志愿都是省外的知名大学。高考成绩公布后，少琎填报的第一志愿是清华大学建筑系，他的分数是安龙中学第一名，贵州省第三名，全校欢欣鼓舞，正好高考完那几天学校的操场被县政府征用，召开“安龙县水稻亩产双千斤誓师大会”，有近万人参加。少琎的同学和班主任还有校长联合誓师大会举办了一场庆祝大会，庆功宴从操场到校门外，沿着顺城街道一直摆到市府大道，每桌20多人，桌上摆满美味佳肴，人头攒动，热闹非凡，鞭炮声不断。虽说往年的高考庆功宴也有举办，今年因和誓师万人大会一同举办，规模空前宏大，一时间，大街小巷，整个安龙县甚至隔壁的贞丰县、望谟县等周边县城皆知郑少琎考进了清华大学！

然而，当少琎的同班同学们都陆续接到录取通知书时，少琎填报的清华大学录取通知书却始终没有来到他手中，“他政审没通过，录取名额给刷掉了。”安龙中学校长眉头紧蹙，眼底划过一片惋惜，“能不能再争取一下啊？这孩子那么优秀，他父亲尽管是国民党，但也是抗日英烈啊！”舅公老泪纵横地恳求着，拄着拐棍，依凡在旁搀扶着，眼底充满着无奈和苦涩，“我这也真没得法子了，都请了县委书记去说情了……哎……”校长揉了揉紧锁的眉心，微闭着双眼，似是在苦苦寻思着，“他第二志愿是哪个学校来着？”他突然睁开双眼，眼中闪过一道希望，“是西安冶金学院。”依凡应答道，“哦，西安，西安冶金，那个学校的建筑专业也很不错，少琎是个好苗子，无论去哪个大学学习肯定都能学有所成、出类拔萃！我们等等这个学校的录取消息吧。”校长紧皱的眉心稍有舒展，但眸光带着可惜和遗憾。

没有接到清华大学的录取通知书，少琎十分失落和委屈，他跑到祭堂里蹲坐在父亲和四伯五伯的黑檀木盒子旁边，习惯性地打开四伯同昌的盒子，拿出盒子里存放的除军装外仅有的那两本书，这两本书是他四伯同昌留下来的，上面有四伯在书上注释标记的手迹，书中还夹有几篇手抄的纸张，其中有一首短诗《赠诸友》，署名朱德。小时候，每当少琎完成作业后，不管遇到开心还是不开心的事，他都会跑去祭堂里跪趴在那三个黑檀木盒前，轻轻挪开盒盖子，用小手去触摸那军装和那两本书。会识字后他就会蹲坐在盒子旁翻看四伯盒子里的书本，然后再小心翼翼地放回去。有一天，他忍不住拿着书本和书本里夹的那些手抄纸去问二舅公：“志士恨无穷，孤身走西东。投笔从戎去，刷新旧国风。二舅公，旧国风是什么样的？”二舅公拿过书本和手抄纸张，缓缓地翻看，忧悲在眸中漫延：“你爹和两个伯伯就出生在旧中国，那时的中国被软弱无能的清朝政府统治，被帝国主义列强欺辱，贫困动荡，民不聊生，你父伯们和他们军校的同学们立志救国救民，富国强兵，他们英勇杀敌，奋力卫国，才有了我们今天的新中国。写这首诗的朱德就是现在我们新中国的朱德元帅。”“那朱德元帅以前也穿着和我爹爹伯伯们一样的军装吗？”少琎迷惑地问道，二舅公陷入在沉思中没有回答他。自从那天少琎知道了朱德元帅后便突然觉得他的爹爹伯伯们离他不再那么遥远，他脑海中渐渐有了他们有血有肉、高大伟岸的身姿形象，甚至当他听到收音机里朱德元帅的讲话时，他就觉得他的父伯们也是那样的声音。他开始不厌其烦地频繁地去祭堂翻看那两本书和手抄的文章，因为那是他唯一的可以和他父伯们进行最亲密的接触和交流的方式……

最终还是没有等到清华大学的录取通知书，少琎把自己关在祭堂里好几天不出来，江依凡心疼焦急得不知如何是好，二舅公也焦虑地来到祭堂，见少琎蹲坐在黑檀木盒旁边，二舅公走过去蹲坐在旁，“少琎，我知道你苦闷委屈，人这一生啊会要经历很多磨难挫折，这是难免的，你的志向越远大，你经历的困难就会越多。如果被困难轻易打败而放弃奋斗放弃理想，那你将碌碌无为平庸一生，我相信你是不会那样度过你的一生的，对不？孩子，你记住，是金子，总会发光的，没有人可以预知未来，但也没有人不可以把握现在。你要坚定你的信念，相信你定能成功的信念，振作起来，执着向前，开启你前途无量的人生！”

“把这条金坠戴上，这是你娘给你的护身符，保你健康平安，你一定要保留好。你第一次出远门，备上这两根金条，以备不时之需。一路上自己多加小心，照顾好自己，到了西安那边，常给我们写信啊。”江依凡湿着眼眶，给少琎打理好行李，把那条小金块吊坠项链给少琎戴上，“嗯，伯母，我都是大人了，我会照顾好自己，我会写信给你们的。”少琎双肩背着大行李包，嘴角挂着清浅的笑意，目光中却有些淡淡酸涩，挥手告别舅公、伯母和姐姐们，踏上了去西安的大学学习生涯之路。

第二十九章　西安大学寒窗苦读，大锅炒黄豆抗饥荒

入秋后的西安，寒风袭人，转眼少琎已经在西安冶金学院学习了一年。18 岁的他，已长成一个大帅小伙，高挺的鼻梁，一双不大的如黑曜石般清润的眸子深邃幽远，略带微微的忧伤，眉不浓不淡，唇不薄不厚，清俊中透着一股不甘的倔强。少琎在西安冶金学院学的是土木工程专业，他很热爱这个专业，深入钻研，勤奋好学，几乎科科全系第一。那个时候，学校除了给学生生活补助外，对学习成绩优异的学生还设有奖学金，因此每个学期的奖学金都会纳入少琎囊中。虽有生活补助费和奖学金，怎奈 1959 年至 1963 年期间，国内自然灾害严重，全民闹大饥荒，学校食堂从一开始的两菜一汤到一菜一汤，再到米菜混合粥，最后就是豆饼混合各种杂粮的杂粮碎，基本每顿都吃不饱。

一日，下了课，食堂通知大家去领黄豆，大家争先恐后跑到食堂，排着长队，眼巴巴地看着前面领到黄豆的同学双手捧着用纸包着的一小撮黄豆，只见他们缓缓迈步小心翼翼地从队伍旁边擦肩而过，低着头目不转睛地看着手上那小撮黄豆，生怕走路的晃动会抖落出任意一颗豆子。少琎领到黄豆，发现放在巴掌上还不及巴掌一半大小，少琎皱了皱眉头，眸中掠过一丝无奈和苦笑，他思忖着怎么把这小撮黄豆烹饪出最大量来吃，“哎哟！”突然他背后传来一声惊叫，回头一看，他同系不同班的一个同学不小心撒漏了手中的黄豆，那

一颗颗鲜黄的豆豆像是从瓶里放出来的跳蚤，欢快地撒野般四处蹦跳滚动，眨眼的工夫，地上的那些豆豆竟被同学们拾捡得干干净净，无影无踪。那位同学僵立在原地，手捧着没剩多少的黄豆，痛苦懊悔地淌着眼泪。少琎看看自己手里的黄豆，无奈地摇了摇头，抿了抿嘴，垂眸转回身继续往食堂外走去。

回到宿舍，大家讨论着如何处理这撮黄豆，有人提议水煮，有人提议炒熟了打成豆面，泡水喝，这样能最大量化。少琎也觉得打成豆面比较合适，于是大家商量着去食堂后厨炒黄豆。来到后厨，值班的厨子说没有小炒菜锅，最小的炒锅都像水缸那么大的，这可傻了眼，大家你看看我，我看看你，各自握紧了手中的那小撮黄豆。好不容易排队分得的，要是又都集中一起放在大锅里炒，炒完了不还得重新分配？而且谁来负责分配？如果分配的量和在食堂分得的量不一样的话，问题可就大了，面黄肌瘦的学生们本来就吃不饱，学习任务还重，哪怕是比别人分得的少了一颗黄豆，估计都得拼了命讨回来。十几个大小伙子围在水缸般大小的炒菜锅边上，一筹莫展，最后，大家决定抽签排队，各炒各的豆！可不知是炉灶火力太大，还是大锅里的豆量太少，排在前面的几个同学炒出来的黄豆煳得几乎成了黑豆。少琎排在比较后面，看着炒完豆的同学捧着焦煳的豆子一脸愁容地走出来，他拧了拧眉头，对大家道："哎，这样子炒下去，估计我们得排到半夜三更了，最关键的是这么个炒法，豆都炒废了！这样吧，我提议，大家各自把自己手中的黄豆粒数数清楚了，我们做个登记，然后我们把黄豆倒在一起炒，炒好后我们根据登记的数量再分配下去，这样既节省时间，豆子还不会被炒煳，大家各得其量，就没有什么可以争的了。"话音刚落，锅边的所有同学大呼同意："好！我们现在就数豆豆，做登记！"大学生涯中一次原本费时费力的大锅炒黄豆的小插曲在少琎的协调统筹下终于圆满完成。

第三十章 少琎军邂逅璐茵，背诗约会俘获芳心

少琎在西安冶金学院学习的土木工程专业是五年制，他虽学习成绩优异，但政治背景条件不好，很多用人单位都不敢接收，包括学校，系主任本想让他留校任教，无奈政治背景条件不过关。少琎很受挫，但他并没有因此而气馁，他相信，是金子，总会发光的。他收到二舅公给他的来信，信里说他大伯公郑晋安，即他的祖父郑晋泰的哥哥，现在江苏苏州，几经周折终于找到二舅公他们了。大伯公的儿子郑同源，也就是少琎的堂伯，在解放军基建工程部任职。少琎本来就想参军，一看到这个消息，兴奋不已，提笔就给二舅公写了回信，请求联系堂伯，看能不能请堂伯帮忙介绍到部队工作。

二舅公收到少琎的回信后，纠结万分，他非常不希望少琎进入部队，但受家庭政治背景的影响，让少琎接连受挫，再加上连续几年闹饥荒，此时如果能进入部队，至少吃饱饭能有保障，身体也能强健些，想到这里，二舅公最终还是同意了少琎的请求。

堂伯郑同源，16 岁就加入中国共产党，在解放军江苏南京部队负责宣传工作，后调到苏州部队基建工程处任政委。他身材魁梧，高大硬朗，为人处世雷厉风行。当他接到少琎的请求信后，对他这个唯一的侄子甚是喜爱，赞赏有加，他自然是不遗余力地把少琎招进了部队。

少琎进了部队，很快就加入了中国共产党，他是大学毕业生，

被授予中尉军衔。少琎很适应部队的生活，再加上他扎实的专业知识，超强的业务能力，队里的士兵和上级领导都很喜欢他，他在部队里如鱼得水般自在，一扫在大学时的压抑与苦涩，生活工作充实又开心。大学毕业进部队那年他 23 岁，这个年龄在部队里算是大龄适婚青年了，少琎自己却一点不着急，好像也没那个心思，他除了吃饭睡觉操练及工作外，其余时间不是在看有关土建的专业书籍，就是在研究部队里布置的基建施工项目。堂伯看在眼里，急在心头，拜托了不少战友帮忙介绍对象，就连堂伯母所工作的军区医院的同事都被齐齐发动起来帮忙牵线搭桥。少琎人长得帅，业务能力强，又是军官，还真是个抢手的香饽饽。可偏偏少琎不来电，并不是他不领情，也不是他眼光高，再加上他是个纯粹的理工男，他是真的没有感觉，一丁点儿心思都没有，爱情这种东西还真是强求勉强不来的。

堂伯有两个女儿，也就是少琎的堂姐，一个叫郑少清，一个叫郑少秀，少清在江苏师范学院当老师，少秀在军区医院，和堂伯母一样是军医。她们在母亲的发动下，也在积极给少琎物色对象，只要少琎一回家或休息放假，两个姐姐就会不时地带着一两个小姑娘就会在少琎面前晃悠，刚开始少琎还礼貌性地和她们搭讪，一起爬山，一起野餐，姑娘们对少琎都很中意，只可惜，君不知，我一片倾心付东流。那个年代，姑娘们的单相思只能深埋心底，不可能主动表白、主动示爱，她们只能静静等待她们喜爱的人情窦打开，可总有那么些人，偏偏就是迟迟打不开，也许这就是有缘无分吧。

但有时候，爱情却来得让人猝不及防。这天是八一建军节，江苏师范学院文艺团来少琎部队慰问演出，少琎坐在舞台前第三排，那是军官观众席，台上演员的五官轮廓看得清清楚楚。文艺团表演了一幕话剧《野火春风斗古城》，其中扮演谍报双姝的那名女大学生，在她登上舞台的那一瞬间，少琎的心猛地一震，全身就像通了电流般，目光锁定在那名女学生上，直到她谢幕转身跑向后台。晚上，队里搞了一场联谊会，师范学院的带队老师领着十几名学生进了大食堂，女学生们被安排坐在士官们用餐座位对面，也不知是巧合还是部队领导有意的安排，那名女学生不偏不倚正好坐在少琎对面，少琎竟害羞地不敢看她，低着头，盯着餐盒，有一搭没一搭地夹着菜往嘴里送，表面上看似平静无澜，可心却是紧张得怦怦乱跳。旁边的战友把对面的另一个女生的信息该捞的都捞完了，少琎这边竟没有一点破冰迹象！战友不淡定了，决定助攻一把："这位女同学，请问怎么称呼啊？"那女生缓缓抬眸，一双美丽的大眼睛，透着端庄和灵秀，"我叫蒋璐茵。"女生大方地回答道，面带微笑，让人一见，心中柔暖一片，"哦，他叫郑少琎，我们队的连长，大学毕业，攻坚模范，是我们队最帅的军官！"战友伸出手臂搭在少琎肩上，自豪地介绍道。此时的少琎，两颊的绯红已经红到了耳根，当他抬头，与蒋璐茵四目相对时，惊鸿一瞥，一眼万年，大概这就是一见钟情的爱情吧？见少琎紧张得还是没有说话，战友继续助攻："小蒋同学长得好像一个演员……叫什么来着……哦，对，叫王晓棠！长得还真像哟！小蒋同学，你今年大几了呀？""我今年大三了。"蒋璐茵不紧不慢地回答道，眼底抹过一丝羞涩，"哈哈，风华正茂，郎才女貌！小蒋同学留个联络方式，日后好相见！"说罢，热心的战友朝少琎挤了挤眉眼，迅速从兜里取出一支笔和一个小本子递给蒋璐茵。

自那次联谊会相识后，蒋璐茵的音容笑貌已深植在少琎脑子里挥之不去。这晚，少琎回到堂伯家，堂姐少清关切地问他最近状况，少琎默默地拿出那个小本子，若有所思地望着少清问道：“少清姐，你们学校的女孩子周末都喜欢做什么啊？”少清闻言，眼睛一亮，看来是少琎相中了她学校的学生了，否则他一个男孩子家从来想不到会问这种问题的，“嗯，这个嘛，得因人而异，给姐姐我透露一下，你相中了我学校的哪个女生了啊？”“她叫蒋璐茵，物理系大三的学生。”少琎看着本子上蒋璐茵娟秀的字迹，嘴角微微勾起，眸底闪过一抹欣赏和喜欢。“呵呵，我认得这个女孩子，她可是我们师范学院的校花呢，人美且多才多艺，学习成绩还特别优异。追她的人好像还不少。不过，咱英俊帅气才华横溢的少琎连长比起那些追求者们都不知甩了多少条街了！唔，让我想想，她喜欢啥？对了，她好像很喜欢诗歌，学校每届的诗歌朗诵比赛，她既是主持，又是参赛选手，自己创作了很多诗歌，还代表学校参加全省全国比赛，拿了不少奖。”这可难倒了少琎，他一纯理工男，谈天论地自不在话下，数学物理信手拈来，但诗歌散文，却是短板了，第一次约会见面，总得找点共同话题聊聊，若跟她聊物理，也太枯燥乏味没情调了吧！“依我看啊，现在不是流行那个叫徐志摩的爱情诗篇吗？你呀，准备一首，在她面前抒情一番，好一个文武兼备的帅气军官，保准让她崇拜得五体投地！”少清胸有成竹地拍了拍少琎的肩膀。

于是，某个周末傍晚，身着白色衬衫，笔挺军裤的少琎，带着不知默练了多少遍的徐志摩著名的一首诗篇《我等候你》，开启了他人生中第一次也是唯一的一次爱情约会。“我等候你。我望着户外的昏黄，如同望着将来，我的心震盲了我的听。你怎么还不来？希望在每一秒钟上允许开花。我守候着你的步履，你的笑语，你的脸，你柔软的发丝，守候你的一切……”黄昏下的师范学院沐浴在余晖的彩霞中，学生们三三两两地在校园内漫步，晚风徐徐送来一阵阵花草清香，沁人心脾，少琎和蒋璐茵坐在校园花园的双人木椅上，“小时候我就喜欢唱歌跳舞、写诗，可我父亲总是说学好数理化，走遍天下都不怕。后来我父亲去台湾了，抛下我们母女，从此杳无音信。我母亲靠做刺绣活维持我们生活。我考上师范学院后，减轻了母亲的经济负担，现在都挺好的。你呢？”蒋璐茵云淡风轻地说起自己的经历，始终带着微笑，她星辰般的双眸，充满着希冀和美好，映入少琎眼底，暖暖柔柔的，“我啊，我是孤儿，父母在抗战时期就去世了，我在堂伯父家长大的。”少琎想起他报考清华大学被刷掉的原因，对自己家庭的真实背景不愿多说，那是他心中的痛，一丝苦涩和不甘闪过他眼底，很快又被敛去，不见任何情绪，“听说你喜欢诗歌，还会写诗，我也很喜欢诗歌，我可以拜读一下你的佳作吗？”少琎转了话题，嘴角微扬，深幽的墨瞳闪烁着欣赏和爱意，“哪里是佳作，不过是我业余爱好罢了，倒是很喜欢读名人名家写的诗歌，骆宾王、李商隐、纳兰性德、仓央嘉措、林徽因、徐志摩，每每读他们的诗，心灵都会得到洗涤和升华。”蒋璐茵抬眸看向远处，眼中浮起一片诗情画意，心神开始游浸在那唯美唯逸的诗海中，“嗯，徐志摩的诗，我也很喜欢……还记得《我等候你》那首诗吗？你的不来是不容否认的实在，虽则我心里烧着泼旺的火，饥渴着你的一切，你的发，你的笑，你的手脚；任何的痴想与祈祷不能缩短一小寸你我间的距离！户外的黄昏已然凝聚成夜的乌黑，树枝上挂着冰雪，鸟雀们典去了它们的啁啾，沉默是这一致穿孝的宇宙？”少琎突然卡壳了，后面的诗句竟忘得一干二净，怎么办？第一次约会就掉链子，这也太没面子了，怎么办？千军万马从少琎脑中过，怎么办？怎么办？只好三十六计撤为上了！“咳，咳……”少琎故意清了清嗓子，偷偷瞥了眼蒋璐茵，她好像还沉浸在诗里，等着什么，少琎赶紧掩去眸中的紧张和尴尬，极力平静地说道："天黑了，不早了，我送你回宿舍吧？"蒋璐茵猛地从诗境中被拉了回来，她侧头看了一眼少琎，那雕刻般清俊的侧颜，不禁让人心起涟漪，蒋璐茵感觉自己的双颊泛起绯红，她有些吃惊，不明白少琎为什么那么快就要回去了，心中扫过一丝惆怅，停顿了一会儿，眸中有些不舍地点了点头："好的。"就这样，少琎的果断撤离战术，给他的第一次约会画上完美句号，虽是一首没能背诵完整的徐志摩的爱情诗，少琎还是成功地俘获了蒋璐茵的芳心。

第三十一章 女儿智越园未遂，皇历算子芝玥寄养

在堂伯的保护下，少琎和璐茵躲过了“文化大革命”十年浩劫，他们也晋升成人父人母，尽管外面癫狂纷乱，他们可爱的女儿郑智华，在部队院里，在她温馨的小家中，在父母的呵护包围下，幸福平静地成长着。郑智华长着一双会说话的大眼睛，跟妈妈一样，聪明伶俐，但又非常活泼好动，就像个男孩子一样，胆子大，喜欢新鲜事物，估计这一点继承了爸爸的基因。她三岁还没满就被送到幼儿园小班，妈妈在大班上班。刚上幼儿园时，她极其不适应，尤其是中午强迫他们睡午觉，看着二十几个孩子横七竖八地躺在那小床上，她感觉就像在坐监牢，没有丝毫自由。她喜欢自由，她喜欢在家里虽然狭窄的卧房里，在她自己的小床上上蹦下跳，玩累了，就跑到楼下院里的小花园和邻居的小伙伴们玩蚂蚁，捉蝴蝶。可自从上了幼儿园，一切都受到管束，小小年纪的她萌生了要越园逃跑的念头。她开始悄悄地观察老师的作息，观察到幼儿园守大门的那个老大爷每天中午都会有那么一瞬打盹的空隙，从幼儿园逃跑的计划渐渐在脑子里生成，终于，经过深思熟虑后，她在一个阳光灿烂的中午，开始实施她蓄谋已久的逃园计划。饭后的午睡，她佯装躺下睡着，然后看到老师也开始闭眼休息时，迅速爬起来，提着裤子装着尿急的样子给老师说要上厕所，老师微睁着惺忪的双眼，给她开了教室门，让她自己去了厕所。离开了教室，智华撒腿就往大门处

跑，守大门的老大爷头靠在椅子上，微张着嘴，酣甜地打着盹，智华的小身影一溜烟地消失在大门外。成功逃离了幼儿园，智华放飞着自由的心，她一路蹦跳着往家的方向走去，她的计划就是逃离幼儿园后回到家所在的大院的那个小花园玩，直到大人们下班回家，她再上楼回家。班里的老师发现智华不见了，焦急地哭了，她跑去告诉了璐茵，璐茵叫上大班里的三个小男孩和智华班里的老师一起去寻找，璐茵想着智华可能会去的地方，平时也就是从家里到幼儿园的这条路，还有就是家里楼下那个小花园了，寻思着智华不大可能去陌生的地方，于是，两个老师，三个大班的小男孩沿着回家的路开始细密地搜寻，果不其然，大家来到小花园时，发现智华正蹲在一棵大树下，拨弄着树下的大蚂蚁玩，璐茵和那老师紧绷的心才放下来。三个小男孩冲上去，像押犯人一样五花大绑地把智华架回了幼儿园。下午幼儿园放学，妈妈牵着智华的小手走回家，一路上妈妈没有说话，智华低着头，不敢看妈妈，她觉得待会儿回到家妈妈肯定会打她或骂她一顿，她咬咬唇，做了充分的思想准备，等待着一场暴风雨的来临。回到家，妈妈没有像以往那样去厨房做饭，智华默默地坐在自己卧室的床边，肚子竟叽里咕噜地叫起来，她不敢像以往那样叫嚷饿了，因为犯了错，她只能忍着，等待。没多会儿，爸爸回来了，妈妈低声跟爸爸说了一会儿话，爸爸又出门了，智华紧张地望向妈妈卧房，忐忑不安地等待着，过了好一阵，妈妈进了智华的屋，“华华，我们去找一下爸爸吧，刚才爸爸出去说一会儿就回来，现在都快过吃饭点了，他还没回来，也不告诉我们去哪了，让人着急啊，我们去把他找回来吧。”“嗯！”智华使劲地点头。妈妈拉着犯饿的智华在楼下寻找着爸爸，饥肠辘辘的智华开始焦急起来，爸爸究竟去哪了呀？也不告诉我们一声，真让人担心！在院里转了好几圈依旧没有看见爸爸的声影。“华华，你要是今天下午不告而别，爸爸妈妈也会像我们现在这样焦急寻找你，饭不吃水不喝地，多让人揪心担忧啊！”妈妈不疾不徐地柔声对智华说道，智华顿了顿，突然明白了些什么，她默默地点了点头，心中一阵惭愧。没有找到爸爸，智华心情低落到了极点，被妈妈拉回家时，发现爸爸在餐桌边坐着，餐桌上放着爸爸从食堂里打来的饭菜，智华一下子扑到了爸爸怀里……

1976 年“文化大革命”结束，家里即将迎来新的小生命。少琎很想要个男孩，以前二舅公经常给他说，郑家的血脉就靠他了，他娶了媳妇，一定要多生男孩。璐茵的身体本来就很弱，但为了不让少琎失望，她还是努力地想为他生个男孩。为了能够生男孩，他们让堂伯母把省部队医院最好的产科大夫请来咨询指导，就连年事已高的二舅公也四处寻高师给掐算怀生的日子。可天有不测风云，这天，璐茵腹部突然疼痛难忍，开始出血，似有早产迹象，送到医院时，医生竟发现胎儿被脐带缠绕严重！璐茵也因疼痛昏迷，推进手术台立即手术，医生把实情告诉了少琎：“你爱人现在很危险，胎儿月份很大了，如果保大人的话，她可能要刮宫，以后将不能再生育了。你看是保大人还是保小孩？”一个是他深爱的相濡以沫的妻子，一个是家族期待已久的血脉传承，少琎痛苦万分，“求大夫两个都保吧，求求您了！”医生望了望湿着眼眶的少琎，低头看向那睁着一双怯生生的黑亮瞳子紧揪着少琎衣角的智华，她瑟瑟发抖地站在少琎身侧，满怀着求助的神情，怔怔地望着大夫，大夫敛回沉重的眸光，似是替少琎做了决定，微微向少琎点了一下头，转身进了手术室。智华的小家完整地保留下来了，但她未见面的弟弟就此和他们道别了。自那以后，璐茵很自责，时常会抑郁，身体状况也每况愈下，少琎很心疼，经常开导她，尽管他自己心里也很失落，但璐茵始终过不了自己那一关，她不能让郑家断了后：“少琎，我们找一个身体好的女人给你生儿子吧！”“你疯了？！”少琎眸光带愠，但一抹心疼划过，他知道璐茵太爱他，愿意为他做一切，而今却无能为力，所以才提出这么荒唐的想法。少琎不愿看到璐茵如此自责自怨自弃，他想把她拉回来，拉回原来那个自信温良的她，然而，事与愿违，璐茵愈是看到少琎对生儿子渴求的压抑和掩饰，她就愈加自责自怨而不能自拔，少琎也很无奈。

进入二十世纪八十年代后，全国上下大力发展经济建设，少琎所在的基建处除了部队的基建任务外，也承接了不少民间基建项目，为部队带来额外创收，家里也攒了不少积蓄，一家三口的生活富裕殷实。部队盖了新房，少琎分得一套四居室的大房子，家里购置了彩色电视机、冰箱、洗衣机，换了新的缝纫机，凤凰牌男女式自行车各一辆，总之生活质量和水平提高了大大一个台阶。

这日，正值智华暑假期间，少琎收到电报，贵州兴义的二舅公病危，少琎带着璐茵和智华匆忙搭乘火车赶往兴义。那次的出行是智华第一次出远门。来到二舅公家，少琎一家住进了少琎小时候生活的那间厢房，自少琎考上大学，远赴西安念书后，二舅公家就把少琎的房间锁上空置着，毕竟少琎在那里待了十几年，二舅公把他当作自己的亲孙子来抚养，有时甚至比亲孙还亲还宠溺，一直在身边陪伴着少琎的成长。当少琎长大出远门念大学了，二舅公还真不习惯他不在身边的日子，不时地来到少琎的厢房，看看这，摸摸那，后来索性就空置着，保留厢房原有的样子，也不让别人来住用，因为二舅公觉得总有一天，少琎会回来住的。厢房外有个小花园，虽然不大，但在初夏时节开满了品种繁多、五颜六色的花儿，桃红色的大美三角梅铺天盖地开放；紫色的蓝花楹挂满枝头，花瓣迎风飘扬，像紫色绸带，又似身着紫裙的小姑娘，跳着美妙的舞蹈，一颦一动很是抓人，微风拂过，蓝花楹花瓣散满一地，像是下了一场蓝花雨，还有黄色的“金丝桃”，好似黄黄的小脸蛋，伸着长长的“睫毛”，可爱异常，惹人沉醉。红黄蓝紫，绿青白橙，智华简直迷醉了眼，好像从她记事起，眼中看到的颜色除了军绿色、黑色就是灰色、白色，虽然部队大院里偶尔会有些红色的花儿，却远不及兴义小花园里如此绚烂多彩的颜色，这五彩斑斓的景色对智华来说真还是头一次见到。

二舅公以九十九岁的高龄驾鹤仙去，临终前见上了及时赶到的少琎一家。四川大舅公家少琎的表叔聂杰志、表姨聂杰媛也赶来见了二舅公最后一面。表叔和表姨是第一次见到少琎，他们记得，当年他们爷爷也就是聂氏父亲去世时，聂氏带着同昌、同仁、同信赶来奔丧。“你曾祖奶奶也就是我们的小姑姑，那叫一个绝世美人啊！”表姨聂杰媛把智华抱在腿上，看到小智华扑闪扑闪的大眼睛，不禁想起聂氏，“听爷爷说，她在出嫁前，就因容貌出众，多才多艺闻名，前来提亲的官贾人家络绎不绝，爷爷很疼爱他这个唯一的女儿，在对待女儿婚姻事情上很慎重，他尊重女儿的意愿，并不像其他家父母那样，不顾儿女的意愿，按自己的利益轻重得失来决定儿女的终身大事。听说，在一次节日庆典上，小姑姑弹奏了一首自己谱写的琵琶曲，惊艳四座，从京城派来的钦差一品提督大人郑晋泰就是在那个庆典上看上了小姑姑。起初爷爷不太愿意，因为当时的郑大人已有夫人胡氏，还是被皇上册封的诰命夫人。谁知，小姑姑情有独钟，偏就中意了郑大人，爷爷还是放心不下，担心小姑姑嫁入郑府做妾，会受大夫人欺压，想了好多办法去打听大夫人的消息，得知大夫人比郑大人年龄大三岁，给郑大人生了两个儿子后，身体一直带病，常年吃药，不能服侍郑大人，郑大人纳妾竟还是她给张罗的，若不是她催促，郑大人可能不会考虑再娶。爷爷和郑大人共事多年，周围上下的人都很敬佩郑大人，作为一名武官，他重情重义，不好酒色，为人刚正不阿，很得民心，好多人都说，这么个优秀的钦差大臣，早就应该是三妻四妾的了，甚至一度传说宫里还有格格愿意给郑大人屈尊作小的！小姑姑和郑大人还真是缘分呐，两厢情悦。当时的迎娶场面那叫一个壮观呢，比娶正室夫人还要规模宏大热闹非凡。”表姨抱着智华，双眼却是望向远方，眸光泛起一片羡慕和自豪，“后来小姑姑生了四个儿子，四个儿子一个比一个帅，两个留美的飞行员，一个陆空双栖指挥官，这几个英俊帅气的年轻军官啊，在云贵川那可是家喻户晓，声名四震的，引得多少女孩子倾慕暗恋的……哎，可惜呀！四个儿子都牺牲在战场上，那么优秀的基因，应该……”表姨突然收回远望的目光，转而投向少琎，“少琎，你跟你爸爸真像，就像一个模子里刻出来的。你们就生了智华一个女儿么？”表姨眸光移落到璐茵身上，璐茵垂下双眸，眼底划过一抹歉疚和苦涩，“哎，郑家那么优秀的基因，少琎，你们得抓紧再生两三个儿子啊，你们郑家的祖宗千辛万苦把你给保下来，真心不容易啊，郑家的香火就靠你了！璐茵啊，你得赶紧的呀。”表姨眸光移落到璐茵身上，璐茵依旧垂着双眸，嗫嚅着：“我，我，我年龄大了，怕再生又是女孩。”“啊，你这个年龄是偏大了些，不过只要身体还健康，还是可以生的呀，哎呀，你们早说呢，我们县里有个人，已为好几对夫妇算了生儿的日子，现在这些夫妇全都抱上了大胖小子！你俩赶紧地，好好计划一下，就这么定了，我后天回去就去联系他。”表姨笑眯眯地望着少琎，嘴合不拢地说道着，仿佛怀中已抱着一个生龙活虎的大胖小子。

表姨回到四川老家后，就迅速行动起来，请了那人给排算生儿子的行房吉时、出生时辰等事宜，一切都按他的排表时间有条不紊地暗自进行着。

终于，临盆这日，少琎提前一天赶到四川，焦急紧张地等待着。“哇，哇……”几声清脆的哭声，把在屋外等候的少琎、表姨提到嗓子眼的紧张的心瞬间给松放了下来，表姨迫不及待地推门进了屋里，却见接生婆抱着婴儿，一脸的错愕：“怎么是个女娃啊？”“啊？怎么会这样？”聂杰媛圆睁着眼睛，也是一脸的不可置信……

原本少琎计划儿子出生后断了奶就带回家，现在正逢国家计划生育政策开始实施，部队率先做表率，作为军队中高层干部，少琎必须遵守执行国家政策，再加上璐茵高龄生产，身体已落下顽疾，根本没法再喂养孩子。也正巧，少琎大学同窗四川人巫宪磊的发小郑进志在合川某步兵团当基建工程兵，由于工作上的一些交集，少琎跑四川出差时，跟郑进志联系较多，一来二往地，两人成了好兄弟。郑进志的爱人不能生育，他一直想抱养一个孩子，前段时间少琎来四川见到他时，正碰见他和爱人从孤儿院回来，犯愁地说孤儿院的孩子身体都不太健全，也就没考虑从那里领养。少琎想到，把这个女儿抱给郑进志养，他们正好需要，也解决了少琎单位的计划生育违规问题，而且郑进志人很厚道，爱人也是善良贤惠的女人，想到这，少琎立即跑去合川去了郑进志家。

少琎给小女儿取名芝玥，璐茵被送回北京治疗养病。郑进志夫妇俩赶过来抱走芝玥时，她刚出生时的红色皱褶已褪去，粉嫩的皮肤，一双又圆又亮的大眼睛水汪汪地望着大人，不哭也不闹。少琎瞥了一眼，就再也不敢看，他对这个孩子充满了内疚和亏欠，他怕再多看一眼孩子，他的心会软化了去，不能自拔，他咬咬牙，最终还是与孩子挥手告了别。

第三十二章　养父拼力抢买猪肉，渝公交小巴奇葩游

郑进志所在的部队是基建工程兵团，流动性很大，所到之处基本都是荒山野岭，兵团的任务就是修路、架桥、打隧道，而且每个项目一干就是两三年以上，兵团的家属一般都跟随，芝玥跟着养父养母几乎踏遍了四川省内的崇山峻岭。芝玥的养母曾素珍，护校毕业，是兵团卫生队护士，她很喜欢芝玥，对芝玥喂养照顾很细心。尽管随军的生活条件艰苦，养父养母对芝玥疼爱有加，芝玥从小就乖巧文静，聪明好学，她上小学之前，养母去卫生队上班时就把她带在身边，芝玥很喜欢穿着白大褂的医生和护士，经常学模学样地给养母和养母同事打下手，小芝玥在野生大自然环境熏陶和养父母的关爱下健康快乐地成长着。

上了小学后，由于随养父的工作任务辗转不同的地方，芝玥读书的学校也不停地换，差不多一两个学期就换一所学校，芝玥曾经一度不太适应，学习有些跟不上，养母就抽时间给她辅导，见她感兴趣护理学，还教她很多护理实操知识。芝玥十一岁那年，养父被派到重庆附近万县区的巫山县修隧道，芝玥和养母也跟随去了巫山县。巫山县人口众多，购买粮油需凭粮油票限量购买，有好几次养母带着她去买猪肉时，人多肉少，人挤人的，等养母挤到猪肉台时，原先挂在台前的一只屠杀好的猪，早已连皮带肉带骨地消失得无影无踪，只剩下沾着血渍的一只大铁钩孤零零地悬挂在台子上方。芝

玥就站在场外等候，养母瘦瘦小小的，哪里有那么大的力气挤进这厚实的人群墙，每每都是手捏着皱巴的肉票，无获而归。家里好几周都没吃上猪肉了，养父才知道事情的严重性。有一次被通知猪肉有卖时，养父干脆请了假，拿着肉票带着一包云烟和养母芝玥一道来到猪肉场，只见那里人头攒动，人声鼎沸，人海中大部分都是男士还有很少部分身材比较彪悍的妇女在场内，几乎人人都高举着肉票和香烟，有拿着几根的，也有拿着一包的，甚至还有更豪华的，举着一整条香烟。大家除了拼身高，拼香烟，还得拼力气，你若身高比其他人高的话，你举的香烟就容易被卖猪肉的屠夫看到，当然除了这个，你还得有十分大的力气挤到猪肉台前，才能递给屠夫肉票和香烟。那屠夫的眼睛雪亮而犀利，秒扫你手中的肉票和香烟的多少，一瞬的功夫，收了肉票插到座钉上，几根香烟别到耳郭后面，若两边耳郭已塞满，便塞到台面下面他们自己备的袋子里，然后，当机立断，几乎斤两无差地快速割下一块猪肉扔给买家。养父个子不算高，但力气足够大，高举着肉票和香烟，巧借着人群的挤力，迅速地到达猪肉台前，眼疾手快的屠夫取了养父手中的那包香烟，几张肉票一插，麻溜地割下了稍大一块肉，顺便还砍了一小块骨头一起扔给了养父。那天，养母炖的萝卜猪骨汤，三个人吃得干干净净，养父说，是他从小到大，喝过的最美味的一道汤。

芝玥放暑假了，养父的工作任务也正好告一段落，休假了几天，养父便带着养母和芝玥去重庆玩，顺道拜访在重庆沙坪坝区的战友。从巫山到重庆需要乘坐长途公共汽车，这是芝玥第一次乘坐公共汽车。以前随养父去工作地时，乘坐的都是部队安排的军用大卡车，芝玥和养母通常坐在驾驶座后排，后排比较宽敞，芝玥可以躺着睡觉，虽也是长途，且道路颠簸，但对芝玥来说，卡车的晃荡就像摇篮，晃一晃芝玥就进入了梦乡，一觉醒来，驶入了又一座绿幽葱葱的大山森林氧吧，所以每一次的长途出行对芝玥来说都是一种郊野旅游般的享受。这次乘坐的长途公共汽车却截然不同了，像猪肉场里的人挤人，除了车上固定的座位外，两排座位之间的走道也摆满了一张张简易小塑料凳，驾驶座旁边高耸的发动机的铁壳盖上坐满了人，本来只能坐两人的固定座椅，也奇迹般地坐了四个人。芝玥和养父母坐的那排座椅边上就堵着一个瘦瘦的男青年。七月的重庆，酷暑难耐，公共汽车上尽管人挨着人，汗贴着汗，大家却平静无澜，毫无怨言，因为每个人都坐着，长达 5 个多小时的路程，能有个座位坐着，对大家来说，奢望已经实现。芝玥坐在靠窗的位置，尽管偶有风吹来，却难抵盛夏的热气，到达重庆市中心解放碑终点站时，芝玥浑身上下像淋雨般湿透，衣服紧贴着身体，屁股已坐得生疼麻木。

到了解放碑时，已是下午一点多了，养父带着养母和芝玥第一次下了馆子，重庆小天鹅火锅店。养父点了个鸳鸯锅，芝玥是第一次吃火锅，那又麻又辣的食料，吃得芝玥酣畅淋漓，欲罢不能，尽管吃得嘴皮全麻，舌腔火辣，芝玥一口气吃下了 5 碗白米饭，人生第一次吃得过撑。从火锅店出来时，摸着圆鼓鼓的肚子，步履蹒跚，没走几步，撑得反了胃，泛出胃酸来，便在路边休息了一下，然后逛上了解放碑的步行街，这也是芝玥第一次逛街。以前，逛街这个词就没有在芝玥耳中听闻过，她只知道离郊野最近的小镇里定期会有集市，也是人山人海的集市，那叫逛集市。而解放碑这里，铺着花砖的小马路，一家挨着一家装修得独具特色的小商铺、服饰店、餐饮店、电器店……种类繁多，琳琅满目，大街上的人们穿着时髦，多数人拖着拖拉板鞋，手拿着鸡翅或鸡爪之类的卤味，边逛边撕吃着，甚是惬意。街上人潮涌动，确实也挤，养父拽着芝玥的小手，有些费劲地穿过人群，有几次被人群挤散开了，没拉住芝玥的手，转过身来，不见了芝玥。为了防止走失，养父不顾火辣炎热，背着芝玥，和养母走过那条步行街，芝玥趴在养父背上，淌着汗，兴奋好奇地张望着步行街的热闹。

穿过解放碑步行街，要乘公交车赶往沙坪坝。来到公交车站时，又是茫茫人海，等候公交车的人群队伍阵容之宏大堪比猪肉市场的两倍还要有过之而无不及。看着那一波一波的人群拼着力气互相推搡和翻车窗、挤车门的高超技术，一扇一扇的车门在车上塞满人群的高呼下缓缓关上，公交司机欢快地踩下油门，从车旁蓄势待发等候下一辆发车的人群旁摇晃而过。养父看了看身边这两个瘦弱的女子，无奈地垂下了头，他向旁边的一个男士打听，除了这路公交车，还有没有其他的车可以抵达沙坪坝，那男士热情地说："有啊，小巴车，招手可上的小巴车，就是车票要比公交车贵一倍，有时高峰期，会贵两倍多的。"说着，往前方指着，公交车站的不远处就是小巴车的上车点。养父二话没说，拉起芝玥的手，叫上养母，快步向小巴车车站走去。

小巴车辆蛮多的，但每辆车也都人满为患。小巴车基本都是夫妻俩承包下来运营的，老公开车，老婆当售票员，一路上老婆扯着嗓子喊着到站地名，一边招揽着乘客上车，一边催促着到站乘客下车。车上狭小的空间被满满地充分利用着，过道上自然是摆满了一张张简易小凳，驾驶座旁边的发动机盖上也绑上了四五个小坐垫。小巴车和公交车不同之处在于小巴车上下车的地点很灵活，除了定点的车站外，随时招手可上，只要车里能塞得下人。芝玥发现似乎小巴车就没漏过任何招手上车的人，车里的售票员似乎也永远都有办法能把任何想乘她车的人们招揽上来。芝玥他们乘的这辆小巴车，车里塞得满满当当的，座无虚席，偶尔会有短距离要下车的乘客，那售票员便把车门旁自己的座位让给他们，自己则一半身子悬在车门外，手臂环扣着车门边上的杆子，手心攥着厚厚一沓小面额人民币，“刹一脚撒！”坐在过道的一位乘客大喊一声，欢快奔跑的小巴车便“嗤”的一声停了下来，那乘客熟练地迈开腿，跨过前面几个乘客，身形一闪敏捷地下了车。那售票员在车还没停下来时就冲着路边的人吆喝着，路边有些人便会快步跟上小巴车，等车慢下来，车上乘客下去后，售票员一手使劲一拉就迅速地把乘客拽了上来，小巴车只是减速前行，实际并未真正停下来。车上的乘客随着司机的踩刹车油门，一会儿前仆，一会儿后仰，就这前仆后仰的功夫，小巴车顺溜地完成了上下乘客。刚才上来的一名乘客个头高得突出，约莫着得有一米九的身高了，他一跨上车，不可避免地头顶撞上了车顶篷，只见他双眉高拢，大呼一声：“你那个车嘞个那么矮！碰得老子脑壳都疼了！”“谁叫你长那么高？！还怪我的车长得矮！”售票员不甘示弱地怼了回去，那大个子坐了下来，揉着脑袋，环顾了一下四周。即使是坐着，这大高个却也比其他人突出一大截，车上的人都在仰视着他。

养父养母带着芝玥在重庆玩了三天，芝玥经历了人生的好几个第一次：第一次乘坐公交车，第一次到大城市逛街，第一次下馆子，第一次吃火锅，第一次吃撑了反胃酸，第一次乘坐奇葩的小巴车。

第三十三章　献血青年命丧车轮，芝玥随父北京生活

回到巫山县，芝玥白天就跟随养母去卫生所上班帮忙，那段时间市血液中心到卫生所设点有偿献血，也不知是怎么得到的消息，除了巫山县的村民外，邻居好几个县的村民们都浩浩荡荡地赶过来献血，可能因为是有偿的，每天卫生所采血室门口都排着长长的队。养母在采血室里负责抽血，芝玥在采血室门口帮忙查验收取献血者的检查报告单，献血者男女老少都有，大部分村民们血液检验都合格，每天的采血从早忙到晚，仍有没能排到采血的村民悻悻而归。这天傍晚，采血即将结束，门口还有五六个村民未能采上，其中有个年轻男子大约二三十岁样子，身材消瘦，皮肤黝黑，脸廓粗犷，脸上皮肤粗糙带皱，展现着日晒雨淋、风餐露宿的沧桑经历。他手攥着检查报告单，紧锁着眉头，小心翼翼地走到芝玥身边，低声地带着哀求的语气道："护士妹妹，我是从奉节县赶过来的，我在这待了两天了，检查都合格，求你今天帮我安排采上吧，我家里还有个眼瞎的老母亲离不开我照顾。"芝玥看了看他的检查报告单，指标都还不错，便爽快地答应下来，安排他进了采血室。采完血出来时，财务处那边已经下班，年轻男子一筹莫展，不知所措，他返回采血室，芝玥正在收拾医疗器械，"护士小妹妹，不好意思又打扰你，财务处已下班了，我只能待到明天了，你看我来一趟确实不易，明天能不能给我再抽一些，家里确实太需要这笔钱了！"年轻男子湿红着

眼，几近哭求地说着，芝玥同情地望着他，微微点了点头，“你明天早上7点直接来采血室吧，我把你的单子放在第一个，你今晚多吃些东西，最好吃些红枣，喝点红糖水。”“嗯，嗯，谢谢护士小妹妹！”年轻男子黯淡的眸光中闪出一抹惊喜，竟跑跳着转身离去。他来到附近的一片树林下，从背包里摸出一块干冷的锅盔饼，那是两天前老母亲给他做的干粮，他一屁股坐靠在树干下，高兴地一口一口啃起来。

第二天，年轻男子第一个进了采血室，“咦？这小伙子不是昨天才采的血吗？今天怎么又来了？”养母的同事朱护士微蹙着眉，疑惑道，“哦，他是隔壁县赶过来的，来一趟不容易，排队都排了三天了，他想再抽一些。”芝玥急忙解释道，“昨天他已抽了300毫升，量已经够了呀。”朱阿姨扫了眼年轻男子，拿起检查报告单仔细看了看，“朱阿姨，他家里有个失明的老母亲，需要用钱，他来一趟也不容易，就给再抽一些吧。”芝玥急切道，“哎！那你坐下来吧，今天抽完血，你回去好好休息几天，千万不要出去干活。”朱阿姨叹了口气，示意年轻男子把手臂伸给她。年轻男子又抽了300毫升鲜血，他拿着单子，按着扎针口，冲着芝玥和朱阿姨开心地笑了笑，眼中满是感激地说道：“谢谢你！谢谢护士！”。

次日，芝玥照常来卫生所帮忙，采血室门口依旧排着的长队，只是较前几天多了些嘈杂声，“你是没见那惨状！脑壳都被压扁了！”“昨天不还好好的吗？啷个搞起的嘛？昨天抽完血领了钱，他还骄傲地说他献的血最多，这趟来得值惨了！咋个整的嘛，今天人就没了？他家里头那个瞎眼老母亲太惨咯！”“啊呦，我是看到他过马路，一辆小车从他身边擦过，他晃了一下，倒坐在地上，人还挺清醒的，自己拍了拍屁股就站起来了，我都觉得他没啥事了，谁知他刚迈一步，人就瘫软晕倒了。我正准备跑过去扶他，一辆大卡车飞一般从他脑袋上碾过，看得我吐了一地，血我也不抽了，回了家，一想起来那惨况就恐怖！”“他不是咱们村的吧，好像是奉节那边的，哎，这命啊，真是难料啊！”芝玥听到这些，心头蓦地揪紧，怎么会这样？！原以为她的热心帮忙能解决他的困难，如果他两天之内不抽那么多血，是不是应该不会晕倒，也就不会被大卡车碾压了？天呐，她做了什么？她竟害死了一条鲜活的生命？！芝玥浑身起了鸡皮疙瘩，看着医疗推车上堆着的一包包鲜红的血袋，一阵干呕涌上咽喉。那天，整个卫生所都在谈论那个献血最多的年轻男子遭遇的车祸，车祸就发生在离卫生所一公里外的马路上。自那天以后，卫生所规定一人一次最多只能献300毫升的血量。芝玥心里很难受，万分的歉疚和后悔，回到家里，她不想吃饭，早早洗漱后就上床躺下，脑子里始终回放着那年轻男子的相貌话语，“小月，我知道你是好心，换作是我，我也会这么做的。人各有命，你尽到自己的努力去帮助别人就行了，也不要太自责了。”养母轻轻地拍着芝玥的肩膀，温和地劝导着。

那一年的暑假，芝玥经历了很多她意想不到的事情。家里来了一个陌生的叔叔，穿着短袖军衬衫，军裤，个子比养父高半个头，高挺的鼻梁，不大的眼睛，有着墨潭般深邃的双瞳。芝玥和养母在外面购了一些东西回到家，芝玥跨进家门时，坐在椅子上的少琎，盯着芝玥看了好半天，看得芝玥心里有些发毛。大家一起吃晚饭时，少琎和养父聊着单位的事，芝玥对这个叔叔没有多大的好感，自个儿埋头扒了几口饭菜，便回自己屋里看书了。

自芝玥出生被养父养母抱养后，由于少琎的工作任务繁忙，养父养母也居无定所地到处奔波，少琎只来看过芝玥两次，第一次是芝玥才两岁左右的时候，第二次便是这次了。少琎印象中的芝玥还是襁褓里的婴儿的模样，如今芝玥已出落成水灵灵的大姑娘了，少琎心中不免惊喜，他有些舍不得芝玥再跟着养父四处奔波，颠沛流离，他开始琢磨着如何把芝玥接到他身边。大女儿智华考入国防科大读了军校，少琎被调到北京工作，璐茵身体一直不好，很早就办了病休手续，在北京治病调养。后来，璐茵在美国的亲戚联系上了璐茵，他们说美国的治疗条件很先进，就把璐茵接到美国去治疗调养了。自璐茵去了美国，家里空落落的，少琎把保姆也辞退了，整日泡在单位里，有工程任务了便在外随便应付餐饭。少琎工作很投入，总是废寝忘食地，久而久之，患上了肝病，单位劝他好好休养治疗，他却是一个闲不住的工程师，带病坚持下工地，晚上经常通宵达旦地审图纸。

这次来四川，少琎有个工程项目验收，他便乘此机会来看芝玥。少琎把想带芝玥去北京的想法告诉了养父母，从芝玥未来的发展看，自然跟着少琎去北京是最好的选择，但养父母把她从小带大，养了十几年，视如己出般，有了太深的感情，心中太多的不舍。少琎看到养父母那落寂为难的眼神，心中也很纠结，便提议等他回北京时看看情况再决定是否把芝玥接走。离开四川前，他去了绵阳一趟，看望了在那里的表叔表姨，表姨听闻少琎的这个想法，极力支持他这样做，因为这对芝玥的人生未来绝对是一个质的改变和飞跃，而且也弥补了这十几年来亲生父亲没在身边陪伴成长的缺憾。少琎更加坚定地做了一个决定，无论如何都要想办法把芝玥接到北京学习生活。

暑假快要结束时，养父的工程任务也顺利完成，养父母带着芝玥回到了他们老家巴中，基建兵团在那里即将开始修建一条公路。

他们刚安顿下来没几天，那位少琎叔叔又来家里了。这晚，吃完晚饭后，养父养母和少琎把芝玥叫到跟前，养父缓缓地开口："芝玥，今天我们要告诉你一个重要的事情，就是……你少琎叔叔是你的亲生父亲，他这次过来，要把你接到北京去学习生活。"芝玥着实吃了一大惊，"北京那边生活学习条件比这边不知要强多少倍，你在那边会过得很好的。"养母接着补充道，眼中却泛着不舍和难过。这突如其来的信息量有些大了，芝玥一时半会没反应过来，去不去北京，她没有感觉，但，少琎叔叔怎么成了她的亲生父亲？那她的亲生母亲呢？芝玥眨了眨眼，一脸懵懂地望向少琎，"你是我亲生父亲？那我亲生母亲是谁？"话音一落，空气就像瞬间凝固般，所有的人都呆滞了一瞬，"你母亲生你的时候就去世了。"少琎垂眸，没有正眼看芝玥，嘴角抿成下弧线，尽管声音听起来很平静，眼神里却极力掩饰着尴尬和不安。芝玥望向养母，养母也躲闪着她的眸光，低着头，没有任何表情。芝玥又转向养父，养父平和的眸光看着她，冲她点了点头。那晚，芝玥还接收了一个信息：父亲给她安排了一个北京身份并去一个学院读书，"你在学校期间，我会私下给你请个老师辅导你中学未学的知识。那些知识没什么难的，相信你能够补得上的，不用害怕！"父亲说得很坚定，芝玥也受到感染，重重地点了点头。

告别了养父母，父亲带着芝玥踏上了去北京的火车，那是芝玥第一次坐火车。父亲买的是软卧，芝玥算是开了眼界，那卧铺就像会移动的小卧室，车窗还挂有白色的纱帘，窗台下放置了一个保温水壶，包厢里收拾得干干净净，整整洁洁。乘务员操着京腔普通话，说起话来字正腔圆，铿锵有力，让人听起来，会为之振奋，仿佛进入一个先进的文明的世界。芝玥躺在卧铺上，随着火车摇篮似的晃动，很快进入了梦乡，就跟以前和养父母坐的那军用大卡车一样，芝玥睡了一路，只是中途被父亲叫醒了，父亲带她去了餐车厢吃饭。走进餐车厢时，芝玥又一次被惊呆了，每一个餐桌上铺着带花边的桌布，每个桌子上都摆着一只小花瓶，花瓶里插着一支塑料红色玫瑰花，餐桌边的车窗也是挂着白色纱帘，那餐车厢布置得也太漂亮太雅致了！这样的用餐环境让人不免食欲大增，而餐车头的厨房里不时传来清脆的炒菜声和飘来浓香的汤菜味，更让人想一饱美味了。芝玥咽了咽口水，贪婪地吸着入鼻的菜香。父亲安排芝玥在离厨房较近的一个餐桌前坐下，把菜单递给芝玥，菜单上十几个菜品，芝玥虽从未尝过，但单看菜名就让人垂涎欲滴了，一时迷乱了双眼，盯着菜单发呆了一阵，父亲扫了一眼发呆的芝玥，眸中划过一抹疼爱，他拿起另一份菜单，“小月，我们来份酸辣土豆丝怎么样？还有爆炒腰花？再要一份西红柿蛋汤？”“嗯，嗯……”芝玥使劲点头，其实不管父亲点什么菜，她都喜欢吃，她天生有一个好胃口，对于味蕾的诱惑极易沦陷。那顿午餐，父亲又点了一份地三鲜，父女俩把盘中菜，碗中饭，吃得干干净净。后来，晚餐也在餐车厢里用的餐，菜单上的菜品，除了凉菜没点外，其余的基本都吃上了。

坐了一天一夜的火车，终于到了北京。从火车站到父亲单位住所乘坐公交车大概花了一个小时左右才到，公交车上的乘客远没有重庆的公交车上那么挤，北京的市民们上下车都很讲礼貌和秩序，他们从前门上车，从中门或后门下车，还主动买票。有些外地乘客从中后门上了车，售票员也不急不躁，心平气和地给他们解释，下车时，这些外地乘客都很自觉地从中后门下车。在重庆坐公交车，是力气、挤车占座技巧、偷票与反偷票、逃票与反逃票的一场较量与博弈；在北京坐公交车，则是名副其实文明公交行，芝玥坐在北京的公交车上，心里这样总结着。

芝玥在父亲部队大院里的住所住了两天后，便去父亲安排的那所学院报到了，一切都顺利进行着。芝玥住在学校里的学生宿舍，父亲给她买了一大堆生活用品，还有很多零食，芝玥平时不吃零食，因为跟养父养母常年在荒郊野岭山沟沟里，根本就没有零食可吃，顶多采些野果子吃。于是芝玥把这些零食都分给了同宿舍的舍友们，舍友们都是新生，有北京当地的，也有外地的，第一次见面相识，芝玥的大方得到了舍友们的喜欢。舍友们基本都是北方来的，操着标准的普通话，在芝玥听来很是悦耳，而芝玥操着带四川口音的普通话，每次一开口说话，总会把舍友们逗乐。有一天晚自习回来，芝玥准备换上拖鞋去洗漱间洗漱，但拖鞋不见了，“咦？我的拖孩（鞋）怎么不见了？”“什么不见了？”上铺的一位舍友关心道，“我的孩（鞋）子不见了！”芝玥操着川腔普通话重复了一遍，宿舍里所有的舍友探着脑袋出来，目光惊诧地聚焦在芝玥身上，芝玥坐在床边，一只脚脱掉了凉鞋，半悬吊着，“哦，你找拖鞋是吗？”旁边一位下铺的舍友扶了扶眼镜，收回惊诧的表情，淡定道：“我刚才不小心碰倒了水杯，把你拖鞋打湿了，我给你拿到阳台上晾着去了，不好意思哈！”“哈哈，哈哈，吓我一大跳，我还以为郑芝玥上个晚自习，孩子都有了！哈哈哈……”上铺的舍友捧腹笑个不停。后来舍友们纷纷充当了普通话老师，每当芝玥发音有不准的地方，都及时纠正，芝玥的普通话渐渐说得标准了许多。有一天，同系大四的一个四川学姐跑来芝玥宿舍串门，听到芝玥在向大家学习说普通话，她无比骄傲地用普通话炫耀道：“我来北京四年了，我都忘了四川话啷个说了啰……”

第三十四章 芝玥施救误伤病患，父亲赔偿安慰鼓励

父亲给芝玥请了个大学生姐姐辅导她数学、物理、化学和英语，芝玥每个周末回父亲部队大院，刚开始父亲带着芝玥去部队食堂吃饭，后来父亲经常出差不在家，父亲就请了个小时工阿姨周末过来做清洁做饭。芝玥的学习生活安排得满满当当的，有时甚至觉得时间不够用。部队大院到芝玥学院大约2小时的公交路程，父亲在部队单位里是师级干部，配有一辆军务车，只要父亲没出差在家时，就会安排军务车把她送回学校。这天，周日晚上七点多，芝玥吃过晚饭，结束了辅导课，匆匆收拾东西坐上直达的公交车往学校赶去。到了学校那一站时已是九点半钟左右，从车站到学校大约还需走10分钟。这段路比较僻静，路边是一堵围墙，围墙里是一个事业单位的家属楼群。芝玥背着背包快步走着，在她前面50米左右有个微胖女人一手扶墙缓慢走着，街上没有路灯，芝玥看不太清，只觉得这女人走得有些吃力，芝玥只想在宿舍熄灯之前赶回学校，于是加快了步伐，没太去关注那个走路缓慢的胖女人。就在芝玥刚从她身边走过时，只听“嘭”的一声闷响，芝玥回头一看，见那胖女人直愣愣地仰倒在地上。芝玥以前跟着养母在卫生队时学过急救知识，虽没碰到过实例，但见过养母和同事阿姨急救伤员，有一次工程兵在做山洞爆破时被误炸到，伤员的脖子、手臂和腿都在汩汩往外冒血，伤员鼓睁着眼睛，目光涣散，整个身体都在不停地抽搐，芝玥

第一次看到如此惨烈的伤势，目瞪口呆，脑袋里一片空白。养母和朱阿姨还有一个医生，三个人动作非常迅速地对伤口做消毒处理，然后包扎、止血、注射，伤员的抽搐停了下来，呼吸渐渐平缓，直到县医院救护车刺耳的鸣笛声传来，芝玥才回过神来。看着伤员被抬上救护车疾驰而去，养母才擦了擦额头上的汗，转身对芝玥说：“急救都是这样，场面很血腥很恐怖，但作为施救人员，你必须争分夺秒在有限的两三分钟之内尽快施救。”从回忆中猛回过神来，芝玥下意识地立即跑到女人身边蹲下，女人大概五十几岁，体型偏胖，因没有路灯，看不太清楚脸色，只是隐约看出嘴唇跟皮肤一样煞白。芝玥推了推她肩膀，对她喊道：“阿姨，你怎么了？你醒醒！”胖阿姨没有反应，芝玥触摸其颈动脉几乎没有跳动，初步判断应该是心跳骤停了，芝玥抬头看了四周，漆黑一片，没见过往来人，芝玥只好朝围墙内呼救：“来人啊，快来人啊，有人晕倒了！”围墙内楼群没有反应，芝玥只好先进行心肺复苏按压，这时不远处走来一个中年男士，芝玥大声呼叫：“快来啊，帮忙呼叫 120 急救，请尽快拨打 120！”男子听闻，立即跑近，蹲下来关切看了看，对芝玥说：“我去找电话亭！”由于胖阿姨身上脂肪有些厚，芝玥使出最大的力气按压，都觉得下压不到 2 公分。芝玥已经尽最大力气了，骑在胖阿姨身上持续按压，额头沁出的汗珠滴在胖阿姨身上，芝玥感觉越来越使不上劲了。这时那中年男子找到电话亭打了 120 后，跑了回来，“我已经打 120 急救电话了，救护车应该很快就到。”“你来按压，我力气不够，我给她做人工呼吸。”“按这个地方，手臂伸直，用身体力量垂直向下。”“好！”男子和芝玥配合着，救护车赶到时，芝玥有些不放心，跟着上了救护车，中年男子帮忙把胖阿姨抬上救护车后就离开了。很快到了医院急救室，护士以为芝玥是家属，拿了些单子要芝玥签字，芝玥说她只是路过呼救，胖阿姨身上也没有联络信息和身份信息，只有一串门钥匙和小零钱包，估计就在晕倒的地方附近居住。为了找到胖阿姨家属，护士报了警，片警很快就赶了过来，此时已经晚上十一点多了，芝玥这才想起学校宿舍大门已关了！正在犯愁着，急诊室的大夫给警察说道："病人胸骨骨折，有明显错位，病人出现气胸症状，需要进行手术切开复位。"赶来的警察有两位，一个中年，微胖，中等个，一个青年，个子瘦高，两人的眼神都很犀利，年轻的那个警官文质彬彬，帅帅的。那微胖的中年警察扫了一眼芝玥，眼底划过一抹质疑，"就这姑娘身子板，能把人家的胸骨给弄折了？"他似是自言自语地又似对身旁的年轻警察疑惑道，接着问向芝玥："姑娘，你是学医的吗？""不是！"芝玥连忙回答，"救护车到来之前，是你给做的急救？"中年警察的语气越来越严厉，芝玥把刚才发生的一切讲述给他们听，两人都挑着眉，犀利的眸光锁着芝玥，这时护士又来催："手术需要家属签字，手术费用也需要缴纳，大概一万左右。"两位警察互相对视了一瞬，眼底划过一丝犹豫，这骨折的手术费该由谁来承担？现在就给这个瘦弱的小姑娘定性？感觉这事有些棘手和复杂。芝玥却没有意识到胸骨骨折这事的复杂性和严重性，她现在满脑子在想怎么能进到宿舍大门，有些疲惫地坐靠在等候椅上，"这样吧，我们尽快找到患者家属，我在手术单上备注一下，医生先做手术，救人要紧，费用我们联系上家属再说，现在我们先带小姑娘回去录下笔录。"中年警察在手术单上写了一行字，冷冷地看向芝玥："小姑娘，你跟我们去派出所录下笔录。""啊？"芝玥一下懵了，"我得回学校啊，明天还要上课呢。""这事有点麻烦，没办法，你得先跟我们去一趟。"年轻警察低沉着声音说道，但眸光里划过一抹同情。

那天晚上，做完笔录已将近凌晨一点，胖阿姨的儿子十二点多的时候就来到了派出所，他晚上回到家时见母亲迟迟没回家，便跑来派出所报警，就这样联系上了警察。胖阿姨家经济比较拮据，儿子是一名普通工人，当他看到手术账单时吓了一大跳，“你母亲是那个小女孩施救的，她力气不够，便叫了路过的一名男子帮忙，女孩受过急救培训，男子没有，后来男子自己走了，是这个小姑娘一直陪着你母亲来医院的。那男的我们还没找到。”年轻警察指了指坐在笔录室的芝玥，胖阿姨儿子手拿着手术账单，有些颤抖，他瞄了一眼芝玥，眸光划过一丝犹豫，旋即闪过一抹狠戾：“要不是她，我母亲胸骨也不会骨折，我母亲年事大了，哪经得起这样折腾啊，骨折是她造成的，她得负责啊。”“那你的意思是，她，不该，去救，你母亲，也就没有骨折这档事儿了？”年轻警察提高了嗓门，睥睨的眸中闪出一丝愤怒：“你是你妈生的吗？”“啪！”胖阿姨儿子挥出一拳重重打向年轻警察的脸颊，年轻警察往后退了两步，一手捂着脸颊，一手攥紧了拳头准备反击，“小夏，打住！”中年警察冲过去，钳住了年轻警察欲砸出的拳头……

凌晨六点左右芝玥才回到学校，她直接去洗漱间清洗了一下有些乌青的哭肿的脸，拿了课本去教室上课。父亲上午出差回来，中午赶到了派出所，他取了一万元的现金交给中年警察，然后看向胖阿姨儿子，冷厉而坚定地说道：“我女儿救了你母亲，这一万块钱是我对我女儿做了一件伟大的事情的奖赏和肯定，我不求你感谢她，我只是告诉你，这世上每个人的母亲只有一个，母亲在世时，好好珍惜和她在一起日子！”

中午，父亲去了芝玥学校，当芝玥从教室出来，一眼就看到身着军装的父亲，挺直的腰板，深邃清明的眸光，透着傲骨正气。芝玥知道父亲是因昨晚发生的事而赶来的，委屈一股脑儿全涌上心头，泪水沁湿了眼眶，“中午不要去食堂吃了，爸爸带你去学校旁边的东来顺涮羊肉去！昨晚的事爸爸都知道了，没想到我家小月儿，小小年纪，做了那么伟大的一件事，你救了一个人的生命！还有什么比这更伟大更有意义的事呢？我为你感到自豪！走！爸爸请你大撮一顿，以兹表扬和鼓励！”父亲的大手有力地握着芝玥的手，芝玥冲父亲微微一笑，湿着眼，却自信欣喜地跟着父亲大步向校门外走去。

第三十五章 姐妹北京初次相见，智华舍友制造奇观

一晃眼，芝玥来北京已经三个多月了。智华去美国探望母亲后回到北京。大学毕业后她在部队工作了两年后就转业从事金融工作，她数学特别优秀，自己也很喜欢金融，父亲也很支持她。巧的是她现在工作单位离芝玥的学院只有三站地的距离，平时她都在单位住，也是只有周末才回到父亲的部队大院里。这天，她从美国飞抵北京，父亲的司机小顾去机场接她，父亲在家里，和保姆阿姨及芝玥一起在厨房里做了一桌丰盛的晚餐，给智华接风。智华小时候就有个印象她有个弟弟，只是没有跟他们生活在一起，当年，母亲在家里准备了很多男孩的衣物，连弟弟的名字都取好了，叫郑智杰，后来，不知怎的，母亲把那些新买的男孩衣物都送人了，准备好的婴儿小床和玩具什么的也都撤走了，母亲再也没提起弟弟及弟弟的名字。父亲则是在几个月前给她轻描淡写地说她还有个亲妹妹，过段时间会来北京和他们生活在一起，智华也没太在意，只是有点疑惑，她那个未曾谋面的弟弟怎么变成妹妹了？但不管是弟弟还是妹妹，有个可以使唤当跑腿的助手总还是不错的，智华这么想着。父亲告诉芝玥，智华从小就像男孩子一样，脑袋瓜里点子很多，超级活泛，从小学习就是学霸级别，到了大学也是年年全系第一，超过所有男生。听得芝玥越发好奇，这么个学霸姐姐究竟长什么样？正浮想联翩着，大门被推开了，一阵爽朗的笑声传了进来，司机小顾拎着大

包小包的行李进来，接着进来了一个瘦瘦的穿着红色毛衣的年轻女孩，浓眉大眼，皓齿朱唇，鹅蛋脸型，一眼看上去，是那种端庄大气的美丽，带着三分英气，三分豪爽，同时又透着雍容华贵，自有一副端严之姿，不拒点滴又包容江河的强大气势。世上竟有如此高颜值的学霸姐姐，芝玥心目中的神仙姐姐大致就是这样的了。

自这个学霸姐姐回来后，父亲给芝玥请的辅导老师和保姆阿姨似乎显得多余了，于是芝玥劝说父亲辞退了她们。一到周末，只要智华没出差，芝玥便跑到她单位处跟她汇合，然后姐妹俩一同搭乘公交车回父亲那里，虽然有时父亲的车会去接送她们，大部分时候还是姐妹俩坐公交回去。学霸姐姐做得一手好饭菜，洗衣做清洁，干净利落，更厉害的是，辅导芝玥数理化英，短短数月内，芝玥在学院的数学微积分考试有一次竟考了满分！芝玥开始崇拜起这个神一般存在的全能姐姐，她浑身上下每时每刻充满着感染着人的阳光朝气，带着满满的正能量和自信，她的口头禅是：办法总会比困难多！相信自己，一定可以战胜！

后来有一段时间父亲被派去海南承建一个大型工程项目，芝玥和智华周末索性就在智华单位过，因为从学校到父亲部队大院来回四个多小时，再加上父亲也没在北京。智华单位给智华安排住的单身宿舍，一间宿舍住两个人，跟智华住同一宿舍的那个舍友是北京人，平时来宿舍休息基本在中午，晚上她都回自己家住，周末更是不见了踪影。所以芝玥每次周末来，晚上就睡在智华舍友的床上，套上自己准备的一套寝具，姐俩惬意地躺在各自床上，天南地北地闲聊着，有时姐姐会考问辅导过的知识，就这样，睡前不仅巩固了学习知识，还有各式插科打诨，让人放松，各种心灵鸡汤的爱抚。智华的那个北京舍友不太喜欢别人用她的床，虽然每次芝玥用过后都会给她收拾如初，她表面上不说，心里却总是有个梗。终于有一天中午，经过好几个月的冥思苦想和思想斗争，她的心结被她自己努力地解决了……她坐在她的床头，冲着她摆放在床上的一个小木柜满意地笑着，只见靠近床尾部分的床上敦敦实实地立着个和床同宽的双开门小木柜，木柜大概有成人小腿长度左右的厚度，智华进来时，她坐在床头，嘴角高高勾起，挂着得意，用一种胜利的口吻道："郑姐，我家里这个小柜没地儿放了，我把它放这了，里面我存放了一些重要物品，还麻烦郑姐帮我看着点哈，谢谢啦！"她笑盈盈地看着智华，眼底划过一抹狡黠，智华轻蔑地瞟了一眼她，嘴角微微勾起，带着一丝讥讽，淡淡道："好的！"话音刚落，只见这小舍友拿出钥匙打开柜门，从里面拉出褥子被子和枕头，铺平整后，躺上去，把双腿放进了那敞开着门的小木柜里，戴上眼罩，一个背对智华的侧转身，妥妥地进入了午休模式，整个过程，一气呵成，没有丝毫的违和感和尴尬！智华看呆了眼，惊叹这世上还有这样的"壮举"！

那个周末，智华的宿舍成了观光宿舍，整个单身宿舍楼里的小伙伴们几乎都来智华宿舍里小坐一刻，都来一睹这叹为观止的"奇观"！当然，芝玥也再没能够睡在这"奇观"床上。不过，自那以后的每个周末，都会有一间宿舍供她姐妹俩睡觉，有时在同一层隔壁的某一间，有时在楼上或楼下的某一间，总之，宿舍楼里的单身同事，不论是北京的，还是外地的，每个周末都会有空着的宿舍提供，她们甚至还排了个宿舍提供时间表！

第三十六章 姐妹退票求助警察，智华赴美哈佛留学

转眼，芝玥读大四了，这年寒假，父亲还在海南，他让智华带上芝玥一起去海南跟他过春节。他请单位部下帮忙给买两张北京至海口的卧铺火车票，时值春运高峰期，几经周折才搞到票。正当智华和芝玥收拾好行李，等着第二天就去乘火车时，父亲来电通知，北京总部要父亲速回京有紧急任务，春节就在北京过。姐妹俩拿着手中这两张卧铺火车票，琢磨着这来之不易的昂贵的火车票无论如何都不能给浪费了，可这票明天就要用了，短短的几个小时之内怎么才能找到买家？姐俩开动脑筋，飞速寻思着把票及时卖出的办法，“火车站售票处那！对！售票那地方肯定有去海口的乘客还在排队买票！”智华眼珠子骨碌一转，有主意了。姐妹俩满怀着希望风尘仆仆地赶到火车站。春运高峰期的火车站，人山人海，当姐俩迈进售票大厅，空前壮观的场面展现在眼前，排队买票的人们都规规矩矩地排在队列中，前胸贴后背，无缝连接，丝毫没有插队的可能，每一个售票口的纵队列排到售票厅门口墙边处时U型拐弯继续列队，从俯瞰的角度看下去，就像一个方形的蚊烟香盘，一圈环一圈的，不同窗口的环形队列纵横交错着，但还算泾渭分明。队列的外围有两个警察在维持着秩序。售票窗口上方挂着醒目的横幅：严厉打击倒票贩票。插队可耻！姐俩问了几个排在门口的学生模样的乘客，都不是去往海口方向的。为表明只是来原价退票的，刚开始姐

俩还把车票展示给他们看，没想竟有人伸手想抢走这两张票，幸好芝玥手疾眼快把这两张宝贵的车票硬扯拽了回来。有些人怀疑姐俩是倒票的，大声呵斥着：“你俩想赚钱想疯了不是？竟到这里明目张胆地倒票啊！”众人的眼神，疑惑的、鄙视的、愤恨的、麻木的……纷纷刺在姐俩身上，芝玥万万没想到，她们只是想不要浪费了这两张卧铺票而已，怎么会引起这么多的误解和怀疑，甚至还被攻击！芝玥有些打退堂鼓了，她无助地扫了一眼眼前这茫茫人海，转头正想对智华说，这票咱就别退了罢，却见智华正眸光笃定地看着远处某个地方，顺着她眼光望去，只见队列外围站着一个个子瘦高的年轻警察，估计得有一米八几的身高，因为他周边的人多数都比他矮半个头。可能因为他穿着制服，加上个头高，所以站在人群中鹤立鸡群，非常显眼，而且这位警察还戴着一副眼镜，芝玥头一次见到戴眼镜的警察。“小月，我有办法了！咱们找那个警察帮忙，只要他肯帮我们找到买家，大家肯定就不怀疑我们是倒票贩子了！”智华信心满满地看向芝玥，对啊！怎就没想到找警察呢？有困难，找警察叔叔准没错！姐俩手拉着手，使出浑身力气穿过人墙，终于来到那个瘦高警察跟前，“警察叔……警察哥……警察同志！我们手里有两张去海口的卧铺票，家里有事去不了了，我们只想把这票原价给转让了，能麻烦你帮我们问问有谁需要吗？”智华把票直接递给了年轻警察，认真恳切地说着，年轻警察看了看票，又看了看智华和芝玥，语气平和地说：“你们站在这等我一下。”说罢，他转身朝队列中走去，兴许是人墙太厚，他竟也走不过去。年轻警察把帽子摘下，把票往胸兜里一塞，给前面的两个男士说了句话，那两男士半蹲下来，年轻警察竟脚踩着他们大腿，像踩梯子一样，踩上他们肩膀，然后年轻警察踩着人群中其他人的肩膀向着他的目标队列跨去，众人都仰头看着这戴眼镜的年轻警察在人群肩头上的“漫步”，没有惊诧，没有怨言，芝玥和智华惊呆了。没一会儿工夫，年轻警察从队列外围回到了姐俩等候的地方，他身后跟着一对夫妇。夫妇俩是大学教授，找了好多渠道都买不到去海口的车票，无奈之下，全副武装，穿上尿不湿，背上3个大保温水壶，夫妻俩齐齐上阵，做好了“买不到票誓不罢休”的充分准备。当他们看到警察手上的那两张票时，激动得说不出话来，立即拿出现金还额外添了二百元交给警察叔叔，年轻警察拒绝收钱，他带着夫妇俩来到姐俩跟前，让他们直接和姐俩交易，姐俩收了票款，拒收了那额外的二百元，夫妇俩又要塞到年轻警察怀里，年轻警察果断地推回拒绝，戴上警帽，快速转身，瞬间又融在了厚厚的人墙里。芝玥这才注意到，那戴着眼镜的年轻警察，清俊的脸庞透着文儒气质，心中不免赞叹，北京的警察哥哥们都这么文艺帅气么？

那年春节后，智华考取了美国哈佛大学肯尼迪政府学院，父亲非常高兴和自豪，因为哈佛大学是全球顶尖学府，智华以那么优异的成绩被录取，做父亲的当然引以为骄傲，“我曾听我表姨说，我那当飞行员的四伯、五伯也就是你们四爷爷、五爷爷好像也是美国名校出来的，叫什么来着，麻省？对，麻省理工毕业的，麻省理工就在哈佛旁边，这两个学校就像我们中国的清华北大，智华去了那边，说不定还能去麻省理工找到些你爷爷们的历史痕迹哈！”父亲开心地笑着，想着智华可以长时间陪伴在那边养病的母亲了，嘴角扬起大大的弧度。父亲把发的工资奖金和在单位外承包的一些项目的收入大部分都寄给在美国治病的璐茵，他打算再有三四年时间，等他退休后就移居到美国和璐茵在一起。现在还有芝玥，她正面临毕业找工作，智华提议让芝玥跟着她也去美国，在那边先语言培训一学期，这期间可以申请学校再念个专业，这样全家又都在一起了。父亲也觉得芝玥实际年龄还很小，应该好好培养培养她，能有机会出国留学当然最好，便让智华帮芝玥着手准备赴美的申请材料和办理。

第三十七章 芝玥赴美进修英语，烹炒菜肴惊吓警报

那年的夏天，姐俩拉着行李箱，各自背着一个大背包来到了美国波士顿，智华在哈佛大学办完报到手续的第二天，就带着芝玥来到哈佛学院继续教育学院的英语学习培训班报了名。智华住在哈佛大学校园内的学生宿舍楼，因她获得的是全额奖学金，所以住宿基本免费。而芝玥只能在学校附近租房住，哈佛附近的房租费着实昂贵，在哈佛大街上的公寓小套间里的一个五六平方米的小阁楼房间，就要 500 美金每月，这还是最便宜的。父亲虽然给芝玥的学费和生活费足够，但芝玥还是很心疼。智华带着芝玥看了 3 天的房，一家比一家房租高，无奈，只好定了那间小阁楼房。房东是个 30 岁左右的单身女士，名叫楠丁，墨西哥人，瘦瘦小小的，在麻省总医院当护士。芝玥在培训学校的学习生活紧凑充实，学校有食堂，但食堂里的餐食和芝玥在北京学院食堂的餐食截然不同，美国的餐食几乎都是冷食，三明治、汉堡、沙拉、饮料都是冷的，甚至还带冰块，无论冬夏。芝玥还真不习惯，她还是习惯吃中餐热食，她决定自己做饭带饭去学校吃，学校有茶水室，配有微波炉。从学校到芝玥的住地，途中有一家“Whole Food”小超市，里面卖有新鲜牛肉，海鲜之类的，还有各种新鲜蔬菜，芝玥放学后就去超市买第二天要吃的食材，回到住处后，到厨房做好饭菜，两顿的量，一顿晚餐用，另一顿就放在保鲜餐盒里，等凉下来后放冰箱里，第二天早上装书

包里带到学校，到午餐时间时拿到茶水室微波炉热一下，香喷喷的午餐就这样出炉了。这日，芝玥下课挺早，她买了一块三文鱼、一块牛排和洋葱、一些西兰花。回到屋里，看到时间还早，便想换个花样做菜，因为之前都是烤三文鱼，烤牛排，煮或蒸蔬菜，上锅炒的话，也只是炒蔬菜。这次芝玥突然想炒个洋葱牛肉片，放上在唐人街买的“老干妈”麻辣酱，撒上点小葱，那美味……芝玥想着都快流口水了。于是操刀切牛肉片，把洋葱、小葱都切好备好后，打开电磁炉，倒入菜油，稍微热油后，把牛肉片倒入锅中翻炒，清脆的炒菜声甚是好听。正当芝玥专注地热火翻炒时，一阵尖利刺耳的警报声突然响起，紧接着听见窗外嘈杂声和吹哨声，然后一阵急促的敲门声，芝玥赶紧关了炉子，手还拿着锅铲，跑去开了门，门外站满了一堆人，都是公寓楼里的住户，其中有个美国中年男子，芝玥放学时在楼道里会经常碰到，虽没说过话，但碰见几次后，见了面都会微笑点个头打个招呼，那中年男子面带焦虑关切地问道：“你屋里好像着火了，是你屋里警报器报警了！”他向屋里紧张地望去，再看看芝玥身套围裙手拿锅铲的一脸懵懂样，大概能猜到是怎么回事了，“我们可以进去吗？”“可以。”芝玥看到那么多双眼睛盯着她，也不知所措本能地答应了，芝玥跟在这群人后面进到厨房时，才发觉厨房里弥漫着烟雾，夹杂着辣酱的菜香味，那中年男子拿起一个碗接满了水迅速往炒菜锅里倒入，警报声响了一阵就停了，大家捂着鼻，咳呛了几声便纷纷离开了。中年男子眸光锁着芝玥，特意放缓话语速度，吐词清晰地问道：“你是日本人还是中国人？”芝玥忐忑地望了望中年男子，那男子眸光温和，并无责意，“我是中国人。”“呵呵，难怪，中国菜的烹饪是全世界最丰富最复杂的烹饪了，当然了，中国菜确实美味好吃！不过呢，中国小姑娘，你要知道，这边的厨房报警器都只认西餐的。告诉你个诀窍，你想办法把烹饪时间缩短一半，报警器基本就不会紧张了。”说完，中年男子冲芝玥笑了笑，转身离去，走到客厅门口时，正好碰见房东楠丁进屋，他们站在门口，简单地聊了几句，男子便离开了。楠丁住的这个公寓套间，是半复式，二层就只有一个小阁楼，没有其他房间，楠丁住楼下，小阁楼出租给芝玥，她们共用楼下的厨房、卫生间、客厅。平时楠丁很少下厨，她几乎天天早出晚归的，偶尔她会烤些肉食点心之类的，蔬菜基本都是拌沙拉生吃。当她听说了刚才发生的事后，颇有些好奇地问：“Zheng，你今天做的什么菜？竟会惊到了报警器？”芝玥一时语塞，不知该如何解释，本来英语词汇量就不多，给房东带来这么个困扰，该怎么办才好？想了想，故作轻松地说道：“呵呵，楠丁，你现在吃饭了吗？我今天考试得了Ａ，我，我想庆祝一下，就多做了几道菜，你要不要一起来尝尝？这可是地道的中国菜！”芝玥心虚地扫了一眼楠丁，却见楠丁舔了舔嘴唇，眼睛一亮：“好啊，好啊！”哈哈，其实楠丁早就垂涎芝玥做的中国菜了，每天早上楠丁打开冰箱时，芝玥那透明的餐盒里盛着的五颜六色的饭菜就不知馋了楠丁多少次了，要不是她工作忙，与芝玥基本见不到面，恐怕楠丁都能蹭享上芝玥做的饭菜无数次了。那晚，楠丁竟还拿出一瓶日本清酒，和芝玥你一杯我一杯地，美美地尽享了一顿芝玥系私家中国菜。“你学什么专业的？”芝玥和楠丁边吃边聊着，美食饱腹后的愉悦和满足盛满楠丁眼底，“我还在英语培训，还不知道申请什么专业好，我学习基础差，经济条件也不好，想申请有全额奖学金的容易考取的专业学习。”“你想学护理吗？”“护理？我母亲就是护士，我从小就做她助理……”芝玥两颊绯红地答道，“我所在的麻省总医院和西班牙联合有个抗癌防癌医疗基金会，他们就有个全额奖学金助学项目，是护理学，但需在西班牙马德里学习，不用会西班牙语，会英语就可以，考试录取要比这里医学院容易很多，只要是你真心想学。今天来我们屋里的那个男士是新泽西州立医院癌症中心的医生，他就是这个基金会的副会长，我们可以给你写封推荐信，如果你想去学的话。哦，对了，在那里学的话，一半时间学习，一半时间在医院里工作，半工半学，既学到知识，还增强了实践能力。”想必是清酒的后劲比较大，楠丁满脸绯红，语速有些缓慢地说道。

一个周末，智华带着芝玥去纽约看望璐茵，那是芝玥第一次见到亲生母亲。璐茵患的是胃癌，接到美国治疗时，已是中期癌变，做了些化疗，现在靠药物治疗，癌细胞得以控制，没再扩散。璐茵坐在轮椅上，衣着干净整洁，头发可能是因为化疗的副作用，显得很稀疏，但梳理得很整齐，额头上飘着几缕似电烫过的微卷的刘海，因为患病导致的身体虚弱，深陷的眼窝里，却有着一双和病魔抗争的坚毅的充满期冀眼神的大眼睛。“你们爸爸家的基因好强大，小月除了眼睛比爸爸大外，其余哪都像！要是小月是个男孩的话，简直就是你爸爸的翻版！”璐茵冲芝玥微笑着，眸光中泛着善意和温暖。那晚，璐茵、璐茵的外甥女张源和丈夫、智华、芝玥五人在璐茵寓所附近的一家高档的中餐厅晚餐。张源是王文湘二哥那边的一个远亲的女儿，是纽约一家医院的脑神经外科医生，她丈夫是癌症科医生，当他们听到芝玥提起抗癌防癌医疗基金会的助学项目时，他们很鼓励芝玥去学习，“西班牙的护理学全球都很有名的，而且他们研发了一种抗癌的纯物理疗法，获得诺贝尔提名的，你要能够在这个基金会下的项目中得到学习的机会，那会受益匪浅的，而且终身受益。”张源鼓励道。

芝玥给父亲写了封信，想征求他对于去西班牙留学的意见，父亲很快就回了信，他非常支持芝玥去学习，他甚至说如果争取不到奖学金，他给她交学费，费用的事完全不要担心。智华也很支持芝玥，“你学成回到波士顿这里，想在麻省总医院里工作都应该不成问题，因为这个医院里好多护士是西班牙那边过来的。我们学院院长家里请的家庭护士也是西班牙那个护理学院毕业的。”

第三十八章 姐妹唐人街游逛吃，怀旧照片似曾相识

房东楠丁和楼上的那位中年男士也就是基金会副会长丹尼医生给芝玥写了一份推荐信，芝玥的英语成绩也达到了西班牙学校的录取线，芝玥成功地获得了全额奖学金。她甭提有多高兴了，因为这是她第一次凭学习赚到的钱，她对自己更加有了信心。为庆祝芝玥成功考取，智华带芝玥去波士顿城中心的唐人街逛吃了一上午。唐人街上商铺一家接一家，什么样的商铺都有，大多以中国商品为主，有些中国商品在国内都不一定能买到的，在这里竟能看到。有一家中国旗袍店，号称有300多年的历史，说是裁缝的祖辈曾给慈禧设计缝制过衣裳，这家店还给使领馆外交官、外交官夫人，还有当地的议员、政要、高官都定制过服装。芝玥很喜欢旗袍，她喜欢一切古色古香的东西，店里的销售小姐姐见她流连忘返地看着这些挂卖的旗袍和服饰，便热心地带领她们到二楼的陈列室参观，陈列室里摆放着很多成品旗袍，还有汉、唐、明朝等的中国古式衣服。墙上挂了很多老照片，多是使馆高官夫人们身着各种旗袍的照片，甚至还有一张罗斯福总统夫人的旗袍照！芝玥看得入迷，突然看到旁边有一张较大的照片，虽有些泛黄，照片上的人脸却很清晰，这是一张集体照，看上去像是婚礼照片，新郎是中国人，穿着国民党军装，新娘身着绣花旗袍，一身中式打扮，脸却是外国人的脸，五官端庄典雅，很像美国女明星英格丽·褒曼，身材窈窕颀长，跟新郎差不

多的身高。新郎笑得很灿烂，那笑容让人似乎透过照片都能感受到欢乐的气氛。这个新郎军官怎么觉得在哪里见过？芝玥心里问道，芝玥走近了一步，仔细又看了看，发现新郎旁边的伴郎团，是清一色的中国人，穿着同样的制服，只是紧贴新郎旁边的那个伴郎，穿的和其他人不一样，五官跟新郎很像，个头也和新郎差不多，但看上去有些高冷，这个伴郎好似也在哪见过般眼熟？有点像那晚在派出所做笔录的夏警官？想起来了，这个帅新郎跟火车站那个戴眼镜的有着文艺青年般气质的警官很像耶！哈哈，芝玥不禁自个儿心里笑了起来，觉得自己这离奇的穿越联想挺荒唐可笑。

从旗袍店出来，没走几步，来到了一家老字号中医养生馆，门面装修得古色古香的，“对了，不知西班牙那边有没有中医馆，我给你在这边买点中成药带身上吧。”智华说着，拉着芝玥的手迈进了中医馆，一股淡淡的中草药味飘进鼻翼，“云南白药，风油精，片仔癀……”店里的伙计热情地介绍着，“嗯，片仔癀不错，以前它叫八宝丹，消炎消肿，功效蛮强的，您不多来几盒？”“好，这个可以有，我自己也备些，听我们中国留学生会的校友们说这个片仔癀很管用。”智华挑了好些中成药，付了钱，欢喜满满地拉着芝玥走出了中医馆。一看手表，到午饭的时间点了，智华看了看芝玥，芝玥吞咽了下口水，肚子里叽里咕噜地叫唤起来，“走，我带你去查尔斯河畔的一家餐厅吃波士顿大龙虾去！”“哇噻！波士顿大龙虾！”芝玥眨巴眨巴眼睛，双眸发光，以前和楠丁聊到美食的时候，总听她提起全球有名的波士顿大龙虾，而且做得最好吃的就是查尔斯河畔的那家高大上的餐厅，据说还是一家中餐厅。对于美食的诱惑，芝玥当仁不让地全盘接受，她太喜欢她这个天上掉下来的全能神仙姐姐了。用完午餐后，已是下午四点多了，姐俩揉着圆鼓的肚子，步履蹒跚地走着，“我们就在河畔这散散步，消消食吧。”姐姐提议道。入秋的查尔斯河畔，仍是绿草如茵，成排的大树上不时飘落些发黄的树叶，河畔两岸没什么行人，偶有跑步的人慢跑而过，清澈的河水在下午柔和的阳光铺洒下，闪着点点银色的光，天空一片蔚蓝。姐俩沿着河畔，悠闲地散着步，她们一个穿着枣红色毛衣，一个穿着粉白色毛衣，一红一粉的身影，配上绿茵茵的草坪，飘零而落的星点黄叶，放眼望去，简直就是一幅色彩怡人的精美油画。“我觉得，人的潜能是巨大的。”智华双眸望向远处，神采奕奕地对芝玥说：“只要你真心喜欢，感兴趣，即使是你不知的领域，你大胆地去做，去实践，你自己都意想不到，你还会拥有这般能力呢！我读军校那会儿，学校里流行朱德元帅一句很实诚的话：‘活到老，学到老’，人要不断地学习，实践，再学习，这样你就会一直在前进，视野也在不断地扩宽，至少不会原地踏步或落后。”智华看向芝玥，带着赞赏的目光接着道：“老爸给我讲过你在北京读书期间救人的事，你还蛮能干的，我觉得你是块学医的料呢！”“哪有啊！我亲爱的老姐，你是不知对学医我还真有些犯怵，不是因为难学，而是因为小时候第一次救人，帮助一个外乡赶来有偿献血的青年男子，让他多献了血而使他丧生车轮；第二次救人，也就是北京这次，人没救好还把人搞了个重伤，为此老爸还赔了人家一万多元。别人都说治病救人，我这倒好，救一次害人一次，其实我真的很想帮助别人救助别人，但每次相反的结果都让我严重怀疑我是否合适学医学护理了，你不知道我有多矛盾多彷徨，要不是西班牙提供的全额奖学金，恐怕我真不会去学医了。”芝玥悻悻地说道，眸中带着担忧，“哈哈，你怎么不适合？你有一颗仁爱责任心，这已经很棒了！你现在需要的就是提升自己的专业技能水平，你要有坚定的信念。

看得出来你对学医还是很喜欢很热心的，你要相信自己学成归来后肯定能成功地救助别人，实现你的人生价值和理想的！对了，你的理想是什么？”“嗯……远期的没想好，近期的嘛，当然是顺利完成学业，工作有了收入，请老姐一起吃波士顿大龙虾！然后回北京请老爸吃顿满汉全席！”芝玥弯着眉眼，嘴角挂着开心的笑，两眼熠熠泛着光彩，“哈哈……哈哈哈……我看这个短期目标不难实现，实诚的老妹！” 静谧的查尔斯河畔突然响起智华那爽朗悦耳的欢笑声，“那你的理想呢？”芝玥歪着脑袋，挑着眉，调皮地看着正笑得前仰后合的智华，“我啊，嗯……当个金融大家，做点对中美双方经济都有益的贡献吧！”智华那清澈黑亮的双眸看向远处，自信满满地回答。一片绿幽草坪上坐着的一红一粉两个年轻的女孩。面朝着微波荡漾的查尔斯河，畅谈着人生理想，憧憬着美好未来。

还有一周，芝玥就要启程去西班牙了，入秋的波士顿，寒意凉凉，兴许是这段时间的事务杂忙造成过度劳累，芝玥患了重感冒。芝玥不太喜欢吃西药，她自己跑到唐人街那个中医养生馆去看诊抓药，智华给了她一个医馆里叫阿辉的人的联系信息，中国留学生会的校友几乎都是阿辉给带去找医馆的老中医看诊。医馆的老中医据说是黎普泰的传人，黎普泰是广东顺德人，他是第一位把中医带入美国的中医师，他的后人在波士顿唐人街开设的中医馆已有几百年历史。医馆的老中医平时不在医馆坐诊，都是四处巡诊，要想问诊老中医，找阿辉才可以预约上。阿辉大约20岁出头，个子很高，精瘦精瘦的，也是广东人，说的普通话音里带着浓厚的广东腔。他把芝玥领到了医馆三楼的一个看诊间，看诊间布置得古香古色，弥漫着沉香的香气，清幽地响着古琴曲，墙上挂着中国水墨画和一些老照片，整个房间看上去更像一个禅修室，宁静怡和。老中医还没到，阿辉给芝玥煮着茶，芝玥浏览着墙上的照片，突然一张照片让芝玥大感吃惊，在旗袍店那张婚礼照片里的新郎官和身旁的伴郎还有那长得像英格丽·褒曼的新娘竟在这里的照片上也出现了！他们旁边站着一位健壮的中年男子和一个瘦小的皮肤黝黑的小伙子，照片里的背景和旗袍店照片里的背景好像相同，似是在河边的一片草地上。“这张照片是……”芝玥禁不住问阿辉，“哦，这张照片啊，是我爷爷和当年的老中医参加一个飞虎队军官的婚礼留下的纪念。那个新郎官可了不得了，是麻省理工大学的高才生，娶了哈佛医学院的美国女医生，还是飞虎队的抗日英雄，旁边那个帅哥是他弟弟，也是飞虎队的，好像是作战时受了眼伤，还是我们这儿的老医师给治好的呢！”阿辉兴奋地介绍着，放下手中的泡茶盏，起身来到芝玥旁边，指着照片里站在最边上的那个皮肤黝黑的小伙子，自豪地说：“这个就是我爷爷，他帮着老中医诊治了我们整个波士顿甚至全美的华人！还有美国当地的高官政要呢！什么疑难杂症，只要是碰到了我爷爷和老医师，嘿！那就不是什么事了，药到病除，妙手回春啊……”阿辉笑眯着双眼，自我陶醉着，芝玥已经吃惊到脑里一片空白，照片上的这两个似曾相识的大帅哥该不会是爸爸经常提起的四爷爷和五爷爷吧？真会有那么巧吗？严重鼻塞着的芝玥，脑袋昏昏沉沉地，顾不得再多想什么，抓了药匆匆回到住处，服了药便倒头睡了。

第三十九章 西班牙全奖留学工，中西结合治梅西伤

芝玥来到了西班牙马德里，可能是在美国待的这段时间，适应了在异国他乡的生活，虽是第一次来到西班牙，芝玥却没有太大的陌生感。芝玥很快投入了紧张而充实的学习工作中。护理学院上午理论课，下午就去大学医院各科室上实操课和做辅助医护工作。因以前跟随养母在卫生所帮过忙，芝玥对护理工作并不陌生，有一定实践经验，所以来到这边，尽管大多数授课老师操着西班牙语调的英语授课，芝玥听起来有些吃力，但不妨碍她理解和实操。芝玥那个班里共15名学生，有日本、泰国、印度尼西亚、保加利亚、捷克、菲律宾、墨西哥等国家的学生，10名女生，5名男生，都是国际学生，芝玥是班里唯一的中国学生。英语是大家沟通交流的语言，芝玥的英语发音在班里算是比较标准的了，班里的同学来自全球各地，练就了她能够听懂夹杂着来自各国语调英语的高超本领！

第一个学期的下午实操工作芝玥被分配到癌症科，芝玥和癌症科的一个30岁左右的墨西哥护士照顾一名骨癌晚期女患者，患者是一个50岁左右的退休老护士名叫阿黛拉，在这家医院工作了将近30年，一年前检查出骨癌晚期，做了积极治疗后，病情有所缓解，但一个月前癌细胞又快速扩散，阿黛拉病情垂危。芝玥被告知给阿黛拉做临终期的关怀和照顾，医生的治疗也从帮助病人恢复健康转向减轻痛苦。由于长期使用吗啡等合成麻醉剂，现在即使用大

剂量的麻醉剂，对阿黛拉的全身剧痛也渐渐失去了作用。阿黛拉由于剧痛，本就枯瘦憔悴的脸庞被扭曲得有些恐怖，她基本不能入睡，但她神智很清醒，猛烈的疼痛发作时，她几次拔掉身上的插管和输液管，想尽快结束痛苦，但医院都及时制止了，他们把阿黛拉的四肢固定住。芝玥给她擦身子时，她睁着眼睛怔怔盯着芝玥，似有什么话要对芝玥说，芝玥想转移她对疼痛的注意力，便望着她，浅浅地笑着："阿黛拉护士，您年轻的时候肯定是个大美人，您的眼睛好漂亮！"阿黛拉无神的眼光突然一闪，她冲芝玥缓缓勾起嘴角："你以后一定是一个优秀的护士。你叫什么名字？""我叫 Linda Zheng，我来自中国。""Linda？在我们西班牙，Linda 这个名字就是美丽善良的寓意。谢谢你，Linda, 你能来照顾我。"阿黛拉停顿片刻，喘了口气，又用劲地吸了一口气，继续道："Linda，我想请求你帮我个忙……我是护士，我知道我的病情已到了无可救药的地步了，我每天都饱受剧烈疼痛的折磨，我想有尊严地离去，我要捐献我的视网膜，但我不想再这样被疼痛毫无意义地耗尽我的生命。你是个善解人意的好女孩，你知道我真正的需要，你会帮助我的，Linda。"芝玥吃了一惊，她很明白阿黛拉的请求，她很想减轻她的痛苦，但却是无能为力，她只能陪伴着阿黛拉，看着阿黛拉被疼痛渐渐吞噬，直至死亡，而她在一旁，束手无策。她很想帮助阿黛拉，但她不能那么做。"Linda，相信我，我是护士，我知道我该怎么做，我也不会让你为难的，我只想在我全身没有被毁掉时把我完好的视网膜捐给研究中心，我不想这样毫无意义地等着癌细胞将我毁尽！"阿黛拉被疼痛又一阵袭击，她扭曲变形的表情让芝玥不忍直视，"Linda，求求你把我手上固定带扯开，扯开就行了，剩下的你都不用管，求你了！"阿黛拉死灰的眸光噙着绝望的泪水，芝玥纠结着，最终，她扯下绑在阿黛拉手上的固定带，阿黛拉把它紧紧拽在手上，“你该下班交接了，你走吧……”阿黛拉含着泪，平静地望着芝玥，嘴角微微勾起，“谢谢你，Linda。”

第二天下午，芝玥去阿黛拉的病房，病房里空无一人，病床上已铺换上干净整洁的新床单，交接的护士告诉芝玥，阿黛拉昨晚走的，她的视网膜已被及时取走。芝玥心里空荡荡的，怅然难受，毕竟那是一个生命的逝去，芝玥的泪水止不住地涌出。

第二学期，芝玥被安排到运动康复科，康复科培训芝玥她们护士班操作西班牙发明研制的一种物理治疗仪。这种治疗仪的功效很多，通过一种频率震动让人体细胞运动与之产生共振，从而由内而外提高身体温度，激发细胞活力，快速修复损伤细胞，恢复体内细胞平衡。这个治疗仪对术后康复、运动损伤快速恢复、肌肤抗衰、减除内脏脂肪、预防早期癌症等都有很好的疗效。美国麻省总医院和西班牙合作的防癌抗癌医疗基金会核心项目之一就是这个物理治疗仪及配套的一系列治疗手段。一天下午，芝玥照常来到康复科给病患做治疗，治疗室进来一个少年和一个身材健壮的中等个头的男士，少年约莫十四五岁的年龄，身材瘦小，但两眼非常有神，让人扫一眼，就很难忘却的那种敏锐练达的眼神。少年的右脚踝处高高肿起，旁边的男士给芝玥的实操护士老师用西班牙语叽里呱啦地说了一大通，老师看着少年高肿的脚踝，蹙起了眉头，有些无奈地摇摇头。芝玥见状，问老师什么情况，老师看了一眼少年，轻声解释道：“这个男孩踢足球伤到了脚踝，他后天必须参加一个极其重要的选拔赛，他教练问我们这个治疗仪能不能在后天之前快速使他康复。”对于这个问题，芝玥已经是碰见好几次了，这个治疗仪是可以快速修复损伤，可以缩短康复所需的时间，但也不可能在短短的两天之内就恢复如初的。芝玥曾经琢磨过，既然治疗仪可以激发细胞活力，外敷的药膏在治疗仪的配合下是不是可以加快皮肤肌理的吸收，从而提高药效及恢复速度呢？比如片仔癀，有消炎去肿之功效，辅佐以这个治疗仪，想必功效会有很大提高。芝玥大胆地把这个想法告诉了老师，老师竟兴奋地拍了拍芝玥肩膀说道："对呀，我怎么就没想到，中国的有些中药功效是很神奇高效的，这个仪器是完全可以促进药效吸收的，我们不妨试试，但我们没有中药啊。""我有，我去宿舍取一些过来，你们可以等我一下。"芝玥取了药回来，给少年做了治疗，叮嘱少年回去不要触碰伤处，第二天上午和下午都来上药治疗。第二天下午，芝玥走进治疗室时，那少年冲着芝玥灿烂地笑着，不停地用西班牙语说着谢谢，他指了指受伤的那个脚踝，芝玥发现昨天的高肿居然不见了！教练喜笑颜开地竟用中文说了声谢谢！治疗做完后，芝玥送了一盒片仔癀给少年，望着远去的两个背影，芝玥心中无比的开心和满足。"患者，里奥·梅西，14 岁，右脚踝扭挫伤，使用治疗仪 3 次，配以中药药膏片仔癀外敷两天，康复。"老师将那次给足球运动员梅西治疗的病例写入了治疗研究教材中。

第四十章　西班牙排队购火腿，养父去世追忆往昔

转眼，芝玥在西班牙已经学习了三年多，她渐渐热爱上护理尤其是运动康复这个专业，特别是当她看到伤病患者在她的悉心治疗护理下，又健康活泼地回归到正常工作生活中时，那种被需要，自我价值被认可和实现的感觉，让芝玥无比充实和愉悦。除了学习工作上的收获，在西班牙的这三年，芝玥对西班牙的美食喜欢得有些上瘾，海鲜饭、吉拿棒、马德里煮菜、土豆煎蛋饼、Tapas、伊比利亚火腿……芝玥发现西班牙的这些美食跟中国菜味道居然很像，咸、辣为主，还挺合中国人的口味，至少很能满足芝玥的味蕾。为了省钱，芝玥很少去餐厅吃，大多时候都去超市采购食材或半成品，回到学校宿舍拿到公用厨房加工烹饪。和芝玥同班的一名泰国女同学 Nada 和西班牙女同学 Salsa 都很喜欢烹饪，每次芝玥去厨房，基本都能碰见她们在那里忙活，后来芝玥和她们一有时间就切磋厨艺，分享各自特色美食。"我这有瓶中国豆豉酱，咱们把它和 Nada 的泰国冬阴功汤料一起烩入 Salsa 的西班牙海鲜饭里，没准味道不错呢！"在一次厨艺切磋中，芝玥突发奇想，提议道。"呵呵，一见到你们中国辣椒酱，味蕾就开始活跃了，放到海鲜饭里肯定好吃！"Salsa 回应道，"再加入一些我们泰国的冬阴功汤料，淡淡椰奶汁香配上中国豆豉酱香，一并烩入 Salsa 鲜香的海鲜饭，我觉得味道会不错吧！"Nada 喜笑颜开地附议。说做就做，三个美食爱好者开启了创

新菜式的烹饪。创新海鲜饭出炉后，Salsa 舀了一大勺放入口中，“真太绝了！味道太好了！以后我就这么做海鲜饭！”“哈哈！和羹之美，在于合异！这么多国宝级的特色味道调和在一起想不美味都难啊！”芝玥开心地说道，“给我们的这道特别的海鲜饭取个名字怎么样？ Linda、Salsa、Nada，哈哈，dasada 海鲜饭！怎么样？”Salsa 兴奋地提议，“dasada 海鲜饭！这个名字真心不错呢！”Nada 拍手叫好。

自 dasada 海鲜饭的面试后，日本、印度尼西亚、菲律宾等国同学们都加入了她们美食队伍，几乎每个周末或节假日，宿舍公用厨房成了她们自制饕餮盛宴的宝地。

这日，周末休息，芝玥去离学校一站地远的一家火腿专卖店买伊比利亚火腿，西班牙的火腿是连蹄带骨的生火腿，是用生猪肉腌过后自然风干制成，不用熏制，而伊比利亚火腿是西班牙火腿中的爱马仕，它的原材料来自半野放养在橡木林里只吃橡木子的黑脚猪，猪腿腌制后需要经过 16 个月以上的风干与陈放才上市。那火腿丰润肥美，入口即化，其美味全世界绝无仅有，因此，一旦它上市，专卖店的通告牌通常会提前一周挂出，开售那天，市民们早早地就到专卖店门口排起长队。马德里居民区的街道比较狭小，市民们排队不可能像中国那样在专卖店周围做回型列队，伊比利亚火腿几乎都是限量版，人多火腿少，大家只能沿着整个街区排队。长龙队伍中，有时你在龙尾，转身就可以看到排在专卖店窗口队伍龙头的那个客户，从容地付了钱，满意地接过火腿，面带胜利的笑容，迈着笃定的步伐，凯旋归家。芝玥站在队伍中间，随着队伍秩序井然地匀速向前挪着，那天微微有些下雨，大家打着伞，安静地排着队，芝玥脑中突然浮现出养父带她去猪肉市场抢买猪肉的壮观场面……

回到宿舍，父亲寄来的一封信放在芝玥书桌上。芝玥自己做了份海鲜饭，取了两片买来的火腿，边吃边读父亲的来信。父亲告诉她，养父两周以前突发脑溢血走了，之前一点征兆都没有，倒地的时候周围没人，大家都去吃午饭了，回来发现送到医院时已没了呼吸。窗外的雨一直下着，芝玥放下手中饭勺，泪水氤氲了双眼，养父是个不善表达却感情质朴的人，芝玥很喜欢他的声音，磁沉略带沙哑。养父一年四季始终穿着军装，生活非常简朴。跟养父待在一起最长的时间恐怕就是他们一家三口从一个项目基地搬到另一个项目基地坐在卡车上的那三四个小时，其余的时候，他忙完回到家时芝玥早已入睡，而芝玥早上起床时，他早已去了基建工地。

自芝玥记事起，她印象最深的至今还记忆犹新的是有一天养父在工地晕倒，被送到卫生室，养母守在床边，哭得泪人一样。那是芝玥第一次见到养父生病，养母一边心疼地哭着一边不停地责怪他，听养母同事朱阿姨说有个隧道要爆破，工程比较复杂，养父替手下值岗三天三夜没睡觉。养母和芝玥交替看护养父，那次的看护恐怕是芝玥单独和养父待在一起最长的时间了，后来那个隧道爆破时由于养父生病没能到场，还是出了事故，有个战士被炸得血肉模糊，所幸的是最后抢救活过来了，当养父听到这个消息时，芝玥看到他深锁的眉头舒展开，眼中却有一片湿。

养父一直默默地小心保护着养母和芝玥，即使在环境恶劣的一些偏远荒山区里，他都想尽办法给她们打造一个干净舒适安全的生活环境，丝毫没有饿着她们，冻着她们，反而让芝玥无忧快乐地度过了城里其他孩子可能终身都没有体验过的那种和大自然亲密接触的童年，纯净而真然。

第四十一章 璐茵葬阿灵顿墓，芝玥又见照片中人

在西班牙学习的第四年的元旦，芝玥接到智华来电，母亲璐茵病情恶化，智华给芝玥买了机票，让她尽快飞到华盛顿特区。当时张源夫妇调到华盛顿特区乔治敦大学医院工作，他们把璐茵接到乔治敦大学医院治疗。芝玥赶到医院璐茵的病房时，护士正在拔除插在璐茵口中的呼吸器，给璐茵擦了身子，盖好被单。没多久，两个男护士推着推床进来，把璐茵放进存尸袋里，推了出去，芝玥和智华跟在推床后面，直到推床消失在太平间的大门内。第二天，张源夫妇陪着智华和芝玥去了阿灵顿国家公墓，璐茵生前来过这里，她说，死后就把她葬在这里。“很多美国历史上的名人安葬于此，飞虎队的陈纳德将军就安葬在这里。”张源望着公墓花园远处说道，芝玥抬眼望去，一排排样式简洁的墓碑依山而立，绵延起伏，绿茵草地一望无际，清幽宁静。公墓工作人员引领着芝玥他们选看墓地，一路上经过很多墓碑，有平躺式的，有竖立式的，还有中式的，有些碑上刻有密密麻麻的文字，有些只有简短几个字，也有些一个字都没有，但墓碑边上插着美国国旗。“那是二战期间牺牲的无名战士。”工作人员见芝玥驻足在一个墓碑前看着，给她解释道。芝玥扫了一眼旁边的墓碑，发现是一个中式的墓碑，墓碑上还镶嵌有照片，下面有用英文刻的碑文，正想走近去看照片时，发现中式墓碑的后排处也有个镶嵌着照片的较大一点的墓碑。出于好奇，芝玥凑

近去看那照片，那是一张黑白照片，已经很老旧了，但立碑者镶了一层玻璃保护，所以照片还很清晰，上面是一个外国女人和一名中国军官还有一个混血小男孩的全家福照片。这是怎么回事？天哪！那外国女人和中国军官的面孔竟跟芝玥之前在旗袍店里和中医馆里看到的那婚礼照片上的面孔惊人相似！芝玥全身蓦地起了鸡皮疙瘩，她简直不敢相信自己的眼睛，她有些颤抖地再次凑近了那张照片，确实没错，惊人得相似！照片下刻着简短的一行字："We love each other, we are together for ever.（我们彼此相爱，我们永远在一起）Grace&Tom and our lovely son Victor"

安葬了母亲璐茵后，智华给父亲去了一封信。智华哈佛毕业后去了纽约华尔街的一家基金公司工作，芝玥回到西班牙继续最后一学期的学业。父亲给芝玥写了一封信，鼓励芝玥加油努力，他建议芝玥毕业后也去纽约找工作，和姐姐在一起，等他再有一年退休后，他就来美国，虽然没能见上璐茵最后一面，但他希望他最终要和她葬在一起。

第四十二章 芝玥毕业纽约暂住，迟接父亲病逝噩耗

参加完学校的毕业典礼，芝玥飞到了纽约，和姐姐住在一起。智华在公司附近租了一套公寓，白天她去上班，芝玥待在屋里，做做饭，看看书，芝玥打算休息一个月后再去找工作。这天，是她到纽约的第五天，她正在厨房里做饭，厨房的电话声响起，她接起电话，电话那端是一个男士的声音：“是郑智华吗？我是你堂姑郑少清的儿子陈立远，你父亲过世了，你们回国一趟吧。我的电话你记一下……”芝玥如五雷轰顶般，耳边一阵嗡响，母亲璐茵去世才6个月，父亲就跟着走了。晚上智华回来后，给陈立远打了电话，陈立远说父亲是六月三日走的，肝癌，临走前他为了不耽误芝玥的毕业典礼，嘱咐陈立远一定要在芝玥完成毕业典礼后再告知她们。

第二天，智华和芝玥从纽约飞往北京。下了飞机，父亲的司机小顾，还有一个领导模样的中年男士站在机场出口处，他们前面站着一位头发花白的女士，由旁边一位年轻小伙子扶着。司机小顾一眼就看到了智华和芝玥，他向她们招了招手，快步走了上去，从智华手中接过行李，那年轻小伙子也跟着上去，跟智华握了握手，“智华表姐吧？我是陈立远。”这时，中年男子和头发花白女士也走了过来，“这是我们部政委，谭政委。”司机小顾给智华和芝玥介绍道，“你好，谭政委。”智华和谭政委握了握手，“你好，小郑，你们节哀顺变！”谭政委低沉地安慰道，头发花白女士怔怔地望着芝玥，

问道："是小月吧？我是你堂姑姑。"智华小时候父亲经常带她回江苏老家，所以少清姑姑认得她，对于芝玥，她只是听说，一直没有见过。从机场到部队大院的路上，天下着蒙蒙细雨，虽还是傍晚时分，天色却已完全黑下来，"你父亲肝脏一直不太好，三年前就检查出癌变，幸好是早期，他边做治疗边工作。他工作太投入了，劝都劝不动，他让我们对你们隐瞒他生病的事，他甚至威胁小顾，如果小顾泄露消息，他就让小顾走人！知道你母亲走后，他痛哭了一晚，然后没日没夜地工作，他让小顾把吊瓶挪到他办公室，边打吊瓶，边趴在绘图桌上审改设计图纸……"谭政委哽咽着，没有说下去，车里沉默着，只听见刮雨器偶尔刮蹭摩擦的声音，似是呜咽。

回到父亲家里，"这是你父亲让我交给你们的。"少清姑姑微颤着手，递给智华一个绣花小荷包，智华打开荷包，里面有一个红绳挂链，项链上吊着一个精巧的小方金块吊坠。荷包里还放有一张存折，存折里夹了一张照片，那是父亲和母亲的结婚照，黑白照片后上的彩色。"这笔钱是父亲留给你们在北京买房的资金，他说你们如果在北京工作，就在工作单位附近买套房，这样工作效率高，不要把宝贵的时间都浪费在上下班路上。他说既然没能去美国跟璐茵在一起，就让这张照片跟他一起在北京吧，他洗了两张，一张留在他墓里，另一张留给你们。"

第四十三章　姐妹北京工作生活，房车旅游成功急救

父亲去世半年后，智华被美国纽约证券交易所聘用派到北京任美国纽交所驻中国首席代表，芝玥也跟随着回到了北京。芝玥到了一家外资公司创办的运动康复健康管理中心工作，兼职做智华的私人助理。智华的工作是帮助中国的企业到美国证券交易市场挂牌上市，芝玥上班的地方离智华上班的地方仅相隔一栋楼的距离，都在国贸区，如果姐俩都没出差的话，两人中午就约着去吃美食。来芝玥工作的健康管理中心的会员客户基本是国贸这几栋楼里的各公司高管及上班族，有一家外资公司的老板经常去健康管理中心做运动康复，是个美籍广东人，个子不高，身材偏瘦，黑黑的皮肤，语速很快，一双精明的单眼皮小眼睛，不时透着猎手般的敏锐却还带些真诚和直率。芝玥第一次见到他时，总觉得有些眼熟，但一时想不起来究竟是在哪里见过。老板姓尚，听他聊天，才知道他是留美海归，自己创办的投资公司，主要业务是投资中国中小民营企业，全程辅导企业赴美国主板市场上市，上市后继续帮助企业做市值维护，按他的话来说就是："我们帮助中国企业做美国主板上市，就好比我们是清华北大高考辅导老师，出钱出力辅导你考试，等你考取清华北大后，还负责督察你在学校的学习表现，最后造就你成为一颗闪耀的国家栋梁之星！""那要是没考上怎么办？你投入的钱和精力岂不都白费了？"在场有的会员问道。"这就需要我们练就火眼金睛，

我刚回国那阵，就被一家企业骗了2000万元，他们把自己伪装得就像进清华北大百分之百稳拿定一样！不过，大多数企业都还是有进清华北大的潜质的，只要企业有信心，有诚信，他哪怕原本没有考取清华北大潜质，我也有能力把他给推上去，把他打造成明星企业，这就是，那个，耐克有句著名广告语：make it possible！”听着尚老板慷慨激昂又通俗易懂的聊天演说，芝玥莫名被他的热情，被他的不折不饶、勇于突破的精神所感染，渐渐地，芝玥开始对金融生起兴趣。起初她觉得金融太深奥，太高大上，只有像姐姐那样的哈佛清北高才生才配拥有的职业，现在在尚老板深入浅出、幽默风趣的“讲授”之下，芝玥觉得金融其实也没那么高不可攀，只要你感兴趣，真心喜欢，什么事都会有可能的，不是么？以前芝玥只是帮智华订订机票、安排酒店行程什么的，确切地说是一个生活助理，对于智华业务上的事不懂也不想去搞懂，所以智华有时候交代的任务，芝玥会完成得有些吃力。智华有时会教她一些金融方面知识，但芝玥数学基础薄弱，对自己没有信心，因此，作为智华的私人助理也仅是生活助理了。后来，尚老板又给她鼓励了一番：“我就相当于高考辅导老师，郑智华是清华招生办主任；我辅导一名考生成功考上了清华，郑主任的职责呢，就是给考生安排就读的院系、发放录取通知书，所以你看，这些工作并没那么高深，是不？”

两年后，芝玥考取了CFA（特许金融分析师）一级资格证，智华转为美国纳斯达克交易所驻大中华区首席代表，她不止负责中国大陆的企业赴美上市，还负责台湾、香港、澳门三个地区企业赴美上市及已上市企业管理。芝玥也升级为名副其实的私人助理，而不仅仅是她的生活助理了。

这日，尚老板跑到健康管理中心，拿了张邀请函给芝玥，“我在辅导这家做房车旅游的企业上市，他们创建周年庆，邀请我带朋友们一起去玩，从他们总部长沙出发，一路走一路玩，终点到贵州梵净山。呵呵，盛情邀请你去噢，对了，‘郑主任’也邀请了，她说只要她没出差就去。”说完，吹着欢快的口哨一摇一摆地离开了。

中午，一位瘦高的女士来到芝玥工作的健康管理中心咨询，当她推门走进了芝玥的房间时，芝玥觉得这张面孔很是熟悉，她使劲地回忆搜索着，当她看到登记表格上的人名时，她不由得心里笑起来，哈哈！天道好轮回，老天放过谁！好个廖小姐，你为了不让我睡你的床搞出个那样子的“奇观壮举”，今天是来我这讨“赏”的吗？芝玥清了清嗓喉礼貌地招呼道，“廖女士您好，您来我们这做产后骨盆运动康复算是来对了，我们用西班牙的一套理疗仪器配上我们自己研发的运动操和中医按摩手法，能彻底改善您产后骨盆开放状态并修复您的妊娠纹，您看，这些都是我们的成功案例。”廖女士认真翻看着每一页介绍，“效果还真挺好的，这得要做多长时间才完全康复呀？”廖女士妖媚的凤眼看向芝玥，“我们会根据您的情况制定一套理疗方案，一般需要至少3个疗程，每个疗程做10次仪器手法和运动操。”芝玥认真地回答她。“那费用怎么计算的？”廖女士眸光闪过一丝精明算计，“5万一个疗程，入会员的话，打8折。会员是终身会员制，在全国连锁店都可以享用优惠折扣。比如您出差了，所在城市只要有我们门店，您就可以去做，工作理疗两不误。”芝玥微笑着解释，“那么贵啊？我看你们广告上不是写了新入会员赠送3次吗？”“有是有，但是广告促销已经过期了，公司管理得很严，没办法享受了呀！”芝玥不紧不慢道，心想：其实新会员，即使广告过期，也可以享受到的，但谁叫你是廖女士！这赠送的3次你门儿都没有！

“哎，这才过期了几天，你给争取一下嘛！ 5万元10次一个疗程，3次算下来得15000元了！”廖女士祈求的眼光望向芝玥，“真的不行了。要不这样，你先入会，下次公司肯定还有优惠活动，我给你争取上。”芝玥微眯着眼，面带微笑。“哎，好吧，看来只能这样了，不过以后你一定记得给我争取补上啊！”廖女士悻悻道。前台接待带着廖女士去办入会缴费手续了，芝玥望着廖女士妖娆的背影，眸中闪过一丝讥讽，她拨通了同事的电话：“曹姐，今天来了个新会员，做骨盆修复的，我时间凑不上，你给她做吧。”

第二天，芝玥开启休年假模式，应尚老板的邀请来到长沙。尚老板带了一位泰国企业家朋友过来，那位泰国企业家是一名房车旅游爱好者，名叫威廉（William），大约50岁的年纪，他自己带了厨师和一名泰国护士。那家拟上市的湖南房车游企业老板谭总和王助理带领着尚老板和泰国朋友威廉（William）及智华芝玥一行，总共5辆豪华房车浩浩荡荡从长沙向贵州铜仁方向驶去。

一路上，大自然风景如画，行车公路的平坦，让芝玥不禁想起童年时睡在军用大卡车上的长途颠簸，尽管道路崎岖不平，大自然的风景美丽得让人心旷神怡，十几年过去了，青山绿水依旧，风景美如画。

房车内设施豪华且智能控制，有客厅、书房、卧室、厨房、卫生间，客厅布置得宛如豪华的卡拉OK厅，能同时容纳10人左右，聊天、唱歌、喝酒、打牌，功能样样俱全。书房里有书桌、按摩椅、电脑，还可以移动上网。开车门进了客厅，立即就有一阵甜美的机器人声音传来：欢迎入住快乐车行，现在室内温度25摄氏度，湿度60%，我们即将启程贵州厦门之旅……整个房车就像陆地上行走的空军一号，低调奢华。白天，大家聚在谭总的房车客厅里，喝着酒，吃着小吃，聊着天，尚老板幽默豪爽的侃大山总把大家逗得哈哈大笑，“哼！我要是没那金刚钻，我定不会揽那瓷器活！上市只是新的开始，真正的重戏是在市值维护！怎么好多上市老板就想不明白呢？死死抱着他那堆废纸般股票，就是不肯撒手让我给他做市值提升！呵呵，不过呢，我不急，我有金刚钻在手，我等得起！”尚老板停顿片刻，“你们听说过没，台湾有家著名的老字号棺材店，他家的棺材全台湾最贵，据说他家店里每天都循环放着同一首歌曲——邓丽君的《总有一天等到您》”尚老板精明的小眼睛转了转，望向车窗外，嘴角缓缓勾起，挂着势在必得的笑意……芝玥蓦地想起来，尚老板长得很像波士顿唐人街中医馆里那张照片上的阿辉的爷爷。

芝玥正穿越联想着，车内机器人甜美的声音又响起：“悠悠欢乐行，快乐车行伴你游，我们现在来到了世界最高桥梁——北盘江大桥，大桥位于贵州省六盘水市水城县都格镇，连接云南省曲靖市、宣威市与贵州省六盘水市，全长 1.34 公里。过了大桥，我们就可以尝到北盘江特色美食酸汤鱼盛宴啦！”下了桥没多久，谭总在江边的一家渔村美食店买了一桶活泼乱跳的江鱼。

傍晚六点多，一行人到了梵净山脚下，大家找了块有条小溪的野地驻扎下来，威廉（William）带的厨师给大家做着饭，芝玥也去厨房帮忙。进了厨房，一个标着“云米科技”黑色小冰箱上的屏幕突然亮起来，并发出甜甜的声音：欢迎来到梵净山，山脚下畅享贵州特色美食，凉拌折耳根（鱼腥草），盘江酸汤鱼……点击左下角，快速教你美食烹饪……

芝玥又点了一个窗口界面，屏幕显示出冰箱里现存的食材：1. 折耳根，入箱时间：3 号，最佳食用期限 2 天；2. 小油菜，入箱时间：3 号，最佳食用期限 1 天……望着冰箱里摆放的食材，芝玥一阵惊叹，这也太智能了吧，随时随地提醒食材的新鲜时限……

这时，威廉（William）走进房车厨房，“Hi, Linda, 我厨师是泰国人，不会中文和英文，我来作他翻译哈。”边说边看向正在说话的冰箱，惊讶地说道：“哇，这也太先进了吧！这是中国企业制造的冰箱吗？”“是的啊，他们自主研发了适用于中国餐厨使用的一系列家电呢。”芝玥骄傲地回答道。“佩服啊！ Hey, Linda, 你知道吗，我父亲是中国人，母亲是泰国人，我在台湾念的大学，我会中文、泰文、英文、法文呢。我太佩服我们中国人！当年我父亲在泰国打工，被在那里建军事基地的日本军强行征用，有一天晚上，他在基地值岗，一架战机凶猛飞来，就一架战机，瞬间炸毁了停在基地的二十几架日军飞机，二十几架啊！这还不说，把仓库和指挥中心全部摧毁，那场面超乎你想象。我父亲只被爆炸声震聋了耳朵，日本人看他伤残没什么用处了，便打发他回家了，这才有了我。后来听说，那架战机是中国战机，父亲很自豪啊，逢人就说，我们中国人，大英雄啊！”

那天晚上，大家美美地享用了一顿北盘江鱼盛宴，泰国厨师做了一份柠檬汁烤鱼，芝玥做了一份清蒸鱼，还照着冰箱提供的菜谱做了一份酸汤鱼，智华做了份红烧鱼，谭总做了份剁椒鱼头，尚老板炒了一大锅蛋炒饭。所有的饭菜吃得干干净净，大家打着饱嗝，揉抚着肚子，摸黑在小溪边遛了遛，已是深夜，野外一片漆黑，大家没敢太往远处遛，便回到各自房车洗漱睡下。

芝玥和智华在一个房车里睡，回到车里，甜美的机器人声音响起：“欢迎回来，现在是晚上 10：03 分，室外温度 10 度，室内温度 23 度，湿度 65%，洗澡水已备好，祝您晚安！”在智能房车的周全安排下，芝玥智华很快就进入了梦乡。

结束了贵州梵净山的游玩，房车队向福建平潭方向驶行。到达平潭岛时，已是晚上 9 点多，房车内甜美的机器人声音再次响起："悠悠欢乐行，快乐车行伴你游！我们现在来到了福建省最大的岛屿，全国第五大岛平潭岛，平潭岛位于福建省东部，是大陆距离台湾岛最近的地方。平潭岛夏凉冬暖，季风明显，是福建省强风区之一，这里海浪声声入耳，海风阵阵送爽。待到夜深时，平潭的海上还会有大自然馈赠的'蓝眼泪'奇幻景象——流光飞舞的发光的蓝色沙滩。逐一回荧光海浪，留一场追梦荧蓝。尽情享受这浪漫玄幻平潭游吧！""什么是蓝眼泪？"芝玥好奇地问道，"呵呵，这个'蓝眼泪'呀，其实是海洋中的一种浮游生物叫海萤身上发的光，它身上有一种发光腺，受海浪拍打等刺激时，就会产生浅蓝色的光，极为罕见。澳洲的海滩几年前出现过一次，日本的海滩平均一年一次，平潭这里出现频率还蛮高的，从每年 4 月开始一直到 8 月都常出现。我们来的正是时候哈，待会我们把车停好后，就去沙滩看'蓝眼泪'哈！非常玄幻的呦！"尚老板颇为激动地召集道。

大家把房车停下来后，便迫不及待地踏上海滩，果不其然，在海浪拍打下，海面犹如天上星星坠落于海，绵长的海岸线变成晶莹灵动的蓝色星星点点，大家追逐着蓝色的星点，仿佛身带魔法，进入了仙境般幻瀚大海中。

第二天大家乘游艇去深海钓鱼游玩。尚老板驾驶着游艇带着大家浩浩荡荡地驶向湛蓝大海深处。深海处风平浪静，大家坐在游艇船舷边垂钓着，尚老板斜靠在太阳椅上，身旁架着半自动钓鱼竿，微眯着双眼，口中循环地哼着《总有一天等到你》的小调，甚是惬意自得。也是奇怪，海里的鱼儿们不时地上了他的钩，引得在旁的谭总和威廉（William）煞是羡慕。

海面虽然平静，但波浪晃悠着游艇，偶有海风吹过，游艇晃得就厉害些，“你们要扶好啊，别因钓鱼心切，不小心被船晃到海里去啰！”尚老板笑眯眯地提醒着大家。“这确实不比陆地上钓鱼，这还没什么海风，船就晃得动静挺大，要不是分散我注意力，都不知有多少鱼上我钩了呢……”谭总专注着钓鱼，心微微有不甘道。威廉（William）侧头看了看尚老板和谭总，又看了看自己手上的钓鱼竿，自信地说：“深海处鱼儿多，尚老板的歌声把鱼儿都吸引了去，不急，我在鱼饵上加点泰料，想必鱼儿嘴馋强过耳瘾吧！”说完，起身向艇舱内走去准备取泰料。

已是下午四点多，天上多了些乌云，海风也变大了些，“风有些大了，会不会要下雨了？”谭总抬头望了望天空，“不会！我有经验，我们再钓会儿，差不多五点咱就打道回岸，今晚的货真价实绝对第一手海鲜餐马上就出炉了！”尚老板得意地笑着。闲躺在甲板太阳椅上的芝玥欣喜地向大家喊道：“晚上我给大家做自创发明的 dasada 海鲜饭哈！”

突然，艇舱内传来泰国护士蓬丽的呼救声，在甲板上的大家闻声立即跑向舱内，在通向二层的楼梯转角处，威廉（William）倒在那里，小腿处淌着血。蓬丽惊慌道：“我不知道威廉（William）先生是什么时候摔下来的，刚才我听到楼下‘咚’的一声闷响，出来就看见他倒在这了。威廉（William）先生患有心肌炎，3 个月以前他就突发过急性心源性休克。”

芝玥蹲下身摸了摸威廉（William）的颈动脉，发现没有搏动，“他得做心肺复苏，游艇上备有 AED 吧？”“有！我这就去取！”尚老板正要离开，蓬丽告诉大家威廉（William）先生装有心脏起搏器，不能使用 AED。芝玥突感情况紧急，“威廉（William）患有心肌炎，无论如何都必须以最快的速度送医院，还有他从楼上摔下来，不知道体内有无损伤，我们还不能随意搬动他。我们赶紧呼叫直升机救援吧！”“啊！我马上拨打 12395！呼叫海上救援！”谭总拿起手机拨打，尚老板立即跑去驾驶舱准备启动游艇返航。

蓬丽给威廉（William）做着心肺复苏按压已将近两分钟，没有半分起色，情况十万火急，芝玥想起小时候有次在深山老林里也是碰见类似情况，当时一个农民老人倒在地上，养母见按压没有效果，便抓起老人的手臂，使劲地拍打老人的手肘窝，她让芝玥学着她在另一个手肘窝上拍打，养母把老人的手肘窝都拍打渗出了血点，大约两三分钟后，老人竟恢复了心跳和呼吸！芝玥决定试试这个古法，“王助理，你和我一边拍打一个手臂，使最大劲拍打，别怕打出血，这是中医土办法，但愿能对威廉（William）起作用。”

智华突然发现威廉（William）小腿伤口血不断往外涌，赶紧跑去取了急救箱来，这时尚老板心急如焚地跑来说游艇发动机启动不了，谭总拨打救援电话呼救，交通部东海救助局接到求救电话，立即派遣了一艘正在附近巡航的救助船只火速赶来。第一个上艇的是救助船队队长曾贤治，他环顾了下舱内，问道：“我是东海救助局救助船队第三分队队长曾贤治，受伤人员都在这里了吗？几人受伤？驾驶员在哪里？”谭总答道：“我们游艇启动不了了，驾驶员现在驾驶舱里。这位先生受了伤。”这时，曾队长身后的医生，大步来到威廉（William）身边进行检查，“他小腿被划破了动脉，口子还很深，单包扎不管用。”“医生，他患有心肌炎，还装有心脏起搏器，没法给他用 AED。”芝玥焦急地给医生说道，“啊？！我们船拖回去肯定来不及了！曾队，请呼叫飞行队来，病患病情复杂，需要直升机快速送往医院。”队长曾贤治往舱外天空看了看：“起风了，游艇上所有人都跟我走，我们转移到救助船上，然后拖着游艇返航。救援直升机一会儿就赶到。”

医生看着助理小王和芝玥在不停地拍打威廉（William）的手肘窝，又看了看正在心肺复苏的蓬丽，问向芝玥：“你懂急救？”“嗯，我是护士，那个女生也是护士。伤患恢复了些呼吸但还非常微弱，刚才我已给他注射了强心剂。”“曾队，病人现在不便移动，你先转移其他人，我先把病人血止住，只能等直升机来直接转移。”医生冲曾队说完，打开携带的急救包，急忙地翻找着，“医生我可以帮您，您在找什么？”芝玥问道，“他伤口太深，动脉血管破裂，单包扎止不了血，我要给他伤口缝一下针。”医生包里拿出了止血钳、缝针、注射器，缝线却一时没有找到？

芝玥看了看游艇上的急救箱是简易家用型的，手术缝线肯定没备有，这下怎么办？去哪搞蛋白丝线？蛋白丝线！蛋白丝线……对了，头发丝！芝玥迅速拿起医生身旁的剪刀剪了自己的几根发丝下来，医生心领神会地点点头，“好！你给伤口消毒，我准备一下缝针。”芝玥把酒精倒在手术盘里，把剪下来的那几根发丝泡在酒精里，递到医生身边。几分钟的工夫，医生缝合好伤口包扎完，舱外响起了很大的轰隆声，救援直升机已悬浮在游艇上方，两名救援队员迅速地从机口滑降下来。此时，游艇上只有尚老板、助理小王、威廉、蓬丽、芝玥和医生了，智华和谭总已被安全转移到救助船上。

“我是东海第二救助飞行队救援组长郑严进，这里几人受伤？伤员情况？”救援组长郑严进带着一名队员跨进舱内。听了医生的简短报告后，郑严进和队友迅速地将威廉（William）平移到担架上，“他患有严重心脏病，需要我们一直做心肺复苏，从甲板吊到飞机上需要多长时间？”芝玥满头大汗地问向郑严进，“大概3、4分钟。”

郑严进疑惑地答道，“啊，时间不够，怕是在吊上去的过程中他会停止心跳。他装有心脏起搏器，有心肌炎病史，现在只能靠人工呼吸救助，而且不能停。”医生神色凝重地解释道。郑严进望着还在做心肺复苏的蓬丽，沉默思考了片刻，毅然道：“这样，这个小姑娘在担架上做，飞机把他们和担架一并吊上去。”“我去担架上做吧。”医生说道，“不行，吊绳承重有限。”郑严进皱着眉，看了看手表，又看了看蓬丽，转向队友：“你们再拿四根绳子拴在这个小姑娘腰上，然后四个角同样长度绷直固定在担架四角上，这样在上升晃动过程中她还能保持位置不动，方便她继续做人工呼吸。”“蓬丽是泰国人，听不懂中文，我去做吧！”芝玥请求道，“好的，我们迅速行动！”郑严进和队友将担架抬到甲板上。

于是，芝玥在担架吊升过程中，给威廉（William）继续做着心肺复苏，上了直升机，郑严进和另一队友很快也陆续进来。关上舱门后，直升机迅速上升飞离，机上另一名救助队员替换了芝玥，继续给威廉（William）做心肺按压。芝玥这才歇了口气，浑身跟雨淋似的被汗水湿透了，郑严进递给她一张纸巾，清澈有神的眸光望着芝玥，问道：“你是医生？”“不是，我是护士。”芝玥有些害羞地避开郑严进眼神，心想，这位队长长得好周正，眉宇之间竟跟父亲有好几分相似！感觉那么熟悉亲切，高挺的鼻梁，俊朗的脸庞……哎，打住，打住，自己又要联想穿越到哪去了！心中抽了一下自己嘴巴，“嗯，难怪刚才你对伤员的急救很专业。”郑严进冲芝玥笑了笑，眼底划过一抹赞许，芝玥又一阵害羞地垂下眼帘，微微一笑，侧头往窗外下望去，那慢慢变小的游艇和救助船，渐渐消失在视野中。

第四十四章 古坟搬迁寻迹祖辈，博物馆现爷爷遗物

智华业务繁忙，几乎就是空中飞人，在中国和美国之间频频来回飞，芝玥作为她的私人助理，自然也忙得四脚朝天的，不过因为姐俩都很热爱这个行业，所以，虽然辛苦，却很充实快乐。

这天，芝玥正在写一个项目的上市尽调报告，手机响起，是贵州兴义聂杰芝姑姑的来电：“芝玥，镇政府找到我们，说你们郑家老祖的祖坟那块地，政府要征用开发，祖坟需要搬迁，你和智华是直系后代，你们需要过来一趟办理相关手续。时间还挺紧，说是这个月底之前必须搬走。”“哦，哦，知道了，我和我姐商量一下就去，谢谢了。”放下了电话，芝玥深吸了一口气，手头忙得不可开交，还来这么件急事，并且还是个从来没听父辈提及过的郑家祖坟。芝玥给远在美国的智华拨了电话，智华让芝玥代表郑家赶紧去处理了。于是第二天上午，芝玥就飞到了兴义，杰芝姑姑的儿子陆逍遥开车接上芝玥直接赶到了云贵川交界处的毕节林口镇，“听我妈说，你曾祖爷爷的这个坟有近百年历史了，你曾祖爷爷当时是钦差大臣，被派到鸡鸣三省这地驻守，官职相当于现在的管辖三省的军区司令吧。你们这个曾祖爷爷在当地那是家喻户晓，传说身材高大魁梧，五官端正，威武雄英。他娶的二房，也就是你们曾祖奶奶，我的姑婆，那也是出了名的美貌才女，琴棋书画不说，在清朝那个年代，还会说英语！更绝的是，你曾祖爷爷的六个儿子，也就是你们的六个爷

爷，一个比一个杰出，他们全是军人，你们大爷爷是蔡锷将军的副官，二爷爷做过何应钦的副官，三爷爷是军医，四爷爷和五爷爷入过云南讲武堂，你四爷爷和五爷爷还在美国 MIT 留过学，学开飞机呢，你六爷爷，也就是你爸爸的爹，和你四爷爷、五爷爷都是飞虎队的飞行员，是抗日英雄！”陆逍遥滔滔不绝地讲述着，这信息量来得有些凶猛，天上一下子掉下来六个爷爷，还有一个清朝钦差大臣曾祖爷爷！外加一个会说英语的才貌双全的曾祖奶奶！这是一个何等阵势的大家族！“你几个爷爷那叫一个整齐的帅啊！那种军人气势的帅，比现在的明星不知帅出几条街了！”陆逍遥眉飞色舞地继续说着，他瞟了一眼芝玥，嘴角上扬起：“芝玥妹妹长得还真像你曾祖奶奶！”

到了林口镇，陆逍遥带着芝玥去政府办事处办了古坟搬迁手续，第二天把曾祖爷爷的坟迁到了政府推荐的公墓处，忙活了一整天，第三天傍晚他们才回到兴义聂杰芝姑姑家里。晚饭后，杰芝姑姑拉着芝玥不停地给她讲着郑家祖辈的事，中途她跑去她爷爷屋里翻找了好一阵，芝玥等得都打起了瞌睡，“呐，呐，这就是我刚才给你说的，你曾祖奶奶带着她 3 个儿子去给红军送物资时，他们在我四川爷爷家后山拍的照片，这可能是你曾祖奶奶和 3 个爷爷最后的一次合影，因为后来抗日战争爆发，你几个爷爷都牺牲了，你曾祖奶奶也是被日本炸弹炸到家里面给炸没了的。”杰芝姑姑指着一张古老的发黄旧照片，激动地说着。看到照片上的人，芝玥一个激灵颤，困意全无，因为照片上那 3 个帅小伙，芝玥肯定还在哪里见过！“啊呢，还有这张照片，这是在美国拍的照片，是你四爷爷在美国结婚的婚礼照！”杰芝姑姑又递来一张，芝玥惊讶得瞪大了眼睛，这分明就是旗袍店、中医馆、阿灵顿公墓那些照片上的同样的脸庞啊！

世上竟有这么巧合的事!

浓烈的好奇心已在芝玥心中生起，她决定去四川的曾祖大舅公家寻寻祖迹，然后去给养父养母上个坟。养母在养父去世后的第二年查出乳腺癌晚期，没到3个月就追随养父而去。养母老家在巴中平昌，她有个侄儿在那里工作生活。养母这一生，默默无闻地跟随着养父，任劳任怨地，在芝玥的印象中，她话语不多，总是柔声细语地，待人平和有礼，无论外界环境有多么脏乱喧杂，她都保持着干净整洁。她简单简洁的一生对芝玥的成长产生着潜移默化的深远影响。

杰芝姑姑带着芝玥去了在成都安仁镇的表叔聂杰康儿子聂含远家，表叔聂杰康几年前已过世，他是曾祖大舅公的长子聂仕国的长子，他们以前在巴中的老宅由他一直住守着，后来，聂杰康带着全家搬到了成都。“我老汉在世时，经常提到我姑婆，也就是你曾祖奶奶，当时她是出了名的貌美才女。她嫁给你曾祖父后，就跟随你曾祖父代表清朝政府被派到英国当武官。你曾祖奶奶说得一口流利的英语，回国后她到娘家省亲时，我们老宅那整条街都挤满了人，就是为了一睹她的风姿。了不起呢，培养了4个优秀的儿子，有3个是云南讲武堂毕业的!”聂含远边说边拿出一本相册，他翻到一页，指着一张全家福照片说道：“这张就是你曾祖奶奶的全家照，这应该是人最齐的一张了，也只有这么一张。”芝玥拿过仔细看着，照片正中坐着一位身着清朝官服的中年男子，五官端正，浓眉长眼，鼻直口方，有着不怒而威的慑人气势。他右边坐着一位中年女子，端庄贤淑，大气稳重，想必这是曾祖爷爷的大房夫人了。曾祖爷爷左边坐着一位年轻女子，娇小玲珑，小家碧玉般，樱唇瑶鼻，一双大大的眼睛轻盈灵动，这应该就是曾祖奶奶了。大夫人身旁站着两个少年，一个个头稍高些，国字脸，浓眉大眼，另一个俊气洒脱。曾祖爷爷膝前坐着两个小男孩，像一对双胞胎，曾祖奶奶身旁站着一个少年，额宽眉阔，笑靥温厚，想必这是三爷爷了。曾祖奶奶怀里还抱着一个小婴儿，这个应该就是芝玥和智华的亲爷爷了，即曾祖爷爷最小的一个儿子。“你们的二爷爷相当厉害，留学日本回来，身经百战，无一败仗，只可惜误会了他妻子，枪杀了妻子和还未出生的孩子，从此你们郑家就像中了诅咒一样，一个接一个地都离去。你们的四爷爷、五爷爷那不是一般的厉害，去美国学开飞机，在美国短暂参过军，回国后加入飞虎队，你五爷爷在空战中牺牲，终身未娶。你四爷爷只身一人偷袭日军在泰国的军事基地，摧毁了二十几架日机，当时因为你四爷爷违反军纪擅自出战，国民党空军就没有向外宣扬。六爷爷，也就是你们的亲爷爷，陆空双栖，也是飞虎队的，后来在一次运输物资任务中没再返航回来。”聂含远翻着相册，突然抬头看向芝玥：“对了，我们集团老总前不久刚建了个私人博物馆，专门收集抗战遗迹物品，他还跑到飞虎队的‘驼峰航线’必经山谷里收集飞机残骸什么的，我可以带你去参观参观，没准还能找到点你们爷爷的历史遗迹。”

第二天，聂含远带着芝玥来到了那个私人博物馆——建川博物馆，博物馆里陈列着很多抗战物品，有刺刀、钢盔、军用器皿、救护包、徽章、信函等大大小小物件若干。芝玥知道，每一件收藏品背后都有一串故事，惊心动魄，刀光剑影，血泪交迸。当她在陈列着飞机残骸的陈列柜里观望着时，一个小小的金方块映入了眼帘！金方块有些泛黑，有被火烧过的烟熏痕迹，但上面刻的“福”字非常清晰，小巧精致。对，这个金方块，和父亲留给她们的绣花荷包里的那个小金方块一模一样，除了陈列馆里这个没有红绳吊挂！又一次的巧合，让芝玥的心不禁震撼，她没有想到她会拥有如此才略英武的爷爷们，他们虽短暂但光辉壮烈的人生经历震撼感动着芝玥，悄无声息地展延升华着芝玥和智华的人生，在她们前行的道路上，不断地给着她们鼓舞和力量。芝玥深深地相信，她的祖辈们一直陪伴在她们姐妹身边，而且无论发生了什么，在某个地方，某个时候，她和她的爷爷们还会以某种形式际遇着，延承传续着家族的灵魂与精神……

第四十五章　上市失败遭遇欺骗，重振启航砥砺前行

完成了曾祖爷爷的古坟搬迁，芝玥回到北京。尚老板公司上市业务发展迅猛，急需扩充人员，芝玥加入了他的公司，成为项目经理。一日，公司合作的美国审计行的一高管带来了一个山东企业家邵总，邵总致力于土壤修复数十载，他企业研发的微生物修复土壤技术和产品广泛应用于农业作物的健康种植和生长。邵总希望能尽快在美国上市融资，以满足市场供不应求的需要，实现企业快速发展。“现在中国的土壤污染严重，有近 40% 的农田菜地土壤重金属污染超标，近 20% 的盐碱地，我们的耕地越来越少，过度使用农药化肥造成了我们的耕地减产甚至不产。我们企业研发的微生物修复技术就是专门治理这些生病的土地，如果你们能投资我们，帮助我们在美国上市融资，我们的土壤修复产品和技术有了资金的支持，一定会高速发展，引领土壤修复行业。我们的耕地恢复了健康，大家才有健康安全的粮食吃啊，这是一项利国利民、利益众生的伟大事业！”邵总慷慨激昂地陈述着，眸中带着真诚与渴求。芝玥也觉得这个项目很具发展潜力，项目概念也很受国际资本市场喜爱，只是这家企业规模尚小，能否达到上市标准还需进一步考察。

当芝玥把项目初步尽调报告和立项可行性研究报告提交给尚老板时，尚老板鼓励芝玥说：“这个项目你可以独立承担操作，我会给予你业务指导和资金支持，你放心大胆去做就行了，我相信你能

做到！”就这样，在尚老板“make it possible”理念的激励下，芝玥开启了独立承接项目赴美上市融资第一单的操作。正当芝玥带领团队紧锣密鼓地进行着该项目公司海外架构改组搭建、财务账务调整审计等一系列工作时，邵总突然来电，“小郑，我公司资金链断裂，暂时停产了，你看，能帮我们想想办法解决一下资金问题，尽快复产吗？”“怎么会这样？！公司停产，上市最根本的主体都倒塌了，上市怎么可能进行得下去？邵总，我们都已投了几百万资金进去，都到了招股书撰写的阶段了，你公司资金链怎么突然地就断裂了？”芝玥惊愕地质问邵总，急得如热锅上的蚂蚁。上市是一个复杂系统工程，作为上市辅导商，你必须考虑周全，顾及每一个环节的方方面面，任何一个环节的出错都会导致上市进程受阻甚至停滞。芝玥赶紧给在美国的尚老板拨通了电话，“芝玥啊，在这个阶段邵总突然说资金链断裂，如果不是你对它财务尽调存在疏漏，那就只有一个原因：邵总骗了你！毕竟这是你第一单业务，你虽业务能力强，但你涉世不深，阅人无验！立即停止上市工作，及时止住后面我们更大的损失。我会派人去调查邵总的情况。”正踌躇满志准备撸起袖子大干一场的芝玥，听到尚老板的这番话，工作的热情一下子降到了冰点，犹如当头一棒，击痛了她那颗真诚信任的心。

两周以后的一天，是芝玥生日，芝玥还在办公室加班，尚老板查出了邵总做了假账，假账做得天衣无缝，就连堪称金融界的 CIA 美国审计行都被蒙蔽了。邵总自己私人投资了一个股票，亏损了几千万，他把项目公司的营收全转为填补他个人的亏损，而且还欠银行近一个亿的债。他知道去美国上市不像在国内上市那么困难，因为国内上市是考核企业近 3 年的实际业绩，而去美国上市可以不看公司过去的业绩，相反是更看重企业未来的发展潜力。企业以前没有业绩甚至亏损都没关系，只要你未来的市场发展空间足够大，业务概念好，发展速度保持在30%以上，你就是个好苗子，国际资本就会给你钱，让你“海阔任鱼跃，天高任鸟飞”。于是，邵总打起了他的如意算盘，加上碰见了单纯善良的芝玥，他更是大胆妄为了。殊不知，真的假不了，假的真不了，倘若他的企业真被芝玥成功做到美国上市了，恐怕不过多久，美国将以邵总企业做假账欺骗资本市场的欺诈罪连同上市辅导商芝玥一起将他们锒铛入狱了！想到这里，芝玥不禁打了一个寒战，这时她的手机响起，“小月，今晚我有个急活要加班，我大约9点以后才能去你们那给你过生日啊，抱歉呢，先亲你一口，爱你！”是芝玥的男朋友打来的电话，她男朋友也在这栋楼里一家外资银行上班，本来约好今晚一起去姐姐智华那里吃晚餐过生日的。放下电话芝玥也没多想，因为她的思绪还沉浸在邵总上市欺骗事件里，一看时间，都快7点了，姐姐早已在家做好饭餐等候了。芝玥赶紧收拾东西，匆匆往电梯跑去。来到一楼旋转大门，一个熟悉的男士背影，还有紧贴男士旁边一个苗条妖娆的女士背影映入芝玥眼帘，那男士搂着女士的小蛮腰，女士娇嗲地说着：“今晚不醉不散哦……”“那得看你如何表现了哈……”男士又搂近了些那小妖女，悠悠地走出旋转门……芝玥觉得又是闷头一棒，她的心因恼怒梆梆跳不停，似乎快要蹦出胸腔了，她不知道她是怎么回到姐姐家里的，胸前已被泪水打湿了一片。

“不用等他了，你的生日这么重要的日子他都不安排过来，说明他不是你的真爱，不要被他谎言所骗了，不值当。真正的爱情，是两人都会把对方放在第一位的。”智华劝慰着，芝玥心如刀割般，尽管她跟男朋友相处才一年多，她真的是全身心地爱他相信他，而他也给她炽热的回应，她以为不久的将来他就会成为她厮守一生的丈夫。那晚，她甚至还怀着卑微的期望，他会在9点多拿着鲜花出现在家门口，哪怕他带着酒醉。可是，整整一晚，没有电话，没有短信，也没有人出现在门口。

第二天早上，芝玥拖着疲倦的身子来到公司，她把手机静音了，男朋友打了二十几个电话，她未接，男朋友给她发了短信："亲爱的，昨晚被领导抓去陪客户喝酒，被灌醉了，今早头疼欲裂。对不起，今晚下班后给你补过生日，好吗？求求你接下电话吧，你没事吧？"芝玥纠结着，但一想起她男朋友搂着妖女腰肢的大手，想起昨晚姐姐说的话，她咬了咬牙，直接拉黑了男朋友，从此不再与他有任何交集。疲累的芝玥失恋了，工作也失败了，她觉得自己怎么那么差劲，做什么什么不成，她沮丧至极。

智华看到芝玥这段时间如同行尸走肉般浑浑噩噩地工作生活着，她把父亲留下来的那个荷花绣包拿了出来，"我高考前那年生了场大病，我几乎颓废得想要放弃高考，老爸拿出这个荷花绣包和刻有'福'字的小金方块吊坠，对我说，他出生时就没了爹娘，他想母亲时，他就把这个小吊坠拿出来瞅瞅。他懂事后，他二舅公祭堂里的父伯的军装和手抄书本就是他的精神支柱，他立志他也要当一名军人，像父伯那样勇敢坚强，永远充满着信心和创造力！就是这个理想和信念使得他没有浪费任何一天的时间，什么困难啊，病痛啊，他都想尽一切办法克服解决。他说，朱德元帅年轻时就立下救国救民的宏大志愿，他一个贫穷农民家庭出生的军人在艰苦困难的环境中一路披荆斩棘，勇敢执着地去实现他的远大理想，而且他实现了，为现在的我们打下了安稳发展的环境基础。我们更没有理由去颓废，去浪费宝贵的时间光阴。挫折和困难不算什么，重要的是离最终理想和目标的实现每次都近了一点，哪怕就那么一小点点，你的人生就是充实的有意义有价值的人生。给自己定个小目标也好，或是大目标也好，努力加努力，不管最终能否实现，至少不留遗憾，问心无愧！老妹，你不是告诉我你最大的理想就是办一家全球连锁的健康养生中心吗？你不是说你要让全球人都科学安全地运动，健康养生以防未病吗？是全球人民耶！那么宏伟的目标，现在的你离你的终极目标还差多远？我们的爷爷们和父亲都那么优秀，尽管他们牺牲得早没能实现他们的理想目标，但是我相信他们不遗憾，因为他们为他们的理想尽了全力去奋斗。你看，你和我都有着远大宏伟的志向和理想，努力奋斗的时间都不够用，哪里还有时间去颓废去消沉？所以呀，老妹，cheer up! 加倍努力吧，奋斗出我们精彩的人生，无愧无憾！有价有义！”

几个星期后的一天，尚老板来电话，“威廉（William）完全康复了，他比以前更开心了，你猜我给你带来什么好消息了？”“哦，他要请咱们组团泰国游去？”“Hey! 他不止邀请我们泰国游，还要投资那个土壤修复项目！他说，作为一名淌着中国血液的泰国华裔，中国给了他两次生命，他要好好报答！他在泰国有做农业大米种植项目，他太知道土壤修复健康的重要性。考虑到邵总的人品问题，为了保护威廉（William）资金安全，我打算把邵总公司收购过来，重新组建管理团队，然后我们拱上市去！”

挂了电话，芝玥淡淡地舒了口气，脖颈后仰向座椅靠背，办公室窗外，阳光灿烂，蓝天白云，清湛，净爽。

“咣！咣！咣！湖南快乐车行成功登陆纳斯达克 IPO！”芝玥办公桌电脑里播放着湖南那家房车游企业在美国的上市挂牌敲钟仪式，谭总、尚老板、智华，还有那位泰国友人威廉（William）站在纳斯达克敲钟台上，随着那 3 声洪亮悦耳的钟响，湖南快乐车行开启了它在国际经济舞台上的逍遥快乐全球游……

芝玥的手机铃声响起，今天是周日，芝玥舒舒服服地睡了个懒觉，她继续在甜美的睡梦中游弋，手机铃声再次响起，是智华从美国打来的越洋电话："起床了，起床了，太阳都照在屁股上了！杭州有个企业想要美国上市，你下午就飞过去做个初步尽调，我明早上从纽约改飞上海，到了上海我直接去杭州，后天上午我们和企业开个会。""嗯呐，好的……"芝玥揉着惺忪睡眼，伸了伸四肢，晃晃悠悠起了身，拿起手机翻看了下北京飞杭州的航班，订了张下午起飞的机票，然后去卫生间简单地洗漱完毕，出来一看时钟已是中午 12 点多，干脆直接去机场吃个午饭吧。芝玥背着装有笔记本电脑的双肩包，拖着行李箱来到了楼下。走在通向小区大门的花园小径上，午后的阳光热情而温馨，亭亭玉立的玉兰花正盛开，清幽花香沁入鼻翼，微风轻拂的花瓣如翩翩白衣仙子飘然轻落在芝玥肩上、背包上、行李箱上，悄无声息地陪伴着芝玥，似在喃喃寄语：愿你在谋生的道路上不泯灭良知，求爱的路上不失去自尊，愿生活不太拥挤，美好不期而遇；愿经历了风雨后的你对这个世界依然善良以待，不忘初心，砥砺前行。

推荐语

这是一部奇特的、有冲击力的、美丽非凡的家族历史小说。故事情节跨越几代人，跌宕起伏，荡气回肠。笔墨语言率真、幽默、朴实、清新，引人入胜。艺术风格理性与感性兼具，戏剧效果深深扎根于现实生活。

——崔自默（中国艺术研究院创作中心专职创作员，国防大学美术书法研究院院长）

智月的写作发自内心且动人、有趣，具有和她本人一样的真诚，简纯，且富有吸引力。

——贺洁（与曾任中国驻法国大使馆政治处参赞的丈夫张伟合著有《贝熙业传奇》，该书讲述了一名开辟了自行车“驼峰航线”的法国医生的传奇事迹）

在胞妹智月写的这本小说中，我也被我那些未曾谋面的抗日英雄爷爷们的传奇经历和人格魅力所吸引，并深以之为自豪。祖辈们家国情怀、人类之爱的精神延续流淌在我们后生的血脉中，激励升华我们的灵魂。无论派别或国别，爱的人性光辉与力量，将引领着我们全球人类命运共同体构建更美好的世界。

——郑华一力（美国纳斯达克前驻华首席代表，哈佛大学 MPA）

在我的上万个学生中,智月是一个善于思考、勤于学习、擅于融会贯通的优秀学生，她对中西医结合的运动康复医养事业的至诚热爱深深打动着我。当得知她著写的这部小说即将面世时，我由衷地说：“你始终怀有的一颗真诚热爱的心，无论在哪个领域，你都会做得非常出色！加油！”

——宋永忠（中医世家，京城名医，中医副主任医师，世界中医骨伤联盟主席，央视 CCTV-1 健康顾问）

认识智月时，她是“担当者行动教育基金会”一名志愿者，她是山里长大的孩子，纯粹、实诚，她的祖辈与福建渊源深厚，只因祖辈们的英年早逝，而寻迹维艰，但颜值与才华并存的郑氏家族的后人们继承着先辈的遗志，仍在积极进取中。

——陈中坚（福建平潭人，厦门大学法学院和管理学院毕业，厦门大学文化发展研究院执行院长，担当者行动理事会副理事长，中国新三板研究院执行院长，美国国务院访问学者）

战与不战皆为和平。历经时代变迁洗礼，同为军人后代，始终秉承着正直善良、勇于担当精神，人性的光辉与美好，跨越派别与国界，引领着我们全球人类命运共同体奋斗不息，奔赴理想！

——余超（北京大学法学院本科毕业，纽约大学法律学院硕士，竞天公诚律师事务所合伙人）

作为智月的四川老乡，我颇为自豪地说：“这个四川妹子多才多艺，是个内秀有思想的率真妹子，如今她的小说面世,真心地送上祝福——勇敢追梦,梦想成真！”

——姚俊（四川成都人，清华大学生命科学院硕士，美国宾夕法尼亚大学博士，香港 Racing Capital 创始合伙人）

我在哈佛读书时就认识了智月，她率真乐观的性格始终感染着我。她用真情实感写下了她的爷爷们及家族传奇经历，生动描绘了曾经的风云际会、家国情怀、爱恨情仇。我想对她说：“这些故事真应该搬上荧幕，展现中国人的世界形象和精神，留下传世经典之作！”

——张俊妮（哈佛大学统计学博士，现任北京大学国家发展研究院副教授）

爱，时间生命之灵魂
人性丰满之美好
指引着我们全球人类命运共同体
向光而行，奔赴理想